GEORGE
ORWELL

# A FLOR DA INGLATERRA

**Camelot**
EDITORA

**IBC – INSTITUTO BRASILEIRO DE CULTURA LTDA**
CNPJ 04.207.648/0001-94
Avenida Juruá, 762 – Alphaville Industrial
CEP. 06455-907 – Barueri/SP
www.revistaonline.com.br

**Presidente:** Paulo Roberto Houch
MTB 0083982/SP

(redacao@editoraonline.com.br)
**Programadora Visual:** Evelin Cristine Ribeiro
**Impresso por:** Edigráfica
**Vendas:** Tel.: (11) 3393-7723 (vendas@editoraonline.com.br)



**Dados Internacionais de Catalogação na Publicação (CIP)**
**(eDOC BRASIL, Belo Horizonte/MG)**

Orwell, George, 1903-1950.
O79f Flor da Inglaterra / George Orwell. – Barueri, SP: Camelot, 2021.
264 p. : 13,5 × 20,5 cm

Título original: Keep the aspidistra flying
ISBN 978-65-87817-06-4

1. Ficção inglesa. I. Título.
CDD 823

**Elaborado por Maurício Amormino Júnior – CRB6/2422**

GEORGE
ORWELL

# A FLOR DA INGLATERRA

“DINHEIRO, DINHEIRO, TUDO GIRA À SUA VOLTA! SERIA POSSÍVEL ESCREVER SEQUER UMA NOVELA SEM DINHEIRO PARA ENCORAJAR O TRABALHO?”

# Introdução

*Embora eu fale as línguas dos homens e dos anjos, e não tenha dinheiro, eu me tornei como um metal que soa, ou como o sino que brada. E embora eu tenha o dom de profecia, e compreenda todos os mistérios e todo conhecimento; e embora eu tenha toda a fé, para poder remover montanhas e não ter dinheiro, não sou nada. E embora eu doe todos os meus bens para alimentar os pobres e eu dê meu corpo para ser queimado e não tenha dinheiro, nada me serve. O dinheiro sofre muito e é bondoso; o dinheiro não inveja; o dinheiro não se vangloria, não é inflado, não se comporta indecorosamente, não busca o seu próprio, não é facilmente provocado, não pensa no mal; não se alegra com injustiça, mas se alegra com a verdade; tudo sofre, tudo crê, tudo espera, tudo suporta... E agora permanecem esses três: a fé, a esperança e o dinheiro, mas o maior deles é o dinheiro.*

*(I Coríntios 13 adaptado )*

# Capítulo 1

"Tinha quase trinta anos e não realizara nada, somente o seu mísero livro de poemas, que caíra tão espalmado como uma panqueca."

O relógio marcou duas e meia. No pequeno escritório nos fundos da livraria de Mr. McKechnie, Gordon Comstock, último membro da família Comstock, com 29 anos e já meio carcomido pelo tempo estava debruçado na escrivaninha e abria e fechava com o polegar um maço de Plever's Weights de quatro pence.

O toque de outro relógio, mais longe – do Príncipe de Gales, no lado oposto da rua – soou no ar parado. Gordon fez um esforço, se endireitou e guardou o maço de cigarro no bolso interno do casaco. Ele estava morrendo de vontade de fumar. No entanto, restavam-lhe apenas quatro cigarros. Era quarta-feira e não teria dinheiro até sexta. Seria horrível estar sem cigarro naquela noite e todo o dia seguinte.

Aborrecido por antecipação por um dia inteiro sem cigarro, levantou-se e caminhou para a porta. Era um vulto pequeno e frágil, de ossos delicados e movimentos nervosos. O casaco estava puído no cotovelo da manga direita e faltava o botão do meio. As calças de flanela que usava apresentavam manchas e estavam amarrotadas. Mesmo sem olhar de perto, dava para perceber que os sapatos precisavam de conserto.

As moedas tilintaram no bolso das calças no momento em que ele se pôs de pé. Sabia a quantia exata que possuía. Cinco pence e meio - dois pence e meio e um Joey. Fez uma pausa, puxou a mísera moeda de três pence e olhou. Uma coisa desagradável e inútil! E que imbecil foi em aceitar! Tinha sido no dia anterior, quando comprara cigarros.

– Não se importa que lhe dê de troco uma moeda de três pence, não? – dissera a moça do caixa. E é claro que ele não a recusara.

– De modo algum! –, respondera. Imbecil, Imbecil!

O coração ficou apertado quando pensou que os cinco pence e meio constituíam toda a sua fortuna, três que nem sequer podia gastar. Com efeito, como se pode comprar alguma coisa com uma moeda de três pence? Na realidade, não é uma moeda, mas a resposta a um enigma. Uma pessoa faz figura ridícula quando a tira do bolso, a menos que esteja entre um punhado de outras. "Quanto é?", pergunta, e a atendente responde "Três pence". Nesse momento, procura no bolso e saca o minúsculo e, absurdo objeto, sozinho, colado à ponta do dedo como uma peça de *tiddlywinks*. A atendente funga com desdém. Percebe imediatamente que é a derradeira moeda do cliente. Este se vê observado furtivamente e imagina que ela decerto se pergunta se ainda haverá um pedaço de pudim de Natal grudado. E ele sai de nariz empinado e não pode voltar a pôr lá os pés ali. Não! Não gastaria o seu Joey. Restavam, pois, dois pence e meio - dois pence e meio para durarem até sexta-feira.

Era a hora solitária depois do jantar, quando se esperam poucos ou nenhum visitante. Ele encontrava-se só com sete mil livros. A pequena e escura sala, com cheiro de pó e papel velho, que se comunicava com o escritório, estava cheia até à borda de livros, na sua maioria envelhecidos e invendíveis. Nas prateleiras superiores perto do teto, os volumes inacabados de enciclopédias fora de linha dormitavam de lado em pilhas como caixões acamados em valas comuns. Gordon afastou as cortinas azuis impregnadas de pó que serviam de porta para a sala contígua, a qual, mais bem iluminada que a outra, continha a biblioteca de empréstimo. Tratava-se de uma daquelas bibliotecas de "dois pence sem depósito" apreciadas pelos ladrões de livros. Só lá havia romances, evidentemente. E que romances! Mas isso também era uma coisa natural.

Um total de oitocentos romances enchiam três lados da sala até o teto, fila após fila de encadernações oblongas de cores fortes, como se as paredes tivessem sido construídas com tijolos de muitas cores colocados em pé. Achavam-se dispostas por ordem alfabética de autores. Arlen, Burroughs, Deeping, Dell, Frankau, Galsworthy, Gibbs, Priestley, Sapper, Walpole. Gordon olhou com aversão. Naquele momento, detestava todos os livros, em particular os romances. Era horrível pensar naquele lixo úmido e semicozido acumulado num único lugar. Pudim, pudim de sebo. Oitocentas fatias de pudim que o emparedavam, uma cripta de pudim conglomerado. A ideia resultava opressiva. Transpôs a porta aberta de acesso à parte da frente da loja. Ao mesmo tempo, alisou o cabelo. Era melhor estar preparado, para a possibilidade de haver garotas do outro lado da porta de vidro. O aspecto geral de Gordon não era de impressionar. Tinha menos de 1,70m de altura e, como costumava usar o cabelo comprido demais, dava impressão de que a cabeça era um pouco grande para o corpo. Nunca se esquecia por completo da sua pouca estatura. Quando sabia que alguém o observava, empertigava-se o mais possível, dilatando o peito, com um ar de "danem-se", que às vezes iludia as pessoas simplórias.

Mas não havia ninguém lá fora. O salão da frente, ao contrário do resto do imóvel, era elegante e de aparência sofisticada, contendo cerca de dois mil livros, além dos que estavam arrumados na vitrine. À direita havia uma estante de portas de vidro em que eram guardados os livros infantis. Gordon desviou os olhos de uma monstruosa sobrecapa à la Rackham; crianças que lembravam elfos empurrando Wendily por um campo de campânulas. Olhou para fora pela porta de vidro. O dia estava horrível, e começava a ventar. O céu era de cinzento, as pedras do calçamento estavam lisas demais. Era dia de Santo André, 13 de novembro. A loja de McKechnie ficava numa das esquinas de uma espécie de praça sem forma muito definida, para a qual convergiam quatro ruas. À esquerda, bem à vista da porta da loja, erguia-se um grande olmo que perdera suas folhas, com seus inúmeros ramos formando uma trama de cor sépia contra o céu.

Do outro lado, junto ao Príncipe de Gales, havia um tapume alto coberto de cartazes de comidas industrializadas e remédios, induzindo as pessoas a corroerem suas tripas com essa ou aquela forma de lixo sintético. Uma galeria de monstruosas cabeças de boneco – rostos rosados e vazios, repletos de um otimismo idiota. Molho QT, Cereais True-Weet ("As crianças clamam por seu prato de True-Weet"), Borgonha Kangaroo, Chocolate Vitamalt, Bovex. De todos, o que mais incomodava Gordon era o anúncio de Bovex. Um sujeito com cara de rato e óculos, com um cabelo envernizado, sentado à mesa de um café e sorrindo diante de uma caneca branca cheia de Bovex. " Corn Table adora Bovex", dizia a legenda.

Gordon encurtou o foco dos olhos. Na vidraça coberta de pó, o reflexo do seu rosto olhava-o, impassível. Não era um rosto particularmente agradável. Apesar de ainda não ter trinta anos, já estava carcomido pelo tempo. Muito pálido, com rugas amargas inerradicáveis. Aquilo a que as pessoas chamam uma boa testa,- ou seja, larga-, mas queixo pequeno e pontiagudo, pelo que o rosto no seu conjunto parecia, mais ter a forma de uma pera do que oval. Cabelo da cor de rato e descuidado, boca pouco generosa, olhos cor de avelã a tenderem para o verde.

Voltou a alongar o foco de visão. No momento detestava os espelhos. Lá fora, era tudo frio e invernoso. Um bonde, como ruidoso cisne de aço, deslizava, grunhindo, nos carris e, na sua esteira, o vento varria detritos de folhas espezinhadas. Os ramos do olmo agitavam-se e alongavam-se para leste. O cartaz que anunciava o Molho Q. T. estava rasgado numa das pontas: uma tira de papel ondulava irregularmente como uma pequena flâmula. Na rua lateral, à direita, os choupos despidos que se alinhavam no pavimento também se inclinavam vivamente, quando o vento os atingia. Um vento intenso desagradável. Transportava uma nota ameaçadora, enquanto soprava: o primeiro rugido da cólera invernal.

Dois versos de um poema lutaram para nascer na mente de Gordon: Vivamente, o vento qualquer coisa... ominoso, por exemplo? Não, era preferível ameaçador. O vento ameaçador sopra... não, digamos, varre.

Os choupos qualquer coisa... dóceis? Não, melhor curvado.

Assonância entre ameaçador e flexível? Não interessa. Os curvados choupos recém-despidos. Bom!

*Vivamente, o vento ameaçador varre*
*Os curvados choupos, recém-despidos.*

Ótimo. "Despidos é difícil de rimar; no entanto, todos os poetas desde Chaucer se esforçaram por encontrar rimas certas para cada palavra. Mas a inspiração se apagou na mente de Gordon. Moveu o dinheiro no bolso. Dois pence e meio e um Joey - dois pence e meio. Tinha a mente grudenta de tédio. Não conseguia enfrentar com êxito as rimas e adjetivos. Não é possível, com apenas dois pence e meio no bolso.

Os olhos tornaram a se fixar nos cartazes do tapume.

Ele tinha as suas razões pessoais para os detestar. Releu os slogans mecanicamente. "Borqonha Canguru, o vinho para os bretões." "A asma sufocava-a!" "O Molho Q. T. Mantém o Marido a Sorrir." "Deslize todo o dia numa Prancha de Vitamalte!" "Curve Cut - o cigarro para os homens do Ar Livre." "As crianças choram pelos Flocos Truweet." "Corn Table adora Bovex.Ah! Um cliente, em potencial, pelo menos. Gordon empertigou-se. Postado à porta, obtinha uma visão oblíqua da área da frente sem ser visto. Observou o cliente potencial.

Um homem de meia-idade, aparência decente, terno preto, chapéu coco, guarda-chuva e pasta. Um advogado do interior ou funcionário público que espreitava a vitrine com os olhos grandes aguados. Exibia uma expressão de culpa. Gordon seguiu a direção do olhar. Ah, então era isso! Descobrira as primeiras edições de D. H. Lawrence no canto mais distante. Ouvira falar vagamente de Lady Chatterley. Reflectiu que ele tinha um rosto pouco agradável. Pálido, sombrio, flácido, com contornos deficientes. Galês, pela aparência não conformista. Tinha marcas regulares de dissidência em torno dos cantos da boca. No interior, deveria ser presidente da Liga de Pureza ou da Comissão de Vigilância Costeira local (botas de borracha e lanterna elétrica, à procura de casais aos beijos na praia), e agora na cidade para se divertir. Gordon ansiava que ele entrasse, para lhe vender um exemplar de *Mulheres Apaixonadas*. Como ficaria desapontado!

Mas não! O advogado interiorano mudara de ideia. Pôs o guarda-chuva debaixo do braço e afastou-se, de costas dignamente eretas. Mas sem dúvida que, à noite, quando escuridão lhe ocultasse os rubores, visitaria um alfarrabista e compraria *Em um Convento Parisiense*, de Sadie Blackeyes.

Gordon se afastou da porta e virou-se de novo para as estantes. Nas prateleiras à esquerda de quem saía da biblioteca, encontravam-se os volumes novos e quase novos – uma mancha de cor viva destinada a atrair a atenção de quem olhasse através da porta de vidro. As lombadas lustrosas sem imperfeições pareciam chamar as pessoas. “Comprem-me, comprem-me!”, dava a impressão que diziam. Romances acabados de sair do prelo, noivas ainda invioladas, ávidas do corta-papel que as desfloraria, e exemplares para crítica, como jovens viúvas, ainda florescentes, embora já não virgens, e, aqui e ali, em conjuntos de meia dúzia, aquelas patéticas coisas solteironas, encalhes, que conservavam com esperança a longamente preservada virgindade. Gordon desviou os olhos dos encalhes, porque lhe evocaram recordações hediondas. Do único e, infortunado livrinho quc publicara, dois anos atrás, vendera exatamente 153 exemplares e passara a ser encalhe, mas nem como tal tivera mais procura. Ignorou os livros novos e deteve-se diante das prateleiras que se estendiam em ângulo reto para eles e continham mais livros de segunda mão.

À direita, havia uma seção de poesias. Os volumes na sua frente eram de prosa, um conjunto variado. Estavam classificados para cima e para baixo, de limpos e caros ao nível dos olhos a baratos e sujos no topo e ao fundo. Trava-se em todas as livrarias uma feroz luta darwiniana, em que as obras de escritores vivos gravitam ao nível dos olhos e os dos mortos vão para cima ou para baixo - para baixo até Geena ou para cima até ao trono, mas sempre longe de qualquer lugar em que possam dar nas vistas. Nas prateleiras do fundo, os clássicos, os monstros extintos da época vitoriana, apodreciam discretamente. Scott, Carlyle, Meredith, Ruskin, Pater, Stevenson – quase não dava para ler os nomes nas largas e deselegantes lombadas.

No alto, já quase fora do campo visual, dormiam as grossas biografias dos duques. Por baixo, ainda vendável e por conseguinte colocada ao alcance dos interessados, havia a literatura religiosa – todas as seitas e credos, amontoados de qualquer jeito. *O Mundo do Além,* pelo autor de *Mãos Espirituais Tocaram-me*, *A Vida de Cristo*, de Dean Farrar. *Jesus, o Primeiro Rotário*. O último livro do padre Hilaire Chestnut de propaganda C. R. A religião vende sempre, desde que seja bem piegas. Embaixo, exatamente ao nível dos olhos, encontrava-se o material contemporâneo. As últimas obras de Priestley. Livrinhos atraentes de livros médios, reimpressos. *Humor Edificante* de Herbert, Knox e Milne. Também alguns trabalhos intelectuais. Um ou dois romances de Hemingway e Virgínia Woolf. Vistosas biografias pseudo-

Strachey pré-digeridas. Livros pretensiosos, refinados, sobre pintores e poetas seguros por aquelas feras jovens e endinheiradas que deslizam tão graciosamente de Eton para Cambridge e de Cambridge para as críticas literárias.

Com olhar opaco contemplou a parede de livros. Detestava todos, velhos e novos, intelectuais e incultos, pretensiosos e alegres. O simples fato de os ver recordava-lhe a sua própria esterilidade. Com efeito, ali estava ele, supostamente um escritor; e nem sequer sabia escrever! Não se tratava meramente de uma questão de não ser publicado, mas da circunstância de não produzir nada, ou quase nada. E toda aquela porcaria que atolava as prateleiras, pelo menos isso existia, constituía um tipo de realização. Até as Dell e os Deeping apresentam o seu hectare anual de prosa. Mas eram os livros do gênero pretensamente "culto" os que menos suportava. Livros de crítica e *belles-tettres*. O tipo de coisa que as feras jovens e endinheiradas de Cambridge escrevem quase dormindo e que o próprio Gordon podia ter escrito, se tivesse um pouco mais de dinheiro. Dinheiro e cultura! Num país como a Inglaterra, um indivíduo tem tantas possibilidades de ser culto sem dinheiro como de entrar para o Clube de Cavalaria.

Usando o mesmo instinto que leva uma criança a balançar um dente mole, pegou num volume de ar pretensioso - *Alguns Aspectos do Barroco Italiano* -, abriu-o, leu um parágrafo e voltou a arrumá-lo com um misto de ódio e inveja. Aquela devastadora omnisciência! Aqueles requintes nocivos, com óculos de aros de tartaruga! E o dinheiro que semelhantes requintes significa! Porque, bem vistas as coisas, o que há por detrás senão dinheiro? Dinheiro para a educação apropriada, para amigos influentes, para o lazer e paz de espírito, para viagens à Itália. O dinheiro escreve livros e vende-os. Não me dê justiça, Senhor; dê-me dinheiro, só dinheiro!

Tornou a sacudir as moedas no bolso. Tinha quase trinta anos e não realizara nada, somente o seu mísero livro de poemas, que caíra tão espalmado como uma panqueca. E, desde então, durante dois anos inteiros, lutara no labirinto de um livro horrível que não avançava e, como reconhecia nos momentos de lucidez, jamais avançaria. Era a falta de dinheiro, simplesmente isso, que lhe roubava o poder para escrever. Apegava-se à ideia como a um artigo de fé. Dinheiro, dinheiro, tudo gira à sua volta! Seria possível escrever sequer uma novela sem dinheiro para encorajar o trabalho? Espírito inventiva, energia, sutileza, estilo, encanto – todos estes ingredientes têm de ser pagos em dinheiro vivo.

Mesmo assim, enquanto percorria as prateleiras com os olhos, sentiu-se um pouco consolado. Muitos daqueles livros estavam desbotados e ilegíveis. Estamos todos no mesmo barco, afinal. *Memento mori*. O que aguarda a mim, a você e a todos os jovens pretensiosos de Cambridge é o mesmo esquecimento – embora para os jovens pretensiosos de Cambridge ele possivelmente só vá chegar um pouco mais tarde. Olhou para os clássicos desbotados pelo tempo perto de seus pés. Mortos, todos mortos. Carlyle, Ruskin, Meredith e Stevenson – todos mortos, que Deus os apodreça! Percorreu os títulos apagados. *Cartas Coletadas de Robert Louis Stevenson*. Ha, ha! Essa é boa. *Cartas Coletadas de Robert Louis Stevenson*! O alto das páginas estava negro de poeira. Do pó vieste, ao pó retornarás. E Gordon chutou a lombada de pano do Stevenson. Estás aí dentro, velho falso? Agora virou carne fria, bem ao gosto dos escoceses. Ding! A campainha da loja. Gordon virou-se. Duas freguesas na livraria.

Uma mulher cabisbaixa, de ombros arredondados da classe baixa, que parecia um pato sujo enfiando o bico entre o lixo, transpôs a entrada, com uma cesta de vime na mão. Atrás dela, vinha outra mulher, de classe média, que lembrava uma pequena ave, de faces vermelhas, com um exemplar de *A Femilie Forsyte* debaixo do braço - o título voltado para fora, para que os transeuntes com os quais se cruzasse vissem que se tratava de uma intelectual.

Gordon suprimiu a expressão de amargura e saudou-as com a cordialidade discreta de médico de família reservada para os frequentadores da livraria.

– Boa tarde, Mrs. Weaver. Boa tarde, Mrs. Penn.

Que tempo horrível!

– Péssimo! – confirmou Mrs. Penn.

Ele desviou-se para que passassem. Mrs. Weaver inclinou o cesto de vime e deixou cair no chão um exemplar assaz usado de *Bodas de Prata*, de Ethel M. Dell. Os olhos brilhantes de águia de Mrs. Penn cravaram com um clarão. Atrás das costas da outra, sorriu a Gordon, maliciosamente, de um intelectual para outro. Dell! Que, baixeza! Os livros que as classes inferiores liam! Ele retribuiu o sorriso compreensivamente e passaram à biblioteca, dois intelectuais trocando sorrisos de alto nível.

Mrs. Penn pousou *A Família Forsyte* na mesa e volveu o seu busto de ave para Gordon. Mostrava-se sempre muito afável para com ele. Tratava-o por Mister Comstock, apesar de ser um mero empregado de livraria, e trocavam impressões sobre literatura. Havia a franco-maçonaria intelectual entre ambos.

– Espero que tenha gostado de *A Família Forsyte*, Mrs. Penn.

– O livro é um achado perfeitamente maravilhoso, Mr. Comstock! Sabe que, com esta, é a quarta vez que o leio? Uma obra épica, uma autêntica epopeia!

Mrs. Weaver espreitava entre os livros, tapada demais para compreender que estavam em ordem alfabética.

– Não sei o que vou querer ler, nesta semana que ainda não li! – murmurou com os lábios descuidados. "Minha filha vive me dizendo pra ler Deeping. Ela adora Deeping, a minha filha. Mas o meu genro, ele prefere Burroughs. Eu não sei direito.

Um espasmo passou pelo rosto da Mrs. Penn à menção de Burroughs. E ela deu acintosamente as costas para a Mrs. Weaver.

– Senhor Comstock, penso que há alguma coisa grandiosa em Galsworthy. Ele é tão amplo, tão universal, mas ao mesmo tempo tem um espírito genuinamente inglês, humano. Seus livros são verdadeiros documentos de humanismo.

– E Priestley também, disse Gordon. Acho Priestley um escritor excelente, a senhora não concorda?

– Ah, claro que sim! Tão vasto, tão amplo, tão humano! E tão genuinamente inglês!

A Mrs. Weaver franziu os lábios. Por trás deles havia três dentes amarelos e separados.

– Acho que vai ser melhor talvez eu pegar outro de Ethel Dell – disse ela. – O senhor tem outros livros dela, não tem? Gosto muito de ler os livros dela, isso é verdade. E digo para a minha filha, digo assim: "Pode ficar com os seus Deepings e com os seus Burroughs. Para mim, é Ethel Dell," e é o que eu digo.

Ding Dong Dell! Duques e cães de caça! O olhar da Mrs. Penn sinalizou ironia intelectual de alto nível. Gordon devolveu-lhe o sinal. Melhor ficar bem com a Mrs. Penn! Uma boa cliente, muito constante.

– Ah, é claro, Mrs. Weaver. Temos toda uma prateleira só com livros de Ethel M. Dell. A senhora quer *O desejo da sua vida*? Ou talvez já tenha lido. E que tal então *O altar da honra*?

– Será que o senhor tem o último livro de Hugh Walpole? – perguntou a Mrs. Penn. Esta semana, estou querendo ler alguma coisa épica, bem grandiosa. E Walpole, o senhor sabe, eu considero um grande escritor, que para mim só fica atrás de Galsworthy. Ele tem uma coisa tão grandiosa. Mas ao mesmo tempo tão humana.

– E é tão genuinamente inglês, disse Gordon. Ah, claro! Tão genuinamente inglês!

– Acho que eu vou pegar de novo *O caminho de uma águia*, resolveu por fim a Mrs. Weaver. A gente nunca se cansa do *Caminho de uma águia*, não é mesmo?

– Sem dúvida, é um romance espantosamente popular, disse Gordon diplomaticamente, os olhos fixos na Mrs. Penn.

– Ah, de fato, é um espanto! –, ecoou a Mrs. Penn em tom irônico, os olhos fixos em Gordon.

Ele recebeu os dois *pence* de cada uma e as mandou embora satisfeitas. A Mrs. Penn com *Rogue Herries*, de Walpole, e a Mrs. Weaver com *O caminho de uma águia*.

Logo ele estava de volta à outra sala, diante das prateleiras de poesia. Aquelas prateleiras exerciam sobre ele um fascínio melancólico. O infeliz livro que ele próprio escrevera estava lá – bem no alto, claro, no meio dos invendáveis. *Ratos*, de Gordon Comstock; um volume insignificante de dimensões ínfimas, preço três xelins e seis *pence*, mas reduzido para um xelim. Dos treze imbecis que tinham resenhado o livro (e o *The Times Lit. Suppl* tinha declarado o volume "excepcionalmente promissor"), nenhum tinha percebido a piada nada sutil do título. E nos dois anos em que ele trabalhava na livraria de McKechnie, nenhum cliente, ninguém, jamais tirara *Ratos* da prateleira.

Tinha umas quinze ou vinte prateleiras de poesia. Gordon as mirou com um olhar amargo. A maioria era imprestável. Um pouco acima do nível dos olhos, já a caminho do céu e do esquecimento, encontravam-se os poetas de um passado recente, as estrelas da sua juventude. Yeats, Davies, Housman, Thomas, De la Mare, Hardy. Estrelas mortas. Abaixo deles, exatamente ao nível dos olhos, os petardos de última hora. Eliot, Pound, Auden, Campbell, Day Lewis, Spender. Petardos um tanto desanimadores, os desse grupo. Estrelas mortas no alto, petardos desalentados abaixo. Será que um dia voltaremos a ter algum escritor que mereça ser lido? Mas Lawrence era bom, e Joyce melhor ainda antes de perder o juízo. E se surgir um escritor que mereça ser lido? Será que seremos capazes de reconhecê-lo, tão sufocados estamos com tanto lixo?

Ping! A sineta da loja. Gordon se virou. Mais um cliente.

Um rapaz de vinte anos, lábios cor de cereja, ar afeminado, cabelos castanhos, entrou com passos firmes. Endinheirado, obviamente.

Ele tinha a aura dourada do dinheiro. Não era a primeira vez que visitava a loja, e Gordon assumiu a atitude servil, gentil, reservada aos novos clientes, repetindo a fórmula usual:

– Boa tarde. Em que o posso servir? Procura algum livro em especial?

– Não, ná disso. – Um comilão de sílabas. – Posso dá' uma olhadela. Não fui 'paz de resistir à atraente ' trine. Tenho um fraco i'sistível pelas livrarias! Portanto, 'solvi espiar!

– E se fosse espiar em outro lado? – pensou Gordon, que, no entanto, exibiu o sorriso culto de um amante de livros para outro.

– Espie à vontade. Gostamos que as pessoas entrem para uma olhadela. Interessa-se por poesia, pelo jeito?

–- Com 'teza! Adoro-a!

Com certeza! Cabotino de uma figa! Havia um aspecto subartístico na sua indumentária. Gordon extraiu um magro volume vermelho da seção de poesia e informou:

– Isto saiu recentemente e creio que lhe interessará. Trata-se de traduções de vários autores búlgaros. Uma obra esplendorosa.

Uma explicação muito sutil. Agora, ele que se decida. Era a maneira mais apropriada de lidar com os clientes. Nada de os apressar, deixá-los ver e folhear durante uns vinte minutos, até que se envergonhavam e compravam qualquer coisa. Gordon moveu-se na direção da porta, discretamente, para se afastar do caminho do rapaz, mas com naturalidade, uma mão afundada no bolso e ar despreocupado próprio de um cavalheiro.

Lá fora, a rua encharcada tinha um aspecto cinzento e hostil. De algum lugar para além da esquina, som de cascos, um ruído frio e oco. Arrastadas pelo vento, colunas negras de fumo das chaminés contorciam-se rolavam pelos telhados inclinados. Ah!...

Vivamente, o vento ameaçador varre
Os flexíveis choupos, recém-despidos,
E os tubos escuros das chaminés
Expelem para baixo ar muito turvo (qualquer coisa como negro).

Ótimo. Mas o impulso extinguiu-se. O seu olhar voltou a fixar-se nos cartazes publicitários do outro lado da rua.

Quase lhe davam vontade de rir, de tão débeis, mortos-vivos, pouco apetitosos que eram. Como se alguém pudesse deixar-se tentar por aquilo! Como súcubos com traseiros rosados. Apesar disso, deprimiam-no. O dinheiro fedorento, em toda a parte o dinheiro fedorento. Dirigiu uma olhadela ao rapaz, que se transferira das prateleiras de poesia para outras, de onde retirara um volume grande e caro sobre balé russo. Segurava-o delicadamente entre as garras rosadas não articuladas, como um esquilo pega numa avelã, e estudava as fotografias. Gordon conhecia aquele tipo. O jovem artista endinheirado. Não era um artista, exatamente, mas um parasita das artes, frequentador de estúdios, difusor de escândalos. Um moço apessoado, em todo o caso, apesar dos atributos indesejáveis. A pele na base da nuca era tão sedosamente suave como o interior de uma concha. Uma espécie de encanto que irradiava, um fascínio, como toda a gente endinheirada. Ninguém consegue ter uma pele assim com menos de 500 libras por ano.

Gordon pensou em Ravelston, um amigo rico, editor da Anticristo, por quem nutria uma estima extravagante e via a longos intervalos, e em Rosemary, a sua pequena, que o amava – adorava, segundo ela –, apesar de nunca tererm dormido juntos. Dinheiro, mais uma vez, é tudo dinheiro. Todas as relações humanas têm de ser compradas com dinheiro. Se uma pessoa não o possui, os homens não lhe ligam e as mulheres não a amam - ou seja, não ligam ou amam naquela fração mínima que conta. E como têm razão, no fundo! Com efeito, uma pessoa sem dinheiro carece de atrativos. Embora se exprima com as línguas dos homens e dos anjos. Contudo, se não tem dinheiro, não se exprime com as línguas dos homens e dos anjos.

Tornou a olhar os cartazes publicitários. Agora, detestava-os mesmo. O do Vitamalte, por exemplo! “Deslize todo o dia numa Prancha de Vitarnalte! Um casal jovem, de fato de treino, cabelo sacudido pitorescamente pelo vento, trepava a uma encosta, num cenário de Sussex. A expressão da garota! A vivacidade que exibia! O tipo de moça que pretende divertir-se sem restrições. E, ao lado... Corner Table anuncia sorridente: “Saboreia a sua refeição com Bovex”.

Rostos passavam, empalidecidos pelo vento. Um bonde trovejou do outro lado da praça, e o relógio do Príncipe de Gales deu três horas. Um casal de idosos, um vagabundo ou mendigo e sua mulher, envergando longos sobretudos sebentos cujas bainhas quase chegavam ao chão, arrastava os pés na direção da loja. Ladrões de livros, pelo jeito. Melhor ficar de olho nas caixas de livros expostas na calçada. O homem parou no meio-fio a alguns metros de distância, enquanto a mulher se encaminhava para a loja. Abriu a porta e olhou para Gordon, em meio a mechas brancas de cabelo, com uma espécie de maldade esperançosa.

– Vocês compram livro? –, perguntou com voz rouca.

– Às vezes. Depende do livro.

– Eu trouxe uns livros *ótimos.*

E entrou, batendo bruscamente a porta com um baque. O moço afeminado olhou por cima do ombro com ar de desgosto e se afastou um ou dois passos, mais para o canto da loja. A velha tirou uma espécie de sacola engordurada de dentro do sobretudo. E se aproximou de

Gordon em tom de confidência. Cheirava a migalhas de pão muito, muito velhas.

– Vai querer?, perguntou, segurando a boca do saco. Só meia coroa pelo lote todo.

– Mas que livros são? Primeiro eu preciso ver, por favor.

– Livros, lindos, lindos, respondeu, inclinando-se para abrir o saco e espalhar uma baforada forte de migalhas de pão.

– Aqui! – disse ela, e atirou um punhado de livros de aparência imunda quase no rosto de Gordon.

Eram uma coleção dos romances de Charlotte M. Yonge editada em 1884, e davam a impressão de que alguém dormira em cima deles anos a fio. Gordon recuou um passo, subitamente enojado.

– Não compramos esses livros de jeito nenhum, disse em tom seco.

– Não compra? E por que é que não compra?

– Porque não temos o que fazer com eles. Não vendemos esse tipo de coisa.

– E então por que me fez tirar eles para fora do saco? – perguntou a velha em tom hostil.

Gordon deu uma volta para se desviar dela e do cheiro, e ficou segurando a porta aberta, em silêncio. Não adiantava discutir. Gente daquele tipo entrava na loja o dia inteiro. A velha saiu resmungando, a hostilidade visível na curvatura dos ombros, e juntou-se ao marido. Ele parou no meio-fio para tossir, uma tosse tão alta que dava para ouvir através da porta fechada. Um nódulo de catarro surgiu devagar de seus lábios e foi cuspido na sarjeta. Os dois velhinhos se afastaram com passos incertos, como dois besouros envoltos em seus longos capotes ensebados que tudo escondiam, exceto os pés.

Gordon ficou olhando enquanto se afastavam. Eram meros subprodutos do deus do dinheiro. Por toda a Londres, dezenas de milhares de velhas criaturas do mesmo tipo se arrastavam como besouros contaminados que seguem para a sepultura.

Olhou para a rua sem graça. Olhou agora com olhos que realmente viam aqueles rostos sorridentes de um metro de largura. Naquele momento, pareceu-lhe que numa rua como aquela, numa cidade como aquela, todas as vidas que se viviam só podiam ser intoleráveis e sem sentido. A sensação de desintegração, de decomposição, endêmica no nosso tempo, impunha-se a ele com toda a força. De algum modo, misturava-se aos cartazes do outro lado da rua. No final das contas, havia ali mais do que uma simples exibição de tolice, cobiça e vulgaridade. Corner Table sorri com aparência otimista, num lampejo de dentes falsos. Mas o que há por trás de seu sorriso? Desolação, vazio, profecias do fim do mundo. Porque você logo vê, se tiver condições de procurar, que por trás daquele amor-próprio confiante, daquela trivialidade risonha de barriga cheia, só existe um vazio assustador, um desespero secreto. O grande desejo de morte do mundo moderno. Pactos suicidas. Cabeças enfiadas no forno a gás de conjugados solitários. Camisas-de-vênus e calmantes. E a reverberação de guerras futuras. Bombardeiros inimigos sobrevoando Londres; o zumbido grave e ameaçador dos motores, o trovejar destruidor das bombas. Tudo aquilo escrito no rosto de Corner Table.

Mais clientes. Gordon deu um passo atrás, cavalheiresco e servil.

A sineta tocou. Duas senhoras de classe média alta abriram caminho loja adentro. Uma rosada e atraente, em torno dos 35, dotada de seios voluptuosos que se avolumavam para fora de seu casaco de pele de esquilo, emitindo um aroma superfeminino de violetas de Parma; a outra de meia-idade, curtida e temperada – Índia provavelmente. Logo atrás delas, um rapaz tímido, moreno e miúdo escorregou para dentro da loja, todo sorrateiro como um gato. Era um dos melhores fregueses da loja– uma criatura fugaz e solitária, quase sempre acanhado demais para dizer qualquer coisa e que, por alguma estranha manobra, conseguia sempre exibir uma barba de um dia.

Gordon repetiu sua fórmula:

– Boa tarde. Posso ajudá-los? Estão procurando algum livro em especial?

A mulher de rosto atraente quase o derrubou com um sorriso, mas a da cara curtida decidiu considerar aquela pergunta uma impertinência. Ignorando Gordon, saiu arrastando a atraente para as prateleiras próximas às dos livros novos, onde ficavam as obras sobre cães e gatos. Na mesma hora, as duas começaram a tirar livros das prateleiras e a falar muito alto. A da cara curtida tinha a voz de um sargento encarregado do treinamento de recrutas. Era, sem dúvida, mulher ou viúva de um coronel. O rapazola afeminado, ainda imerso no livro enorme sobre balé russo, afastou-se discreta e delicadamente. Sua expressão dizia que, caso tornassem a perturbar sua privacidade, seria obrigado a deixar a loja imediatamente. O jovem tímido já se dirigira às prateleiras de poesia. As duas senhoras eram visitantes razoavelmente assíduas da livraria. Sempre queriam ver livros sobre gatos e cachorros, mas nunca compravam nada. Havia duas prateleiras repletas de livros sobre cães e gatos. "O Cantinho das Senhoras", como dizia o velho McKechnie.

Surgiu mais um cliente para a biblioteca circulante. Uma moça feia de 20 anos, sem chapéu, de avental branco, rosto ingênuo, pálido e alegre e óculos de lentes grossas que lhe deformavam os olhos. Era funcionária de uma farmácia. Gordon revestiu-se da atitude de bibliotecário confidencial. Ela sorriu-lhe e, com passos quase tão deselegantes como os de um urso, seguiu-o à respectiva sala.

– Que gênero de livro quer desta vez, Miss Weeks?

– Bem... Ela moveu os dedos no avental e os olhos negros deformados fitaram-no com uma expressão de confiança. – Bem, o que eu gostava realmente era de uma história de amor palpitante. Uma coisa... moderna, sabe.

– Uma coisa moderna? Um romance de Bárbara Bedworthy, por exemplo? Leu *Quase Virgem?*

- Oh, não! É muito forte. Não suporto livros fortes. Mas quero uma coisa... o senhor sabe ... moderna. Problemas de sexo e divórcios, etc. O senhor sabe ao que me refiro.

– Moderno, mas não forte! –- proferiu Gordon, de uma pessoa inculta para outra.

Procurou entre os romances de amor modernos mais escaldantes. A biblioteca continha nada menos que trezentos. Da sala de entrada, provinham as vozes das duas damas da classe média superior, a atraente e a curtida, mergulhadas em debates sobre cães. Tinham pegado num dos volumes da especialidade e examinavam as gravuras. A atraente parecia entusiasmada com um cão-leão, o anjo dos animais domésticos, com os enormes olhos sentimentais e o focinho preto...

– Oh, tão amoroso!

Mas a curtida – sim, indiscutivelmente viúva de um coronel – argumentava que os cães-leões eram apáticos. Preferia os que tinham entranhas, os corajosos que lutavam. Os bichos apáticos não a agradavam.

– Você é desalmada, Bedélia. Desalmada – dizia a voz da outra, em tom plangente

A campainha tornou a tocar. Gordon entregou à garota da farmácia *Sete Noites Rubras* e inscreveu uma anotação na sua ficha.

Ela tirou uma bolsinha de couro surrada do bolso do avental e lhe pagou dois *pence*.

Ele voltou para a sala da frente. O rapaz afeminado tinha devolvido o livro à prateleira errada e desaparecera. Uma mulher magra, de nariz reto e modos bruscos, com roupas sérias e um *pince-nez* de armação de ouro – professora, ao que tudo indicava, e muito provavelmente feminista –, entrou na livraria e lhe exigiu a história do movimento sufragista de Wharton-Beverley. Com alegria secreta, Gordon lhe respondeu que estava em falta. Ela trespassou sua incompetência masculina com olhos de verruma e saiu da livraria. O jovem magro se recolhera timidamente a um canto, o rosto enterrado nos *Poemas reunidos* de D.H. Lawrence, como uma ave pernalta com a cabeça enfiada debaixo da asa.

Gordon ficou esperando junto à porta. Do lado de fora, um homem idoso com roupa elegante mas surrada, com um nariz de morango e um cachecol bege envolvendo o pescoço, passava em revista os livros usados da caixa de seis *pence*. As duas senhoras de classe média alta partiram de repente, deixando atrás de si uma desordem de livros abertos na mesa. A do rosto frutífero lançava olhares relutantes de despedida aos livros sobre cachorros, mas a do rosto curtido a conduzia para fora da loja, firmemente decidida a não comprar coisa alguma. Gordon segurou a porta aberta. As duas senhoras saíram ruidosamente para fora da loja, ignorando sua presença.

Ele ficou contemplando aquelas costas de classe média alta cobertas por casacos de pele descendo a rua. O velho de nariz de morango resmungava enquanto apalpava os livros. Um pouco ruim da cabeça, talvez. Se ninguém estivesse olhando, roubaria alguma coisa. O vento ficava mais frio, secando o limo das pedras do calçamento. Hora de acender as luzes. Impelida por uma rajada, a tira de papel rasgado do anúncio de Molho QT drapejava com força, como uma peça de roupa no varal. Ah!

*Agudamente, o vento ameaçador varre*
*Os choupos dobrados, recém-despidos,*
*E os tubos escuros das chaminés*
*Inclinam-se fustigados por chicotes de ar,*
*Cartazes rasgados agitam-se.*

Mas não tinha vontade de continuar... na verdade, não podia. Tocou com os dedos no dinheiro do bolso, sem o fazer tilintar, não fosse o jovem ouvir. Dois pence e meio. Não haveria cigarro em todo o dia seguinte. Doíam-lhe os ossos.

Acendeu-se uma luz no Príncipe de Gales. Deviam estar lavando o bar. O ancião de nariz de morango lia um romance de Edgar Wallace da caixa de dois pence. Um bonde zunia longe. No apartamento de cima Mr. McKechnie, que raramente descia à livraria, cochilava diante do calor, de cabelo e barba brancos, com a caixinha de rapé ao seu alcance, diante do volume encadernado de *Viagens ao Levante,* de Middleton.

O jovem magro notou de repente que estava só e ergueu os olhos com ar culposo. Era um habitué de livrarias, mas nunca se demorava mais de dez minutos. Uma fome apaixonada de livros e o receio de incomodar estavam sempre em guerra no seu íntimo.

. Após dez minutos em qualquer livraria ele ficava inquieto e batia em retirada depois de comprar alguma coisa por puro nervosismo. Sem dizer nada, estendeu o exemplar dos poemas de Lawrence e extraiu desajeitadamente três florins do bolso. Ao entregá-los a Gordon, deixou cair um deles. Os dois se abaixaram ao mesmo tempo para pegar a moeda e bateram com a cabeça um no outro. O jovem se ergueu, corando profundamente.

– Vou embrulhar seu livro – disse Gordon.

Mas o rapaz tímido fez que não com a cabeça – gaguejava tanto que nunca falava, quando podia evitar. Agarrou o livro e saiu da loja com a expressão de quem cometera algum ato imperdoável.

Gordon ficou só e voltou a aproximar-se da porta. O ancião de nariz de morango olhou por cima do ombro, avistou-o e afastou-se, frustrado. Estivera na iminência de enfiar o Edgar Wallace no bolso. O relógio no topo do Príncipe de Gales badalou as três e quinze.

Ding Dong! Três e quinze. Acender as luzes às três e meia. Ainda faltavam quatro horas e quarenta e cinco minutos para fechar. Cinco horas e quinze até a hora do jantar. Dois *pence* e meio no bolso. Amanhã o dia inteiro sem fumar.

De repente, Gordon ficou com uma vontade desesperadora e incontrolável de fumar. Tinha decidido passar a tarde sem cigarro. Só lhe restavam quatro cigarros. Precisava economizá-los para a noite, quando pretendia escrever; pois era tão incapaz de escrever sem fumar quanto sem respirar. Mesmo assim, precisava fumar um cigarro. Tirou do bolso sua carteira de Player's Weights e tirou dela um dos cigarros pequenos. Aquilo era de uma indulgência totalmente estúpida; significava menos meia hora de tempo aquela noite para escrever. Mas não havia como resistir. Com uma espécie de vergonhosa alegria tragou a fumaça para os pulmões.

O reflexo de seu rosto o contemplou da vidraça acinzentada. Gordon Comstock, autor de *Ratos; en l'an trentiesme de son eage*, já totalmente deteriorado. Só lhe restavam 26 dentes. Contudo, Villon, com a mesma idade, já estava corroído pela sífilis, conforme ele mesmo conta. Agradeçamos as pequenas bênçãos.

Ficou contemplando a fita de papel rasgado batida pelo vento tremulando no anúncio do Molho QT. Nossa civilização está morrendo. Só pode estar morrendo. Mas não vai morrer pacificamente. Os aviões já estão vindo. Zuuuum – tsiiiiiin – bum! Todo o mundo ocidental indo para os ares num trovejar de potentes explosivos.

Olhou a rua que escurecia, o reflexo acinzentado de seu rosto no vidro, as figuras gastas que rastejavam pela rua. Quase involuntariamente, recitou:

*C'est l'Ennui - l'oeil chargé d'un pleur involonteire,*
*Il rêve d'échafaude en fumant son houka!*

Dinheiro, dinheiro! Corner Table! O zumbido dos aviões e as explosões das bombas.

Gordon semicerrou as pálpebras para observar o céu cor de chumbo. Os aviões vêm aí. Imaginou-os a seguir naquele' momento - esquadrilha após esquadrilha, incontáveis, a escurecerem o horizonte corno nuvens de gafanhotos. Com a língua não totalmente pousada nos dentes, imitou um som de zumbido de mosca varejeira num vidro para representar o dos aviões. Era um som que ele desejava ardentemente ouvir naquele momento.

# Capítulo 2

"Às vezes distraía Gordon com descrições ricas em detalhes. Dez dias em Paris com trinta libras de cuja existência sua mulher nem sabia!"

Gordon caminhou para casa contra o forte vento, que lhe empurrava o cabelo para trás e o deixava com a testa mais alta do que nunca. O seu jeito poderia levar os transeuntes a pensar que não usava nenhum casaco por mera rebeldia. Mas a verdade era que ele havia colocado o casaco no penhor por 15 xelins.

Willowbed Road, NW, não chegava a ser miserável, mas era suja e deprimente. Havia áreas realmente miseráveis a menos de cinco minutos a pé dali. Casas humildes em que famílias de cinco membros dormiam numa única cama e, quando um deles morria, os sobreviventes continuavam deitados com o cadáver até que o sepultavam; becos estreitos e obscuros onde garotas de quinze anos eram desfloradas por rapazes de dezesseis apoiados às paredes leprosas. Mas Willowbed Road conseguia manter uma espécie de decência moderada da classe média-baixa. Havia até uma placa de bronze de dentista numa das casas. Em pelo menos a terça parte delas, entre as cortinas de renda da janela da sala, via-se um cartão verde com a indicação "apartamentos" em letras prateadas, acima da folhagem espreitadora de uma aspidistra.

Mrs. Wisbeach, dona da casa onde Gordon se hospedava, especializava-se em "cavalheiros sós". Quartos de dormir-salas, com iluminação a gás e cada um que se aqueça como puder, banho à parte (havia um chuveiro) e refeições na sala de jantar escura como um túmulo, com frascos de temperos espalhados no meio da mesa. Gordon, que ia almoçar em casa, pagava vinte e sete xelins e seis pence semanais.

O bico de gás emitia um clarão amarelo através do lustre embaçado da porta do número 31. Ele puxou a chave e procurou o buraco da fechadura. Naquele tipo de casa, a chave nunca entra à primeira tentativa. O pequeno e sombrio vestíbulo - na realidade, tratava-se de uma mera passagem - cheirava a água de lavar a louça, couves cozidas, capachos úmidos e despejos de quartos. Olhou para a bandeja envernizada em cima da mesinha. Não havia correspondência. Gordon dissera a si mesmo que não devia esperar por carta alguma, mas ainda assim continuava esperançoso. Uma sensação de rancor, não exatamente de dor, tomou conta de seu peito. Bem que Rosemary poderia ter escrito! Já fazia quatro dias que ela lhe escrevera. Havia ainda os poemas que ele remetera a algumas revistas e que ainda não lhe tinham sido devolvidos. A única coisa que tornava as noites suportáveis era encontrar uma carta à sua espera quando chegava em casa. Mas recebia muito poucas – quatro ou cinco por semana, no máximo.

A sala de estar nunca usada ficava do lado esquerdo. Em seguida vinha a escada e, mais adiante, o corredor seguia até a cozinha e os domínios impenetráveis onde habitava a própria Mrs. Wisbeach. Quando Gordon entrou, a porta no fim do corredor se abriu uns 35 centímetros. Apareceu o rosto da Mrs. Wisbeach , fazendo uma vistoria rápida e desconfiada para voltar a desaparecer. Era impossível entrar ou sair da casa, a qualquer momento antes das onze da noite, sem passar por um exame como aquele. Era difícil dizer qual seria exatamente a suspeita da Mrs. Wisbeach; o contrabando de mulheres para dentro de casa, talvez. Era uma dessas mulheres respeitáveis e malignas que se dedicam a manter pensões. Idade em torno dos 45, cheia de corpo mas bastante ativa, com um rosto rosado de traços finos e horrivelmente observador, belos cabelos grisalhos e um mau humor eterno.

Gordon parou ao pé da escada estreita. Acima dele, uma voz rouca e cheia cantava "Quem tem medo do Lobo Mau?". Um homem muito gordo de 38 ou 39 anos apareceu na curva dos degraus, com o passo leve meio dançado típico dos gordos, vestindo um elegante terno cinza, sapatos amarelos, um chapéu de abas estreitas e um casaco azul acinturado, muito vulgar. Era Flaxman, o inquilino do primeiro andar, caixeiro-viajante dos Produtos de Beleza Rainha de Sabá Ltda. Enquanto descia, cumprimentou Gordon com um gesto da luva cor de limão.

– Olá, meu chapa!, disse em tom jovial. Flaxman chamava todo mundo de meu chapa. Como vão as coisas para o seu lado?

– Péssimas, respondeu Gordon secamente.

Flaxman chegara ao pé da escada. Jogou carinhosamente seu braço rechonchudo e em cima dos ombros de Gordon.

– Ânimo, meu chapa, ânimo! Até parece que você está voltando de um velório! Vou dar um pulo até o Crichton. Venha comigo tomar um copo rápido.

– Não posso. Preciso trabalhar.

– Mas que inferno! Não pode me fazer essa gentileza? O que vai ganhar fazendo serão por aqui? Venha comigo até o Crichton, e vamos beliscar a garçonete!

Gordon desvencilhou-se do abraço de Flaxman. Como qualquer pessoa pequena e fraca, detestava ser tocado. Flaxman limitou-se a sorrir, com o típico bom humor dos gordos. Na verdade, ele era horrivelmente gordo. Preenchia suas calças como se tivesse sido fundido e depois derramado dentro delas. Mas é claro que, a exemplo de outros gordos, jamais admitia ser gordo. Não existe pessoa gorda que use a palavra gordo, se tiver jeito de evitar. Robusto é a palavra que mais usam – ou, melhor ainda, forte. Um gordo nunca é tão feliz quanto no momento em que se descreve como forte. Flaxman, em seu primeiro encontro com Gordon, estivera a ponto de se autodefinir como forte, mas alguma coisa no olho esverdeado de Gordon o dissuadiu. E preferira a palavra robusto.

– Meu amigo, eu admito, disse ele, que sou... bem, um pouquinho mais para robusto. Mas nada que me afete a saúde. Deu alguns tapinhas na vaga divisa entre a barriga e o peito. – A carne é firme. E sou bem rápido, na verdade. Mas... bem, acho que você pode dizer que eu sou robusto.

– Como Cortez, sugeriu Gordon.

– Cortez? Cortez? Não era aquele sujeito que ficou anos vagando pelas matas do México?

– Ele mesmo. Era robusto, mas tinha olhos de águia.

– E? Essa é boa. Porque uma vez minha mulher me disse uma coisa parecida. 'George, você tem os olhos mais lindos do mundo. Seus olhos parecem os de uma águia. Antes de se casar comigo, claro.

Flaxman estava separado da mulher. Certa vez, a Produtos de Beleza Rainha de Sabá Ltda. deu um bônus inesperado de trinta libras a cada um de seus caixeiros-viajantes, e Flaxman e dois outros foram mandados ao mesmo tempo a Paris para tentar vender o novo batom, Sexappeal Naturetint, a várias firmas francesas. Flaxman achou melhor não mencionar as trinta libras à mulher. E se divertiu muito naquela viagem a Paris, claro. Ainda hoje, três meses depois, ficava com a boca cheia d'água quando falava nela. Às vezes distraía Gordon com descrições ricas em detalhes. Dez dias em Paris com trinta libras de cuja existência sua mulher nem sabia! Nem lhe conto! Infelizmente, porém, em algum momento a notícia vazou, e ao voltar Flaxman deparou-se com uma vingança à altura. Sua mulher pegou um frasco de cristal para uísque, presente de casamento que eles possuíam havia catorze anos, e quebrou na cabeça dele. Depois foi embora para a casa da mãe, levando as crianças. O que explicava o exílio de Flaxman em Willowbed Road. Mas nem assim ele se abalaava. Acreditava que a crise acabaria passando, sem dúvida; já tinha acontecido outras vezes.

Gordon fez uma nova tentativa de se desviar de Flaxman e fugir escada acima. E o pior era que lá no fundo tudo que ele queria era aceitar o convite. Queria tanto uma bebida – a mera menção do Crichton Arms o deixara morto de sede. Mas era impossível, claro; estava sem dinheiro. Flaxman estendeu um dos braços de um lado a outro da escada, barrando-lhe a passagem. Gostava de verdade de Gordon, que considerava muito inteligente – inteligência que, no seu entender, era uma espécie de loucura mansa. Além disso, detestava sair sozinho na rua, mesmo pelo curto espaço de tempo que levaria para chegar até o *pub*.

– Ora, vamos, meu chapa, insistiu. Você está precisando de uma Guinness para se reanimar, sei disso. E você ainda não viu a garçonete nova que começou a trabalhar no bar. Nem lhe conto! Que coisinha gostosa!

– Ah, então é por isso que você está todo arrumado? – respondeu Gordon, contemplando friamente as luvas cor de limão de Flaxman.

– É isso mesmo, meu camarada! Meu Deus, que coisinha gostosa! Loira. E muito sabida também, a garota. Ontem à noite eu lhe dei um dos nossos batons Sexappeal Naturetint. Você devia ver como ela sacudia o traseirinho toda vez que passava pela minha mesa. Chega a me dar palpitações, sabia? Nem lhe conto!

Flaxman meneou o corpo de modo sensual. Sua língua despontou entre os lábios. Depois, fingindo que Gordon era a tal garçonete loira, o pegou pela cintura e o abraçou. Gordon o repeliu com um empurrão. Por um momento, o desejo de ir até o Crichton Arms foi tão devastador que quase foi vencido. Ah, uma caneca de cerveja! Quase sentia a bebida lhe descer pela garganta. Se pelo menos tivesse algum dinheiro! Mesmo que fossem só os sete *pence* de uma caneca de cerveja. Mas de que adiantava? Dois pence e meio no bolso. E não se pode deixar que outras pessoas nos paguem a bebida.

– Pelo amor de Deus, me deixe em paz! – disse ele, irritado, pondo-se fora do alcance de Flaxman, e subiu as escadas sem olhar para trás.

Flaxman arrumou o chapéu na cabeça e seguiu em direção à porta de entrada, um tanto ofendido. Gordon ficou desolado ao pensar que ultimamente era sempre assim. Volta e meia rejeitava convites amigáveis. Evidente que no fundo era problema de dinheiro, sempre o dinheiro. A pessoa não pode ser amiga de ninguém, não tem a menor condição de ser gentil quando não tem dinheiro no bolso. Foi tomado por um repente de autopiedade. Seu coração ansiava pelo balcão do Crichton; o aroma delicioso da cerveja, o calor e as luzes fortes, as vozes animadas, o tinir dos copos contra o balcão molhado de cerveja. O dinheiro, o dinheiro! Foi em frente e subiu as escadas escuras de cheiro nefasto. A ideia de seu quarto frio e solitário no alto da casa era como um destino amaldiçoado diante dele.

No segundo andar morava Lorenheim, uma criatura sombria, magra e alagartada, de raça e idade incertas, que ganhava cerca de 35 xelins por semana vendendo aspiradores de pó de porta em porta. Gordon procurava sempre passar bem depressa pela porta de Lorenheim, uma dessas pessoas que não têm um único amigo no mundo e que vivem ansiosas por companhia. Sua carência era tão intensa que, caso você pisasse com mais força ao passar pela porta do seu quarto, ele era capaz de saltar em cima e arrastá-lo para dentro, para convencê-lo a entrar para ouvir intermináveis relatos perturbados sobre as garotas que tinha seduzido e os patrões que tinha enganado. E o quarto onde ele vivia era ainda mais frio e desarrumado do que um quarto de pensão tinha o direito de ser. Havia sempre pedaços meio comidos de pão com margarina por toda parte. O único outro hóspede da casa era um engenheiro que trabalhava à noite. Gordon só o via de vez em quando – um homem grande com um rosto triste e descorado, que sempre usava um chapéu-coco, tanto dentro quanto fora de casa.

Gordon tateou na semiescuridão de seu quarto e achou o bico de gás e o acendeu. Era um quarto de tamanho médio, não grande a ponto de poder ser transformado em dois com uma divisória, mas que não dava para ser devidamente aquecido por um fogareiro deficiente a querosene. Tinha o tipo de mobília que se espera encontrar num quarto de fundos do último andar. Uma cama de solteiro coberta por uma colcha branca; piso revestido de linóleo marrom; mesinha com bacia e jarro de água baratos de louça branca, que nunca deixavam de evocar um penico. No parapeito da janela, uma aspidistra de ar doentio num vaso esmaltado de verde.

Logo abaixo do parapeito, encostada à janela, uma mesa de cozinha coberta com uma toalha verde manchada com tinta de caneta. Era a mesa que Gordon usava para escrever. Precisou de uma amarga batalha para convencer a Mrs. Wisbeach a lhe dar uma mesa de cozinha em vez da mesinha portátil de bambu – um mero apoio para o vaso de aspidistra – que ela considerava mais que suficiente para um quarto de fundos do último andar. E, ainda agora, eram infindáveis suas queixas porque Gordon nunca deixava que arrumassem sua mesa. Estava sempre em grande desordem, quase totalmente coberta por uma pilha de papéis, duzentas folhas talvez de papel almaço, todas sujas e com as pontas dobradas, cobertas de cabo a rabo por palavras, escritas e reescritas – uma espécie de labirinto sórdido de papéis cuja chave só Gordon conhecia. Uma camada de poeira cobria tudo e vários pratinhos imundos continham cinzas e pontas amassadas de cigarro. Com a exceção de uns poucos livros na prateleira acima da lareira, aquela mesa, com a desordem de papel que a recobria, era único sinal da personalidade de Gordon no quarto.

Fazia um frio terrível. Gordon pensou em acender o fogareiro de querosene. Levantou o aparelho – estava muito leve; e a lata de querosene de reserva também estava vazia. Combustível agora só na sexta-feira. Encostou um fósforo aceso e subiu uma chama fosca e amarela em torno do pavio. Com sorte, ainda poderia queimar por algumas poucas horas. Quando Gordon estava a ponto de jogar o fósforo apagado fora, seu olhar deu com a aspidistra no vaso verde. Era uma planta em mau estado. Tinha apenas sete folhas, e não parecia capaz de produzir mais nenhuma. Gordon cultivava uma espécie de rixa secreta com aquela planta. Tentara matá-la várias vezes às escondidas – deixando-a sem água, esfregando pontas de cigarro acesas em seu caule, tendo chegado ao ponto de misturar sal na terra em que estava plantada. Mas essas coisas feias são praticamente imortais. Em quase toda situação, mostram-se capazes de preservar uma existência murcha e doentia. Gordon se levantou e, deliberadamente, limpou os dedos sujos de querosene nas folhas da aspidistra. No mesmo instante, ouviu a voz da Mrs Wisbeach ressoando rabugenta escada acima:

– Mr. Comstock!

Gordon foi até as escadas.

– Pois não? – respondeu.

– O seu jantar está esperando pelo senhor há dez minutos. Por que o senhor não desce e janta logo, em vez de me fazer esperar ainda mais tempo para eu poder lavar a louça?

Gordon desceu. A sala de jantar ficava no andar térreo, nos fundos, em frente ao quarto de Flaxman. Era um lugar frio que cheirava a cômodo fechado, com iluminação péssima mesmo ao meio-dia. Havia nela mais aspidistras do que Gordon jamais fora capaz de contar com exatidão. Espalhavam-se por toda parte – no aparador, no chão, em mesinhas sobressalentes; na janela havia uma espécie de jardineira só delas, bloqueando a entrada de luz. Na penumbra, com aspidistras em toda a volta, tinha a sensação de estar imerso em algum aquário sem sol, em meio à folhagem enfadonha de plantas aquáticas.

No círculo de luz branca que o bico de gás projetava na toalha da mesa estava servido o jantar de Gordon. Sentou-se de costas para a lareira (havia um vaso de aspidistra na grade, em vez de um fogo aceso) e comeu o prato de carne fria com duas fatias de pão branco seco, com manteiga canadense, queijo de ratoeira e picles Pan Yan, tudo acompanhado de um copo de água fria com cheiro de mofo.

Quando voltou para o quarto, o fogareiro estava funcionando razoavelmente. Tinha esquentado a um ponto que dava para ferver uma panela de água. E agora ele pensou no grande acontecimento da noite: uma xícara de chá clandestina. Ele preparava uma xícara de chá quase toda noite, escondido. A Mrs. Wisbeach não oferecia chá no jantar de seus inquilinos, pois não queria ser obrigada a esquentar mais água, mas ao mesmo tempo era estritamente proibido fazer chá nos quartos. Gordon olhou com desgosto para os papéis amarrotados em cima da mesa. Disse a si mesmo em tom de desafio que não iria trabalhar hoje à noite. Ia tomar uma xícara de chá, fumar os cigarros que lhe restavam e ler *O Rei Lear* ou *Sherlock Holmes*. Seus livros estavam na prateleira, ao lado do despertador – as obras de Shakespeare na edição Everyman, *Sherlock Holmes*, os poemas de Villon, *Roderick Random*, *Les Fleurs du Mal*, uma pilha de romances franceses. Mas atualmente ele não lia nada, com a exceção de Shakespeare e *Sherlock Holmes*. Enquanto isso, a xícara de chá.

Gordon foi até a porta, escancarou-a e ficou escutando por algum tempo. Nenhum som da Mrs. Wisbeach. Era preciso tomar muito cuidado; ela era bem capaz de subir furtivamente as escadas só para pegar um inquilino em flagrante. Fazer chá no quarto era o pior dos crimes daquela pensão, só perdia para trazer uma mulher para dentro do quarto. Ele trancou a porta em silêncio, tirou a mala barata que estava embaixo da cama e destrancou o fecho. Tirou dali uma chaleirinha de seis *pence* da Woolworth, um pacote de chá Lyon's, uma lata de leite condensado, um bule e uma xícara. Ficavam todos embrulhados em jornal para impedir que fizessem barulho.

Para preparar o chá havia um ritual a seguir. Primeiro, enchia a chaleira até a metade com água da jarra e a punha sobre o fogareiro a querosene. Em seguida, ajoelhava-se e abria uma folha de jornal no chão. As folhas do chá da véspera ainda estavam dentro do bule, claro. Ele despejava os resíduos no jornal, limpava o bule com o polegar e dobrava o jornal que continha as folhas. Em seguida, precisava levar o pacote até o térreo. Livrar-se das folhas de chá usadas era sempre a parte mais trabalhosa. Uma dificuldade quase igual a de assassinos para se desfazer do corpo da vítima. Quanto à xícara, ele sempre a lavava na bacia, pela manhã. Uma coisa asquerosa. Às vezes aquilo o enojava. Estranho constatar como era preciso viver com hábitos furtivos na casa da Mrs. Wisbeach. A sensação era de estar sendo vigiado o tempo todo;

e realmente ela costumava subir e descer a escada na ponta dos pés a qualquer hora do dia ou da noite, na esperança de surpreender algum hóspede em falta. Era uma casa onde não se podia nem ir ao banheiro em paz, por causa da sensação de que sempre havia alguém ouvindo.

Gordon tornou a destrancar a porta e escutou atentamente. Ninguém em atividade. Ah! Um barulho de talheres na cozinha. A Mrs. Wisbeach ainda lavava a louça do jantar. Então, podia descer a escada em segurança.

Ele desceu os degraus na ponta dos pés, apertando o pacote úmido de folhas de chá contra o peito. O banheiro ficava no segundo andar. Ele parou na quina da escada e ficou escutando um pouco mais. Ai! Outro ruído de talheres.

Sinal verde! Gordon Comstock, poeta ("excepcionalmente promissor", segundo suplemento literário do *Times)*, entrou rapidamente no banheiro, jogou as folhas de chá no vaso e puxou a descarga. Depois voltou depressa para o quarto, tornou a trancar a porta e, tomando todas as precauções para não fazer nenhum ruído, preparou um bule de chá fresco.

O quarto já estava mais ou menos quente a esta altura. O chá e um cigarro produziram uma rápida magia. Ele começou a se sentir um pouco menos entediado e aborrecido. Será que devia afinal trabalhar um pouco? Devia, sim, trabalhar, claro. Sempre se odiava quando desperdiçava uma noite toda. Um tanto contra a vontade, empurrou a cadeira para junto da mesa. Fez um esforço especial para começar a remexer naquela floresta assustadora de papéis. Puxou algumas folhas sujas para perto de si, espalhou-as e olhou para elas. Que bagunça! Cobertas de palavras, depois correções, depois mais palavras e outras correções, até ficarem iguais a velhos, pobres e retalhados pacientes de câncer depois de vinte cirurgias. Mas a letra, nos pontos onde não estava rasurada, era delicada e caligráfica. Com muito esforço e dificuldade, Gordon tinha adquirido aquela letra "erudita", tão diferente do da letrinha feia que tinha aprendido na escola.

Remexeu na pilha de papéis. Talvez ele devesse mesmo trabalhar; pelo menos por algum tempo. Onde estava aquele trecho que tinha revisto na véspera? O poema era bem longo, ou melhor, iria ser bem longo quando ficasse pronto, dois mil versos, mais ou menos, em rima real, descrevendo um dia em Londres. *Prazeres Londrinos* era o título. Um projeto enorme e ambicioso, o tipo de coisa que só devia ser tentada por gente que dispusesse de um infinito tempo livre. Gordon não se dera conta disso quando iniciara o poema; mas agora ele sabia. Com quanta animação tinha começado, dois anos antes! No momento em que jogou tudo para o alto e escolheu mergulhar na lama da pobreza, a redação desse poema tinha sido pelo menos parte da sua motivação.

Na época, ele tinha certeza de ser capaz de produzir aquela obra. Mas de alguma forma, desde os primeiros momentos, o projeto *Prazeres Londrinos* tinha dado errado. Era grande demais para ele, eis a verdade. E nunca chegara a experimentar um verdadeiro avanço; em vez disso, simplesmente se desfizera numa série de fragmentos. E ao final de dois anos de trabalho, era só o que ele tinha para mostrar: séries de fragmentos, cada um deles incompleto e sem condições de unir-se aos demais. Em cada uma daquelas folhas de papel havia algum trecho retalhado de poema escrito, reescrito e novamente reescrito ao longo de meses. Não chegava a quinhentos o número de versos que pudesse considerar finalizados. E a essa altura ele perdera a capacidade de acrescentar-lhes qualquer outra coisa; só conseguia rever um ou outro trecho, mexendo ora aqui, ora ali, no meio daquela confusão. Já não era algo que ele tivesse criado; transformara-se apenas num pesadelo com que ainda lutava.

Não conseguira criar mais nada em dois anos além de um punhado de poemas curtos, uns vinte, talvez, no total. Raramente ele conseguia atingir a paz de espírito necessária para que a poesia, ou também a prosa, pudesse ser escrita. As ocasiões em que não conseguia trabalhar eram cada vez mais frequentes. De todos os tipos de ser humano, só o artista afirma que não consegue trabalhar. Mas ainda assim é verdade; existem *mesmo* ocasiões em que não se consegue. O dinheiro, novamente, sempre o dinheiro! Desconforto, preocupações mesquinhas, escassez de tabaco, uma permanente consciência do fracasso – tudo devido à falta de dinheiro que, acima de tudo, significa solidão. Como alguém pode deixar de ser solitário ganhando duas libras por semana? E na solidão nunca nenhum livro decente foi escrito. Não havia dúvida de que *Prazeres Londrinos* jamais seria o poema que ele imaginara. E provavelmente jamais ficasse pronto. Nos momentos em que encarava os fatos, o próprio Gordon percebia isso.

E ele continuava trabalhando naqueles versos, mesmo assim, e até por isso. Era alguma coisa a que podia se apegar. Uma forma de reagir à pobreza e à solidão. E, no final das contas, havia momentos em que o espírito criativo retornava, ou parecia retornar. E retornou nesta noite, pelo menos por algum tempo, o suficiente para fumar dois cigarros. Com a fumaça fazendo cócegas nos pulmões, saiu do mundo real e mesquinho. Foi para o mundo onde se faz poesia. No alto da parede, o bico de gás entoava uma canção. As palavras se transformavam em objetos nítidos e momentâneos. Um poema de dois versos, escrito um ano antes e dado por pronto, atraiu seu olhar com uma nota de dúvida. Repetiu os versos para si mesmo, várias e várias vezes. Estavam errados, de alguma forma. Um ano antes, achara que estavam bons; agora percebia como eram vulgares. Percorreu as folhas de papel barato até encontrar uma que não tivesse nada escrito no verso, virou-a, copiou o texto, escreveu uma dúzia de versões diferentes e repetiu cada uma delas várias e várias vezes para si mesmo. No final das contas, nenhuma delas lhe pareceu satisfatória. O poema precisava ser eliminado. Era fácil e vulgar. Encontrou a folha original e rabiscou com linhas grossas. E ao fazer isso teve uma sensação de sucesso, de tempo bem aproveitado, como se a destruição de tanto esforço fosse de algum modo não um desperdício, mas um ato de criação.

Duas batidas na porta de entrada fizeram toda a casa se agitar. Gordon teve um sobressalto. Seu espírito alçou voo do abismo. O correio! E esqueceu-se dos *Prazeres*.

O coração dele disparou. Talvez Rosemary tivesse escrito para ele. Além disso, havia os dois poemas que tinha enviado às revistas. Um deles, na verdade, quase já dera por perdido; enviara os versos para uma publicação americana, a *Californian Review*, meses antes. Provavelmente eles nem se dariam ao trabalho de devolver os originais. Mas o outro fora remetido a uma revista inglesa, a *Primrose Quarterly*. E nele depositava as mais loucas esperanças. A *Primrose Quarterly* era um desses periódicos literários venenosos em que o Maricas da Moda e o Católico Romano profissional andavam *bras dessus, bras dessous*. E, de longe, era também a revista literária mais influente da Inglaterra. Só publicar naquelas páginas, que o autor está com a vida feita.

No íntimo, Gordon sabia que a *Primrose Quarterly* jamais publicaria um poema seu. Sabia que estava longe dos padrões da revista. Ainda assim, milagres às vezes acontecem; ou, se não milagres, acidentes. Afinal, o poema que ele enviara foi entregue há seis semanas. Não ficariam com ele por seis semanas caso não tivessem a intenção de publicar. Tentou aliviar sua esperança infundada. Mas na pior das hipóteses havia uma possibilidade de que Rosemary lhe tivesse escrito. Quatro dias já tinham se passado desde a última carta dela. Talvez não demorasse tanto se soubesse o quanto ele ficava decepcionado com aquele atraso. As cartas dela, longas e com ortografia sofrível, cheias de piadas absurdas e declarações de amor por ele, significavam muito mais para Gordon do que ela poderia entender. Eram um lembrete de que ainda havia alguém no mundo que gostava dele. E até compensavam as ocasiões em que algum imbecil lhe devolvia um dos poemas que enviara. Na verdade, as revistas sempre devolviam seus poemas, exceto a *Anticristo*, cujo editor, Ravelston, era seu amigo pessoal.

Escutou passos no andar de baixo. Mrs. Wisbeach sempre demorava alguns minutos para subir com as cartas que acabam de chegar. Gostava de manuseá-las, de avaliar com a mão para ver quantas folhas conteriam, ler os carimbos do correio, examiná-las contra a luz e especular o que poderiam dizer, antes de entregá-las a seus verdadeiros destinatários. Exercia uma espécie de *droit du seigneur* sobre a correspondência. Na opinião dela, uma vez que aquelas cartas chegavam à sua casa, eram, pelo menos parcialmente suas. Se algum morador descesse até a porta da frente para recolher pessoalmente a sua carta, ela ficaria muito ressentida. Também detestava o trabalho de levar as cartas até o andar de cima. Era possível ouvir seus passos subindo os degraus muito devagar, e então, se havia uma carta para você, respirava fundo e sonoramente para que você soubesse que tinha deixado a Mrs. Wisbeach sem fôlego ao obrigá-la a subir todos aqueles degraus. Finalmente, com um resmungo discreto mas impaciente, enfiava as cartas por baixo da sua porta.

A Mrs. Wisbeach vinha subindo as escadas. Gordon ficou escutando. Seus passos fizeram uma pausa no primeiro andar. Uma carta para Flaxman. Subiram, e fizeram uma nova pausa no segundo andar. Uma carta para o técnico. O coração de Gordon se acelerava de ansiedade. Uma carta, pelo amor de Deus, uma carta! Mais passos. Subindo ou descendo? Estavam se aproximando, decerto! Ah, não, não! O som foi ficando mais fraco. Ela estava descendo de novo. Não se ouviram mais passos. Nenhuma carta para ele.

Pegou a caneta de novo. Um gesto inútil. Ela não lhe escrevera, afinal! Criaturinha monstruosa! Ele não tinha a menor intenção de continuar trabalhando. Na verdade, não podia. A decepção o deixara totalmente sem ânimo. Cinco minutos antes, seu poema ainda lhe parecera algo vivo; agora, não tinha a menor dúvida de que se tratava mesmo de uma inutilidade. Com uma sensação de repulsa nervosa, juntou as folhas espalhadas, reuniu-as numa pilha irregular e as jogou do outro lado da mesa, ao pé da aspidistra. Não suportava sequer continuar olhando para elas.

Ele se levantou. Era cedo demais para se deitar; pelo menos, não era o que ele queria. Ansiava por alguma distração – algo fácil e barato. Um cinema, cigarros, cerveja. Inútil! Não tinha como pagar nada daquilo. O melhor era ler *O Rei Lear* e esquecer este século nojento. No final das contas, porém, foi *As aventuras de Sherlock Holmes* que ele pegou na prateleira. *Sherlock Holmes* era seu livro favorito, porque ele o conhecia de cor. O querosene do fogareiro estava acabando e o frio se tornava brutal. Gordon tirou a colcha da cama, cobriu as pernas com ela e sentou-se para ler. Com o cotovelo direito apoiado na mesa e as mãos debaixo do sobretudo para mantê-las aquecidas, leu toda "A aventura da faixa malhada". O bico de gás suspirava na parede, a chama circular do fogareiro a querosene ficava cada vez mais fraca, um finíssimo círculo de fogo, produzindo menos calor do que uma vela acesa.

Na toca da Mrs. Wisbeach, no andar térreo, o relógio deu dez e meia. Sempre se podiam ouvir suas badaladas durante a noite. din-g-ding, ding-ding – uma detestável melodia. O tiquetaque do despertador na prateleira ficou audível para Gordon, mostrando a passagem sinistra do tempo. Olhou em volta. Mais uma noite desperdiçada. Horas, dias, anos passando. Noite após noite, sempre a mesma coisa. O quarto vazio, a cama sem nenhuma mulher; poeira, cigarros, cinzas, as folhas da aspidistra. E ele tinha quase trinta anos. Por pura autoflagelação, pegou uma pilha de folhas de *Prazeres*, espalhou os papéis encardidos e contemplou-os como se contempla longamente uma caveira pelo *memento mori*. *Prazeres Londrinos*, de Gordon Comstock, autor de *Ratos*. Sua *magnum opus*. O fruto (fruto!) de dois anos de trabalho – aquela confusão labiríntica de palavras! E o produto daquela noite – dois versos eliminados; dois versos a menos, e não a mais.

O fogareiro soltou um som que parecia mais um soluço fraco e se apagou. Gordon se levantou com esforço e jogou a colcha de volta na cama. Era melhor se deitar logo, talvez, antes que o frio piorasse. Caminhou em direção à cama. Mas parou um pouco. Amanhã, trabalho. Dar corda no relógio, acertar o despertador. Nada realizado, nada feito, aquilo lhe valia uma noite de repouso.

Necessitou de algum tempo para reunir a energia necessária para tirar a roupa. Continuou uns quinze minutos, talvez, estendido na cama totalmente vestido, as mãos cruzadas por baixo da cabeça. Havia uma rachadura no teto que lhe lembrava o mapa da Austrália. Gordon conseguiu tirar os sapatos e as meias sem se sentar. Levantou um dos pés e olhou para ele. Um pé mais para pequeno e delicado. Nada que impressione, do mesmo jeito que as suas mãos. E estava muito sujo.

Há quase dez dias que ele não tomava banho. Com vergonha da sujeira dos pés, sentou-se na cama e se despiu, jogando as roupas no chão. Depois desligou o bico de gás e se enfiou entre os lençóis, tremendo, porque estava nu. Sempre dormia pelado. Seu último pijama tinha acabado há mais de um ano.

O relógio do térreo bateu onze horas. Quando o frio dos lençóis diminuiu, o espírito de Gordon voltou ao poema que tinha começado naquela tarde. Repetiu num murmúrio a única estrofe que completara:

*Um vento impiedoso e ameaçador*
*Castiga os choupos nus e vergados,*
*E espalha a fumaça das lareiras*
*Em fitas; pelo ar, dilacerados,*
*Agitam os farrapos dos cartazes*

As sílabas se distribuíam obedientes, fazendo métrica. Clic, clic, clic, clic! A sensação de vazio e ar mecânico daquilo tudo o deixava desolado. Era como algum aparelho sem sentido em movimento. Rima com rima, clique-claque, clique-claque. Como os movimentos de cabeça de uma boneca mecânica. Poesia! A última das banalidades. Ficou acordado, consciente da própria banalidade e dos seus trinta anos, do beco sem saída em que colocara a vida.

O relógio soou as doze batidas da meia-noite. Gordon esticou as pernas. A cama se esquentara e ficara confortável. A luz de um carro virado para cima, em algum trecho da rua paralela à Willowbed Road, atravessou as persianas e projetou no teto a silhueta de uma folha de aspidistra igual à espada de Agamenon.

# Capítulo 3

"Os Comstock que Gordon conheceu eram uma família especialmente inexpressiva, deselegante, enfadonha e apagada."

Gordon Comstock era um nome horrível, mas é que Gordon vinha de uma família horrível. O prenome Gordon era escocês, claro. A permanência de nomes assim nos dias de hoje é apenas parte da escocização da Inglaterra que vem ocorrendo ao longo dos últimos cinquenta anos. "Gordon", "Colin", "Malcolm", "Donald" – os legados da Escócia para o mundo, junto com o golfe, o uísque, o *porridge* e as obras de Barrie e Stevenson.

Os Comstock são das mais desolada das classes, a classe média, de pessoas instruídas mas sem terra. Em sua miserável pobreza, não tinham nem mesmo o consolo esnobe de se verem como uma família antiga que atravessava um mau momento, pois não eram uma família nada antiga, apenas uma dessas famílias que tinham conseguido ascender no rastro da onda de prosperidade vitoriana e depois caíram mais depressa ainda do que a própria onda. Viveram no máximo cinquenta anos de riqueza relativa, correspondentes ao tempo de vida do avô de Gordon, Samuel Comstock. O avozinho Comstock, como Gordon aprendeu que devia chamá-lo, embora o velho tenha morrido quatro anos antes de ele nascer.

O avozinho Comstock era uma dessas pessoas que, mesmo do túmulo, exerciam uma influência poderosa. Em vida, foi um velho patife duro de roer. Extorquiu cinquenta mil libras do proletariado e dos estrangeiros, construiu uma mansão de tijolos vermelhos tão duradoura quanto uma pirâmide e produziu doze descendentes diretos, dos quais onze sobreviveram. Por fim, teve uma morte súbita, de acidende vacular cerebral hemorrágico. No cemitério de Kensal Green, a família ergueu sobre ele uma lápide com a seguinte inscrição:

*Com amor pela memória de Samuel Ezekiel Comstock,*
*Marido feliz, pai adorável e homem íntegro, temente a Deus,*
*Nascido em 9 de julho de 1828*
*Partiu desta vida em 5 de setembro de 1901.*
*Esta pedra é erigida por seus filhos enlutados.*
*Ele dorme nos braços de Jesus.*

Todos que conheceram o avô Comstock faziam os piores comentários blasfemêmicos sobre a última frase. Desnecessário repetir. Mas vale a pena lembrar que o bloco de granito em que o epitáfio fora inscrito pesava quase cinco toneladas e parecia ter sido colocado ali para garantir que o Avô Comstock não sairia dali de modo algum. Se você quer saber o que os parentes de um morto realmente acham dele, um bom teste é o peso da lápide de sua sepultura.

Os Comstock que Gordon conheceu eram uma família deselegante, enfadonha, apagada e especialmente inexpressiva,. Impressionante como faltava vitalidade. Obra do Avô Comstock, claro. Quando ele finalmente morreu, todos os filhos já eram adultos, alguns tinham atingido a meia-idade e já fazia um bom tempo que ele esmagara por completo qualquer iniciativa que algum deles pudesse ter tido. Ele se jogava sobre eles como um rolo compressor que põe abaixo as flores de um jardim, e não havia a menor possibilidade de que a personalidade esmagada daqueles brotos voltasse um dia a crescer. E cada um deles se tornara triste, covarde, fracassado. Nenhum dos rapazes tinha uma profissão certa, porque o Avô Comstock queria obrigá-los a seguir a profissão em que tinham menos vocação. Só um deles, John, o pai de Gordon, conseguira enfrentar o Avô Comstock, a ponto de se casar enquanto ele ainda era vivo. Impossível imaginar algum dos filhos deixando qualquer marca de sua passagem no mundo para criar qualquer coisa ou destruir qualquer coisa, sendo feliz ou claramente infeliz, ou bem vivo, ou mesmo tendo uma renda razoável. Só se deixavam levar, indiferentes, por uma atmosfera de fracasso semigentil. Eram uma dessas famílias depressivas, tão comuns na classe média média, em que nada acontece nunca.

Desde quando era criança, os parentes de Gordon o deixavam deprimidíssimo. Quando era pequeno, ainda tinha muitos tios e tias vivos. Eram todos mais ou menos parecidos – pessoas cinzentas, sem graça e sem alegria, todas bem doentias e sempre com problemas de dinheiro que nunca, porém, acabavam em falência. Dava para se notar mesmo então, que tinham perdido qualquer impulso de se reproduzir. As pessoas realmente vitais, tenham ou não dinheiro, multiplicam-se de modo quase tão automático quanto os animais. O Avô Comstock, por exemplo, ele próprio parte de uma ninhada de doze, gerara onze descendentes diretos. No entanto, aqueles onze só haviam produzido dois rebentos, e esses dois – Gordon e sua irmã Júlia – até 1934 ainda não tinham gerado nenhum novo descendente. Gordon, o último dos Comstock, nascera em 1905, filho não planejado; depois disso, por trinta longuíssimos anos, não houvera mais nenhum nascimento na família, apenas mortes. E não era só em matéria de casamentos e procriação, mas em todas as frentes possíveis, que nada jamais acontecia na família Comstock. Todos pareciam condenados, como que por alguma maldição, a uma existência apagada, miserável, quase clandestina. Nenhum deles jamais fazia nada. O tipo de gente que, em qualquer atividade imaginável, mesmo que apenas subir em um ônibus, é automaticamente empurrada para longe do coração das coisas. Todos de revelavam confusos em matéria de dinheiro. O Avô Comstock repartira seu dinheiro entre eles de maneira mais ou menos equilibrada, o que levou cada um a receber, depois da venda da mansão de tijolos vermelhos, aproximadamente cinco mil libras. Porém, assim que viram o Avô Comstock sepultado, todos começaram a esbanjar seu dinheiro. Nenhum deles teve a coragem de perder sua fortuna de maneira extravagante, seja com mulheres, seja apostando em corridas de cavalos; o dinheiro simplesmente se escoou; as mulheres fizeram investimentos errados e os homens usaram o capital em pequenas tentativas frustradas de negócio que sempre davam errado ao cabo de um ou dois anos, gerando uma perda substancial.

Algumas das mulheres da família acabaram fazendo casamentos totalmente desastrosos já na meia-idade, depois da morte do pai, mas os homens, devido à sua incapacidade de ganhar a vida de maneira decente, eram do tipo que não podia se dar ao luxo do casamento. Mais da metade deles morreu sem se casar. Nenhum deles, com exceção de tia Ângela, jamais chegara a possuir uma casa que fosse um lar; era o tipo de gente que acabava indo morar em péssimos quartos ou em pensões que parecem tumbas. E a cada ano iam morrendo e morrendo, de pequenas doenças banais mas caras, que consumiam até o último tostão de suas reservas.

Uma das mulheres, tia Charlotte, acabara indo parar no Asilo Mental de Clapham em 1916. Esses tipos de asilos ingleses vivem lotados! E são as solteironas abandonadas da classe média média quem sustenta essas entidades.

Em 1934, só três representantes daquela geração tinham sobrevivido: a já mencionada tia Charlotte, tia Angela, que por um feliz acaso fora persuadida a comprar uma casa e a aplicar numa renda anual em 1912, e tio Walter, que sobrevivia em condições precárias com as poucas centenas de libras que lhe sobravam das suas cinco mil, e com as agenciamento de alguns serviços.

Gordon cresceu usando roupas de segunda mão e comendo cozido de pescoço de carneiro. Seu pai, como os demais Comstock, era uma pessoa deprimida e portanto deprimente, mas tinha alguma inteligência e certo gosto pela literatura.

E uma vez que ele tinha um espírito voltado para a literatura e absoluto horror a tudo que tivesse a ver com números, o Avô Comstock achara perfeitamente natural obrigá-lo a se transformar em contador. De maneira que ele se tornara um guarda-livros, que comprava participações em empresas que quebravam ao final de um ou dois anos. Sua renda oscilava, às vezes chegava a quinhentas libras por ano, às vezes caía a duzentas, mas sempre apresentando firme tendência de baixa. Morreu em 1922, com apenas 56 anos mas totalmente envelhecido pois sofreu por muitos anos de uma doença renal.

Como os Comstock eram tão pobres quanto bem-nascidos, julgou-se indispensável gastar somas consideráveis na educação de Gordon. Que coisa assustadora, esse tipo de prioridade para educação! Significa que, a fim de mandar seu filho para o tipo certo de escola (ou seja, a um dos internatos mais célebres, ou a uma boa imitação deles), um indivíduo de classe média era obrigado a suportar por anos a fio um padrão de vida que qualquer encanador consideraria execrável. Gordon foi enviado para escolas abomináveis e pretensiosas que cobravam cerca de 120 libras por ano. E essas anuidades, claro, exigiam sacrifícios terríveis na vida diária. Enquanto isso, Júlia, cinco anos mais velha do que ele, recebeu apenas o mínimo aceitável de instrução, na verdade quase nada. Chegou a ser enviada para um ou dois internatos pequenos e modestos, mas foi levada embora quando tinha 16 anos. Gordon era rapaz e Júlia garota, e parecia natural a todos que a garota fosse sacrificada em prol do rapaz. Além disso, desde cedo ficou decidido na família que Gordon era inteligente. E, graças à sua incrível inteligência, Gordon haveria de conquistar bolsas de estudo, obter muito sucesso na vida e finalmente recuperar a fortuna da família. Era essa a teoria, e ninguém acreditava nela como Júlia.

Júlia era uma jovem alta e desengonçada, muito mais alta do que Gordon, com o rosto muito fino e o pescoço comprido demais. Era um tipo que, mesmo no auge da juventude, lembram infalivelmente um ganso. Mas sua natureza era simples e afetuosa. Era o tipo de moça apagada que cuida da casa, passa, costura e remenda, uma alma natural de solteirona. Com 16 anos, ostentava aquele ar inconfundível de velha donzela. E idolatrava Gordon. Quando ele era menino, cuidava dele, acalentava e mimava o irmão mais novo, andava em farrapos para que ele pudesse ter roupas melhores para ir à escola e economizava os trocados que recebia dos pais para comprar-lhe presentes de Natal e de aniversário. Assim que chegou a uma certa idade, Gordon retribuiu desprezando a irmã por ela não ser bonita nem esperta.

Mesmo nas escolas de terceira classe para as quais Gordon foi enviado, todos os meninos eram mais ricos do que ele. Logo descobriam sua pobreza, claro, e tornaram sua vida um inferno por causa disso. A maior crueldade que se pode praticar contra uma criança talvez seja mandá-la para uma escola onde todos os outros meninos são mais ricos do que ela. Uma criança consciente da pobreza será submetida a torturas do esnobismo que um adulto mal pode imaginar. Naquele tempo, especialmente durante o curso secundário, a vida de Gordon foi uma longa manobra para conseguir se manter de cabeça erguida e fingir que seus pais eram mais ricos do que eram.

Foram dias de muita humilhação! Por exemplo, no começo de todo ano letivo, cada aluno precisar entregar ao diretor do colégio, em público, o dinheiro que trouxera consigo; e os risinhos cruéis de desprezo dos outros rapazes quando você não chegava a ter dez xelins para entregar. E a vez em que os outros descobriram que Gordon usava um terno comprado pronto, que lhe custara trinta e cinco xelins! Mas as ocasiões que Gordon mais temia eram os dias em que seus pais iam vê-lo. Gordon, que naquele tempo ainda tinha alguma fé, chegava até a rezar pedindo a Deus que os pais não fossem visitá-lo na escola. O pai dele, especialmente, era o tipo de pai que não conseguia evitar criar--lhe graves embaraços; um homem desanimado e cadavérico, com as costas muito encurvadas, roupas visivelmente ordinárias e antiquadas. Tinha sempre um aspecto de fracasso, preocupação e tédio. E tinha o terrível hábito de, nas despedidas, entregar meia coroa a Gordon bem na frente dos outros rapazes, de maneira que todos viam que ele só recebia meia coroa e não, como deveria ser, pelo menos dez xelins! Mesmo agora, vinte anos depois, a lembrança dos tempos naquela escola provocava arrepios em Gordon.

Uma reverência terrível por dinheiro é a consequência que ele tem hoje de tudo que passou. Naquela época, ele detestava realmente sua família pobre: seu pai, sua mãe, Júlia, todo mundo. Odiava os parentes por suas casas modestas, sua deselegância, sua atitude desprovida de alegria diante da vida, suas infindáveis queixas e preocupações a respeito de quantias ínfimas, três ou seis *pence.* A frase que mais se ouvia no lar dos Comstock era, de longe, "Não podemos pagar isso". Naquele tempo, ele ansiava por dinheiro como só uma criança é capaz de ansiar. Mas por que ele não podia ter roupas decentes, muitos doces e ir ao cinema sempre que quisesse? Culpava os pais por sua pobreza, como se eles tivessem empobrecido de propósito. Por que eles não podiam ser como os pais dos outros meninos? A impressão que ele tinha é que seus pais preferiam ser pobres. É assim que funciona a cabeça das crianças.

Conforme foi crescendo, ele não se tornou menos irracional, mas irracional de outra maneira. A essa altura, já se firmara na escola e sofria uma opressão menos violenta. Nunca chegou a ir muito bem na escola pois não se esforçava e não conseguia obter bolsas de estudo, mas conseguiu desenvolver seu cérebro de uma maneira que lhe convinha. Lia os livros que o diretor da escola denunciava do púlpito e desenvolveu opiniões nada ortodoxas sobre religião, patriotismo e gravatas dos colegas mais velhos. E também começou a escrever poesia. Em um ou dois anos, passou a enviar para *Atheneu*, *Nova Era e Weekly Westminster* poemas que eram sempre recusados.

Existiam outros rapazes parecidos, com quem Gordon convivia. Toda escola pública tem sua pequena e zelosa *intelligentsia*. E naquele momento, os anos imediatamente posteriores à Grande Guerra, a Inglaterra estava tão repleta de opiniões revolucionárias que até as escolas públicas foram contaminadas por ideias desse tipo. Os jovens, mesmo os que eram jovens demais para combater, opunham-se aos mais velhos, e com toda a razão. Qualquer um com miolos era um revolucionário. Enquanto isso, os idosos, pessoas com mais de sessenta anos, digamos andavam em círculos como galinhas, cacarejando contra "ideias subversivas".

Gordon e seus amigos se divertiam muito com suas "ideias subversivas". Passaram um ano inteiro publicando um boletim mensal batizado de *O Bolchevique*, que reproduziam em uma copiadora a base de gelatina. A publicação defendia o socialismo, o amor livre, o desmembramento do Império Britânico, o fim do Exército e da Marinha, e assim por diante. Era muito divertido. Todo rapaz inteligente é socialista aos dezesseis anos. Nessa idade, ninguém percebe a o anzol escondido dentro da isca pesada.

Gordon começou a entender um pouco a questão do dinheiro, de um jeito imperfeito e ingênuo. Precocemente, descobriu que todo comércio moderno não passa de fraude. Curiosamente, foram os cartazes de propaganda nas estações de metrô os primeiros a lhe mostrar que as coisas eram assim. E ele ainda nem desconfiava que um dia ele mesmo acabaria trabalhando numa empresa de publicidade. Mas não era só que todo comércio fosse uma vigarice. O que ele percebeu, e com uma clareza que só aumentou com o decorrer do tempo, foi que o culto ao dinheiro tinha sido alçado à verdadeira religião. E talvez a única religião autêntica que temos. O dinheiro é o que Deus já foi. O bem e o mal não significam mais nada, a não ser fracasso ou sucesso. Daí a expressão significativa, de fazer o bem. O decálogo fora reduzido a dois mandamentos. Um para os patrões e outro para os empregados. O patrões são a casta sacerdotal do dinheiro e os empregados, os seus escravos e subordinados . Os mandamentos são reduzidos a dois: “Ganharás dinheiro” e “Não perderás teu emprego”.

Foi nessa época que ele se deparou com *Os filantropos de calças rotas* e leu sobre o carpinteiro esfaimado que penhorava tudo, mas não largava sua aspidistra. Depois disso, a aspidistra tornou-se uma espécie de símbolo para Gordon. A aspidistra, flor da Inglaterra! Ela devia figurar no brasão nacional, no lugar do leão e do unicórnio. Não haverá revolução na Inglaterra enquanto houver aspidistras nas janelas.

Aí ele já não odiava nem desprezava seus familiares, não como antes. Eles ainda o deixavam deprimido, aqueles pobres tios e tias apáticos, dois ou três dos quais tinham até morrido, seu pai cansado e sem iniciativa, sua mãe, desbotada, nervosa e delicada (tinha os pulmões um tanto fracos), e Júlia, já aos vinte e um anos trabalhando doze horas por dia, dedicada e conformada de nunca ter um vestido decente. Mas agora ele entendia qual era o problema deles. Não era só a falta de dinheiro. Na verdade, mesmo não tendo dinheiro, eles ainda viviam mentalmente no mundo do dinheiro, o mundo em que o dinheiro é virtude e a pobreza é crime. Não era a pobreza, e sim o mergulho na pobreza respeitável, que acabara com suas possibilidades. Tinham aceitado a lei do dinheiro, e nos termos dessa lei, eles eram fracassados. Nunca tiveram o bom senso de se libertar e simplesmente viver, com ou sem dinheiro, como fazem as classes baixas. Gordon tirava o chapéu para o jovem operário da fábrica que, possuindo apenas quatro pence no mundo, ainda assim começava a gerar uma família no ventre da namorada! Pelo menos ele tinha sangue, e não dinheiro, correndo nas veias.

Gordon pensava a respeito de tudo, do jeito inocente e egoísta dos jovens. Concluiu que há duas formas de viver. Você pode ser rico ou se recusar terminantemente a enriquecer. Você pode possuir dinheiro ou desprezar o dinheiro; a combinação fatal é idolatrar o dinheiro mas não conseguir juntá-lo. Ele não tinha a menor dúvida de que jamais conseguiria produzir dinheiro. Nem lhe ocorria que algum talento seu pudesse lhe render algum ganho. E isso ele devia aos professores das escolas onde estudara; tinham acabado por convencê-lo de que ele era um criador de casos e que provavelmente jamais venceria na vida. Julgamento que ele aceitou. Pois bem, então ele ia desistir por completo da ideia de vencer; e faria o possível para *não* vencer de maneira alguma. Melhor reinar no inferno do que servir no céu; aliás, melhor servir no inferno do que servir no céu. Aos dezesseis anos, ele já tinha certeza de que lado estava. Gordon era contra o deus-dinheiro e todo seu odioso sacerdócio. Tinha declarado guerra ao dinheiro; mas em segredo.

O pai de Gordon morreu quando ele estava com dezessete anos, deixando cerca de duzentas libras. Júlia já trabalhava havia vários anos. Entre 1918 e 1919, ela trabalhara numa repartição do governo, e depois disso fizera um curso de culinária e conseguira um emprego numa casinha de chá simples mas pretensiosa próxima à entrada da estação de metrô de Earl's Court. Trabalhava 72 horas por semana, pelas quais ganhava almoço, chá e mais 25 xelins; destes, 12 ou mais ela dava semanalmente para as despesas de casa. Parece que a melhor coisa a fazer com a morte doMr.Comstock seria tirar Gordon da escola, encontrar um emprego para ele e deixar que Júlia usasse as duzentas libras para instalar sua própria casa de chá. Mas aqui interviera a habitual loucura dos Comstock em questão de dinheiro. Nem Júlia nem a mãe sequer admitiam a ideia de Gordon deixar a escola. Com o estranho esnobismo idealista das classes médias, preferiam trabalhar mais do que deixar que Gordon abandonasse a escola antes da idade certa, de dezoito anos. As duzentas libras, ou mais da metade delas, tiveram que ser gastas na educação de Gordon. E Gordon as deixara tomar essa decisão. Declarara guerra ao dinheiro, mas isso não o impedia de ser irremediavelmente egoísta. Claro que tinha medo dessa história de trabalho; que rapaz não tem? Ficar trabalhando por horas em algum escritório imundo! Seus tios e tias já ficavam desanimados em ver Gordon "encaminhado na vida". Tudo para eles era uma questão de um emprego bom. O jovem Smith conseguira um emprego muito bom num banco e o jovem Jones começara a trabalhar numa companhia de seguros, um trabalho muito bom. Gordon sentia náuseas de ouvir aquela conversa. Tudo que eles pareciam querer era ver todos os jovens da Inglaterra encerrados no ataúde de algum emprego bom.

Mas precisavam ganhar algum dinheiro. Antes de se casar, a mãe de Gordon fora professora de música, e de vez em quando arranjava alguns alunos particulares quando a família ficava mais necessitada. Agora decidiu que voltaria a dar aulas regularmente. Era fácil conseguir alunos nos subúrbios, Na época eles moravam em Acton. Com as aulas de música e a ajuda da Júlia talvez conseguissem se virar por mais um ou dois anos. Mas o estado dos pulmões da Mrs. Comstock, a essa altura, era mais do que delicado. O médico que cuidara de seu marido encostara o estetoscópio no peito dela e fizera uma expressão consternada. Dissera que ela devia se cuidar, manter-se aquecida, fazer refeições nutritivas e, acima de tudo, evitar o cansaço. O trabalho exaustivo de dar aulas de piano era, claro, a pior coisa para ela. Gordon não sabia de nada disso. Júlia, porém, sabia. Era um segredo entre as duas mulheres, que elas não deixaram Gordon descobrir de modo algum.

Transcorreu um ano, um ano miserável para Gordon, cada vez mais envergonhado de suas roupas modestas e da falta crônica de dinheiro, o que transformava as garotas em um objeto de terror para ele. No entanto, a *New Age* aceitou um de seus poemas naquele ano. Enquanto isso, sua mãe passava horas e horas sentada na banqueta desconfortável do piano em salas atravessadas por correntes de ar, dando aulas a dois xelins por hora. Então, Gordon deixou a escola e o tio Walter, gordo e metido, disse que um amigo de um amigo poderia conseguir um emprego muito bom para Gordon no departamento de contas de uma fábrica de zarcão. Era um emprego incrível, uma oportunidade de ouro para um jovem. Se Gordon se dedicasse ao trabalho com a atitude certa, poderia acabar se tornando "alguém". A alma de Gordon se contorceu de horror. Repentinamente, como acontece com as pessoas fracas, ele se paralisou e, para horror de toda a família, recusou-se até a se candidatar ao emprego.

Aconteceram brigas terríveis, claro. Ninguém entendia. Consideravam uma espécie de blasfêmia recusar a oportunidade de um emprego tão bom. Ele reiterava que não queria aquele tipo de emprego. Então o que é que ele queria? – perguntavam todos.

– Escrever, declarou, amuado. Mas como é que ele poderia ganhar a vida "escrevendo"?, tornavam a perguntar.

Ele não tinha resposta, é evidente. No fundo de seu espírito, persistia a ideia de que, de algum modo, ele poderia viver de escrever poesia; mas aquela intenção era absurda demais para ser sequer mencionada. De qualquer maneira, porém, não tinha a menor intenção de entrar para os negócios, para o mundo do dinheiro. Admitia conseguir um emprego, mas não um emprego bom. Nenhum dos parentes sabia ao certo o que ele queria dizer. Sua mãe chorou, até Júlia ficou contra ele, e a toda sua volta tios e tias (ainda lhe restavam seis ou sete, na ocasião) rebatiam seus argumentos sem energia, esbravejando com grande ignorância. No final de três dias aconteceu uma coisa horrível. No meio do jantar, sua mãe foi acometida por um violento acesso de tosse, levou a mão ao peito, caiu para a frente e começou a sangrar pela boca.

Gordon ficou apavorado. Sua mãe não morreu, no final das contas, mas parecia prestes a morrer enquanto a carregavam para o quarto. Gordon saiu correndo à procura do médico. Sua mãe passou vários dias em estado muito grave. Tudo por causa das salas cortadas por correntes de ar e das idas e vindas pela rua, chovesse ou fizesse sol. Gordon continuou em casa impotente, com um sentimento horroroso de culpa misturado a sofrimento. Não chegou exatamente a descobrir, mas de certo modo intuiu que a mãe se matara de trabalhar para pagar seus estudos. Depois disso, não teve mais como ser contra ela. Procurou o tio Walter e disse que aceitava o emprego na fábrica de zarcão, se ainda estivesse disponível. De maneira que o tio Walter falou com o amigo, o amigo falou com um amigo, convocaram Gordon para uma entrevista com um senhor de idade que usava uma dentadura mal ajustada e, por fim, deram-lhe um emprego em período de experiência. Começou ganhando 25 xelins por semana. E nessa empresa trabalhou por seis anos.

A família se mudou de Acton e para um apartamento alugado num desolado quarteirão só de prédios em algum ponto do distrito de Paddington. A Mrs. Comstock trouxera seu piano e quando recuperou parte das forças passou a dar aulas de vez em quando. O salário de Gordon foi aumentando aos poucos, e os três conseguiam gerenciar a vida mais ou menos. Sempre eram Júlia e a Mrs. Comstock que mais gerenciavam. Gordon ainda tinha um certo egoísmo juvenil em relação ao dinheiro. No escritório, não se saía de todo mal. Diziam que ele merecia o que ganhava, mas que não era o tipo que se daria bem. De certa maneira, o desprezo total que ele sentia pelo trabalho sempre lhe tornava as coisas mais fáceis. Conseguia se adaptar à vida sem sentido do escritório porque nunca imaginou que ela fosse permanente.

Em algum momento, ele haveria de se libertar daquilo. Afinal, havia sempre seu projeto de "escrever". Algum dia, talvez, ele conseguisse dar um jeito de ganhar a vida "escrevendo"; afinal, qualquer um que se considere um "escritor" pode se considerar a salvo do fedor do dinheiro, não é? Os tipos que ele via à sua volta, especialmente os mais velhos, causavam-lhe repulsa. Era naquilo que dava, a adoração do deus dinheiro! Acomodar-se, dar-se bem, vender a alma em troca de uma casa com jardim e uma aspidistra! Transformar-se no típico sujeitinho insignificante das caricaturas: o cidadão obediente que chega em casa às seis e quinze, encontra à sua espera um jantar de empadão e compota de peras em lata, depois passa meia hora ouvindo o Concerto Sinfônico da BBC e talvez em seguida se permita alguns minutos de conjunção sexual legítima se a esposa estiver disposta! Que destino! Não, não é assim que ninguém deveria viver. É preciso se afastar de tudo isso, evitar totalmente o fedor do dinheiro. Era um plano que ele vinha ruminando. Uma guerra secreta contra o dinheiro. Mas ainda secreta. Seus colegas de escritório jamais suspeitaram de suas ideias rebeldes. Nunca sequer descobriram que ele escrevia poesia – não que fosse muita coisa, pois em seis anos tivera menos de vinte poemas publicados em revistas.

Era igual a qualquer outro funcionário da City, na aparência, mais um soldado do exército de passageiros que balança preso às alças do transporte coletivo a caminho do leste toda manhã e de volta ao oeste quando a noite cai, abarrotando os vagões do metrô de Londres.

A mãe de Gordon morreu quando ele estava com 24 anos. A família estava a ponto de acabar. Só restavam quatro Comstock da geração anterior– tia Angela, tia Charlotte, tio Walter e outro tio que morreria um ano mais tarde. Gordon e Júlia mudaram-se do apartamento. Gordon alugou um quarto mobiliado na Doughty Street (julgava vagamente literário morar em Bloomsbury) e Júlia mudou-se para Earl's Court, a fim de ficar mais perto da casa de chá. Júlia tinha quase trinta anos a essa altura, e parecia bem mais velha. Estava mais magra do que nunca, embora gozasse de boa saúde, e seus cabelos começavam a embranquecer. Ainda trabalhava doze horas por dia, e em seis anos seu salário só aumentara dez xelins por semana. A dama horrivelmente senhorial que era a proprietária da casa de chá também era sua meio amiga, além de patroa, o que lhe permitia explorar e azucrinar Júlia ao som de repetidos "querida" e "meu amor". Quatro meses depois da morte da mãe, Gordon demitiu-se subitamente do emprego. Não deu explicações na empresa. Imaginavam que ele queria melhorar financeiramente e deram-lhe muito boas referências. Ele nem pensava em procurar outro emprego. Tudo o que queria era queimar seus navios. A partir de agora, pretendia respirar um ar mais puro, livre do fedor do dinheiro. Não tinha esperado conscientemente pela morte da mãe para se demitir; ainda assim, tinha sido a morte da mãe que lhe dera a coragem necessária.

Houve uma nova briga, ainda mais deprimente, com os remanescentes da família. Acharam que Gordon tinha enlouquecido. Inúmeras vezes, tentou em vão explicar-lhes por que não queria se entregar à servidão de um emprego bom . "Mas do que você irá viver? Do que você irá viver?" era tudo que lhe perguntavam em tom de censura. Ele não queria pensar seriamente no assunto. Claro, ainda mantinha a ideia de que, de algum modo, poderia ganhar a vida "escrevendo". A essa altura, já conhecera Ravelston, editor da *Anticristo*, e Ravelston, além de publicar seus poemas, ainda lhe encaminhava livros para resenhar de tempos em tempos. Suas perspectivas na literatura não eram tão desanimadoras quanto seis anos antes. Ainda assim, sua verdadeira motivação não era o desejo de "escrever". Afastar-se do mundo do dinheiro – eis o que ele queria. Vagamente, ansiava por uma existência monástica, totalmente livre do dinheiro. Tinha a ilusão de que, se a pessoa despreza sinceramente o dinheiro, consegue de algum modo seguir em frente, da mesma forma que as aves vivem do ar. Só não se lembrou de que as aves não pagam aluguel. O poeta faminto isolado numa cobertura – mas que de algum modo conseguia passar fome sem desconforto –, eis a imagem que fazia de si mesmo.

Os sete meses que vieram depois foram terríveis. Trouxeram muito medo e quase destruíram seu espírito. Experimentou o que significava viver semanas a fio só à base de pão e margarina, tentar escrever quando se estava faminto, ver-se obrigado a penhorar as roupas, subir as escadas tremendo de medo pelo aluguel de três semanas atrasado e a senhoria à sua espera. Sem considerar que nesses sete meses, não escreveu quase nada. O primeiro efeito da pobreza é que ela mata o pensamento. Ele entendeu, como se fosse uma descoberta original, que ninguém consegue escapar do dinheiro unicamente ficando sem ele. Pelo contrário, você é um escravo irremediável do dinheiro até conseguir acumular o suficiente para viver – uma "boa reserva", como diz a abominável expressão da classe média. Finalmente, acabou despejado do seu quarto, depois de uma briga trivial. E passou três dias e quatro noites nas ruas. Uma coisa deprimente. As três manhãs, a conselho de outro homem que conheceu no Embankment, ele passou em Billingsgate, ajudando a empurrar carrinhos cheios de peixe por tortuosas ruas morro acima, de Billingsgate até Eastcheap. "Dois *pence* por viagem" era o quanto se ganhava, e era um trabalho que forçava horrivelmente os músculos das coxas. Multidões faziam o mesmo serviço, e você precisava esperar sua vez; sorte sua se conseguisse ganhar dezoito *pence* entre as quatro e as nove da manhã. Depois de três dias, Gordon não aguentou mais. De que adiantava? Ele estava derrotado. A única coisa a fazer era voltar a procurar a família, conseguir algum dinheiro emprestado e arranjar outro emprego.

Só que agora não havia mais empregos à disposição. Viveu meses de favores da família. Júlia o ajudou até acabar com a última moeda de sua pequena economia. Uma coisa execrável. Era aquele o resultado de todas as belas atitudes que ele tomara! Abrira mão da ambição, declarara guerra ao dinheiro, e aquilo só o levara a depender dos escassos trocados que a irmã lhe dava! E Júlia, ele sabia, ficava mais abatida com o fracasso dele do que com o fim de seu dinheiro. Ela sempre tivera tantas expectativas em relação a Gordon! Ele era o único dos Comstock com alguma condição de obter "sucesso". E mesmo àquela altura ela acreditava que de algum modo, algum dia, ele acabaria recuperando a fortuna da família. Ele era tão "inteligente" – e decerto seria capaz de ganhar dinheiro, se quisesse! Gordon passou dois meses com tia Angela, na casinha dela em Highgate – a pobre, debilitada, mumificada tia Angela, que mesmo sozinha mal tinha o que comer. E o tempo todo ele procurava encoluquecidamente por trabalho. Tio Walter não conseguiu ajudar. Sua influência no mundo dos negócios, que nunca fora muito grande, agora se reduzira praticamente a zero. Por fim, contudo, de maneira inesperada, a sorte virou. Um amigo de uma amiga do irmão da patroa de Julia conseguiu para Gordon um emprego no departamento de contabilidade da Companhia de Publicidade New Albion.

A New Albion era uma dessas empresas de publicidade que tinham surgido por toda parte depois da guerra – espécies de cogumelos que brotam em abundância em um capitalismo decadente. Era uma empresa pequena em crescimento, que aceitava qualquer tipo de publicidade que lhe caísse nas mãos. Criara certa quantidade de cartazes em grande escala para uma farinha de aveia vitaminada e solúvel, e assim por diante, mas sua especialidade eram os anúncios de cosméticos e artigos de chapelaria nas revistas ilustradas para mulheres, além de anúncios mais modestos para as revistas semanais baratas, como o das Pílulas Whiterose para Distúrbios Femininos, Faça Seu Horóscopo com o Professor Raratongo, Os Sete Segredos de Vênus, A Verdade Sobre as Varizes, O Fim do Hábito da Bebida em Três Dias e A Loção Capilar Ciprolax Expulsa Todos os Invasores Inoportunos. Havia uma grande equipe de ilustradores de comerciais. E foi lá que Gordon conheceu Rosemary.

Ela trabalhava no estúdio e ajudava a desenhar anúncios de moda. Muito tempo se passou até ele chegar a falar com ela. Antes disso, só a conhecia como uma personagem distante, baixa, morena, de movimentos rápidos, atraente mas um tanto arrogante. Quando passavam um pelo outro nos corredores, ela o encarava com ar irônico, como se soubesse tudo a seu respeito e o achasse de algum modo engraçado; ainda assim, olhava para ele com uma frequência um pouco maior que o normal. Ele não tinha nenhuma ligação com a frente do negócio em que ela atuava. Era empregado do departamento de contabilidade, um mero escriturário com um salário de três libras por semana.

New Albion era considerada uma empresa de espírito totalmente moderno. Não havia praticamente ninguém que trabalhasse lá e não soubesse perfeitamente bem que a publicidade – a propaganda – era a fraude mais sórdida que o capitalismo já havia produzido. Na fábrica de zarcão, ainda persistiam certas noções de honra e utilidade comercial. Mas na New Albion coisas como essas seriam motivo de riso. A maioria dos empregados era do tipo calejado, americanizado e muito ambicioso – a espécie de profissional para quem não existe nada de sagrado no mundo além do dinheiro. Seguiam um código cínico de conduta que já encontraram pronto. Os consumidores são como porcos confinados; a publicidade é o equivalente a agitar uma vara dentro do balde da lavagem. Ainda assim, por baixo de todo esse cinismo, persistia a ingenuidade final, a adoração cega ao deus-dinheiro. Gordon os estudava discretamente. Como antes, realizava seu trabalho de maneira passável e seus companheiros o olhavam de cima para baixo. Nada mudara em seu íntimo. Ainda desprezava e repudiava o código do dinheiro. De algum modo, mais cedo ou mais tarde ele conseguiria fugir daquilo; mesmo depois do seu fracasso recente, continuava a planejar uma fuga. Podia *estar* no mundo do dinheiro, mas não era a ele que *pertencia*. Quanto aos tipos à sua volta, os pequenos vermes de chapéu-coco que nunca saíam da linha e os ambiciosos, os que cortejavam o modelo consagrado pela escola americana de administração, ele os achava até divertidos. Gostava de estudar sua mentalidade servil, aferrada à conservação de seus empregos. Ele era o rapazinho perdido no meio deles, observando tudo e anotando.

Certo dia alguém viu por acaso um dos poemas de Gordon numa revista e espalhou a notícia de que "tinham um poeta no escritório". Claro que Gordon foi ridicularizado pelos outros funcionários, embora sem maldade. Depois dessa descoberta os colegas o apelidaram de "o bardo". Mas embora tenham achado graça, também sentiram um certo desprezo. Aquilo confirmava a impressão que tinham de Gordon. Um sujeito que escrevia versos não era exatamente do tipo que se sai bem. Mas o fato teve um desdobramento inesperado. Mais ou menos na mesma época que os demais funcionários se cansaram de zombar de Gordon, o Mr.Erskine, o diretor, que até então nunca lhe dedicara mais que uma atenção mínima, de repente mandou chamá-lo para uma reunião.

O Mr.Erskine era um homem alto e lento com um rosto largo, saudável e inexpressivo. Pela aparência e pela lentidão da fala, dava a impressão de estar envolvido com a lavoura ou a criação de gado. Sua personalidade era tão sossegada quanto os gestos, e era o tipo de homem que só ouvia falar das coisas muito depois que todo mundo tinha deixado de falar nelas. Como um homem assim podia dirigir uma agência de publicidade, só os estranhos deuses do capitalismo podiam saber. Mas era uma pessoa muito simpática. Não tinha aquele ar desdenhoso e circunspecto que geralmente anda junto com a capacidade de ganhar dinheiro. E, de certa maneira, aquela gordura de espírito lhe servia bem. Sendo insensível ao preconceito popular, tinha um dom para escolher empregados de talento. Assim, a notícia de que Gordon escrevia poesia, longe de deixá-lo chocado, produziu nele uma impressão vagamente favorável. Talento literário era o que procuravam na New Albion. Depois de mandar chamar Gordon, ficou estudando o jovem com um ar sonolento e enviesado, fazendo-lhe uma série de perguntas vagas. Não prestava atenção às respostas de Gordon, mas pontuava as perguntas com um som que parecia "Hm, hm, hm". Quer dizer que escrevia poesia? Ah, é? Hm. E publicava em revistas? Hm, hm. E será que pagam alguma coisa por isso? Não muito, hein? Não, não deve ser. Hm, hm. Poesia? Hm. Deve ser mesmo um pouco difícil. Escrever todos os versos com o mesmo número de sílabas, e tudo o mais. Hm, hm. Escreve alguma outra coisa? Contos, coisas assim? Hm. É mesmo? Muito interessante. Hm!

Mr. Erskine promoveu Gordon ao cargo especial de secretário (na verdade, aprendiz) do Mr.Clew, o redator-chefe da New Albion, sem fazer mais perguntas. Como qualquer outra agência de publicidade, a New Albion vivia à procura de redatores com alguma imaginação. O interessante é que é mais fácil encontrar desenhistas competentes do que pessoas capazes de inventar *slogans* como "O Molho QT sempre conquista o sorriso do marido" e "Este peso em seus ombros pode ser caspa!". O salário de Gordon não foi aumentado de imediato, mas ele era acompanhado de perto na empresa. Com sorte, poderia ser nomeado redator titular dali a um ano. Aquela era uma oportunidade inconfundível de se sair bem.

Gordon passou seis meses trabalhando com o Mr.Clew, que era um homem bastante acabado, de uns quarenta anos, com cabelos grossos nos quais mergulhava os dedos com frequência. Trabalhava numa salinha sufocante, as paredes inteiramente revestidas de cartazes que representavam seus triunfos do passado. Tomou Gordon sob sua proteção de maneira amigável, mostrou-lhe o caminho das pedras e até dava ouvidos às suas sugestões. Àquela altura, estavam trabalhando numa série de anúncios de revistas para o April Dew, o novo desodorante que a Produtos de Toucador Rainha de Sabá Ltda. (curiosamente, a mesma firma onde Flaxman trabalhava) estava lançando no mercado. Gordon começou o trabalho com uma repulsa secreta. Mas logo em seguida ocorreu um desdobramento inesperado: praticamente desde o início, ele demonstrou um notável talento para a redação publicitária. Compunha anúncios como se tivesse nascido para aquilo. A frase marcante que se destaca e gruda na memória, o parágrafo breve que reúne um mundo de mentiras em cem palavras – tudo aquilo lhe ocorria quase sem esforço. Ele sempre tivera o dom da palavra, mas era a primeira vez que conseguia usá-lo com sucesso. O Mr.Clew o achava muito promissor. E Gordon observava seu próprio progresso, primeiro com surpresa, depois achando graça e, por último, com uma espécie de horror. Com que então era *naquilo* que ele tinha dado! Escrever mentiras para extrair dinheiro dos incautos! E havia uma tremenda ironia, também, no fato de ele, tão desejoso de se tornar "escritor", ter conquistado seu único sucesso compondo anúncios de desodorante. No entanto, aquilo era menos incomum do que imaginava.

A maioria dos redatores, disseram a ele, eram romancistas *manqués*; ou seria o contrário?

A Rainha de Sabá ficou muito satisfeita com os anúncios. O Mr. Erskine também. Gordon teve seu salário aumentado em dez xelins por semana. E foi aí que se assustou. Estava caindo nas garras do dinheiro, afinal. Começara a escorregar ladeira abaixo, descendo a rampa que o conduziria para o chiqueiro da riqueza. Um pouco mais e se atolaria para sempre. É muito estranho como essas coisas acontecem. Você se declara inimigo do sucesso, jura que jamais irá se sair bem, mesmo que queira, e um dia, por mero acaso, uma coisa inesperada acontece e você se surpreende se saindo bem de maneira quase automática. E então ele viu que a hora de fugir era agora ou nunca. Precisava escapar daquilo – do mundo do dinheiro, de maneira irrevogável, antes de se envolver além da conta.

Só que não queria passar fome e acabar se rendendo. Procurou Ravelston e pediu ajuda. Contou-lhe que precisava de um emprego, não um emprego bom , mas alguma coisa que lhe permitisse sustentar o corpo sem ter de vender a alma. Ravelston entendeu perfeitamente. Ninguém precisava lhe explicar a diferença entre um emprego e um emprego bom; e nem ele apontou para Gordon a estupidez do que estava fazendo. Era esse o melhor aspecto de Ravelston. Sempre conseguia entender o ponto de vista do outro. Devia ser porque tinha dinheiro; os ricos podem se dar ao luxo da compreensão. Além disso, sendo rico, tinha condições de arrumar emprego para as outras pessoas. Depois de apenas quinze dias, contou a Gordon que encontrara uma coisa que podia lhe servir. O Mr.McKechnie, dono de uma livraria decadente de livros usados com quem Ravelston já fizera negócios ocasionais, estava à procura de um vendedor. Mas não queria um vendedor experiente, que quisesse receber o salário habitual; queria alguém com a aparência de um cavalheiro e que fosse capaz de conversar sobre livros – alguém para impressionar sua clientela mais lida. Sem dúvida o oposto de um emprego bom . O horário era interminável, o pagamento ínfimo – duas libras por semana – e não havia nenhuma possibilidade de promoção. Um beco sem saída. E, claro, um beco sem saída era exatamente o que Gordon procurava. Foi conversar com o Mr.McKechnie, um velho escocês de ar benévolo e sonolento, com o nariz muito vermelho e a barba branca manchada de rapé, e foi contratado sem mais delongas. Naquela mesma época, seu livro de poemas, *Ratos*, estava indo para o prelo. O sétimo editor para quem enviara o volume tinha aceitado publicá-lo. Gordon não sabia que aquilo se devia à intercessão de Ravelston, que era amigo pessoal do editor e estava sempre fazendo aquele tipo de arranjo furtivo em favor de poetas obscuros. Gordon achou que o futuro se abria à sua frente. Aquele haveria de ser o seu começo ou, de acordo com os padrões aspidístricos e "smilesianos", o seu fim.

Pediu um mês de aviso prévio na agência. E o fim foi doloroso. Júlia, claro, ficou mais perturbada do que nunca com aquele seu segundo abandono de um emprego bom. A essa altura, Gordon já conhecera Rosemary. E ela não tentou impedir que ele desistisse do emprego. Interferir era contra seu código de conduta – "cada um precisa viver a própria vida", era a atitude que ela sempre adotava. Mas não entendeu nem de longe por que ele tomara aquela decisão. E a coisa que mais perturbou Gordon, curiosamente, foi a entrevista com o Mr.Erskine. O Mr.Erskine mostrou-se verdadeiramente gentil. Não queria que Gordon deixasse a firma e declarou isso da maneira mais franca. Com uma espécie de polidez elefantina, conseguiu controlar-se para não chamar Gordon de jovem tolo. Entretanto, perguntou lhe por que decidira ir embora. Gordon não conseguiu evitar responder, nem foi capaz de inventar – a única coisa que o Mr.Erskine teria compreendido – que estava trocando aquela posição por um emprego mais bem pago. Declarou encabulado que "não achava que aquele negócio era bom para ele" e que "queria tentar escrever". O Mr.Erskine não se abalou. Escrever? Hm. Hoje em dia andam ganhando alguma coisa com isso?

Hm. Não, acho que não. Hm. Gordon, sentindo-se ridículo e com uma expressão efetivamente ridícula, murmurou que tinha "um livro quase saindo". Um livro de poesia, acrescentou, com certa dificuldade para pronunciar a palavra. O Mr.Erskine olhou-o de esguelha antes de observar:

– Poesia, hein? Hm. Poesia? E dá para ganhar a vida com esse tipo de coisa, é o que lhe parece?

– Bem... não exatamente ganhar a vida. Mas pode ajudar.

– Hm... bem! Você é quem sabe, creio. Se a qualquer momento quiser um emprego, volte a nos procurar. Acho que conseguimos arranjar um lugar para você. Precisamos de gente do seu tipo aqui. Não esqueça.

Gordon foi embora com um sentimento detestável de ter-se agido de modo inadequado e ingrato. Mas era o que tinha de fazer; precisava dar as costas para o mundo do dinheiro. Estranho. Por toda a Inglaterra, jovens se desesperavam pela falta de emprego, e lá estava ele, Gordon, que a mera palavra "emprego" já bastava para deixar um tanto nauseado, às voltas com empregos que não desejava mas que insistiam em lhe oferecer. Era um exemplo de que se pode conseguir qualquer coisa neste mundo desde que no fundo você não a queira. Além do mais, as palavras do Mr.Erskine não lhe saíam da cabeça. É possível que tivesse dito a verdade. Provavelmente haveria *mesmo* um emprego à espera de Gordon se um dia ele decidisse voltar atrás. De maneira que seus cartuchos não estavam completamente queimados. A New Albion era um destino cruel que ele deixara para trás, mas ainda poderia voltar a ter à sua frente.

E como ele fora feliz, nos primeiros dias, na livraria do Mr.McKechnie! Por algum tempo – muito pouco tempo – teve a ilusão de realmente haver deixado o mundo do dinheiro. Claro que aquele comércio de livros também era uma vigarice, como todos os outros; mas que ramo diferente de vigarice! Aqui não havia pressão, nem o desejo de se sair bem, nem a obrigação de rastejar na sarjeta. Nenhum profissional ambicioso aguentaria por dez minutos a atmosfera estagnada do comércio de livros. Quanto ao trabalho, era muito simples. Consistia basicamente em passar dez horas por dia dentro da livraria. O velho Mr.McKechnie não era má pessoa. Era escocês, claro, mas sem o comportamento típico do escocês das caricaturas. Pelo menos não era dominado pela avareza – seu traço mais característico parecia ser a indolência. Também era abstêmio e pertencia a alguma seita não-conformista, mas nada disso afetava Gordon. Já fazia mais ou menos um mês que Gordon trabalhava na livraria quando *Ratos* finalmente foi lançado. Nada menos que treze jornais publicaram resenhas! E o *The Times Lit. Supp.*

afirmou que o livro parecia “excepcionalmente promissor”. Só alguns meses mais tarde Gordon entendeu quão fracassado havia sido o lançamento de *Ratos*.

Entendeu a verdadeira natureza da batalha que decidira travar só quando se viu com duas libras por semana e sem praticamente nenhuma outra possibilidade de ganhar mais.

. O problema é que o brilho da renúncia nunca dura muito. Em pouco tempo, a vida com duas libras por semana deixa de ser um gesto heroico para se transformar numa rotina de penúria. O fracasso é uma impostora tão grande quanto o sucesso. Ele desistira do seu emprego bom e renunciara para sempre aos empregos “bons”. O que fora necessário. E não tencionava voltar atrás. Mas não adiantava nada fingir que, por ter-se imposto uma vida de pobreza, ele conseguira escapar dos males que a pobreza traz. Não que passasse necessidade. Ninguém sofre grandes privações com um salário de duas libras por semana e, se sofre, elas não são importantes. É na mente e na alma que a falta de dinheiro prejudica as pessoas. Desânimo mental, mal-estar espiritual – eis os males que parecem se abater fatalmente sobre as pessoas quando sua renda cai abaixo de certo ponto. Fé, esperança, dinheiro – só um santo seria capaz de manter as duas primeiras coisas sem a terceira.

Chegava à idade em que o futuro deixa de ser um indistinto borrão rosado e se transforma em algo concreto e ameaçador. Ele estava amadurecendo. 27, 28, 29 anos. O espetáculo da sobrevida de seus parentes o deprimia cada vez mais. Conforme envelhecia, achava-se mais e mais parecido com eles. Estava seguindo pelo mesmo caminho! Mais alguns anos e ficaria do mesmo jeito, exatamente do mesmo jeito! Era o que sentia até mesmo em relação a Júlia, a quem via com frequência bem maior do que a seus tios. A despeito das várias vezes que decidira nunca mais fazê-lo, de tempos em tempos ainda pedia dinheiro emprestado a Júlia. Os cabelos dela embranqueciam depressa; uma ruga profunda cortava cada uma de suas faces encovadas e vermelhas. Instalara em sua vida uma rotina em que não era de todo infeliz. Havia o trabalho na casa de chá, as noites de “costura” em seu apartamento conjugado em Earl’s Court, no segundo andar, fundos, de nove xelins por semana sem mobília. Tinha as reuniões ocasionais com outras amigas solteironas tão solitárias quanto ela. A típica vida marginal da mulher solteira sem tostão; e ela a aceitava, mal percebendo que seu destino poderia ter sido outro. Ainda assim, a seu modo, continuava a sofrer, mais por Gordon do que por si mesma.

A decadência lenta da família, a maneira como todos iam morrendo sem deixar nada, parecia para ela uma espécie de tragédia. O dinheiro, o dinheiro! "Nenhum de nós consegue ganhar dinheiro!" era o seu lamento eterno. E, de todos, só Gordon tivera a chance de prosperar; mas escolhera não ganhar nada. Ele afundava, sem resistir, na mesma trilha de pobreza de todos os outros. Depois da primeira briga que tiveram, a decência de Júlia a impediu de voltar a importunar por ter desistido de seu emprego na New Albion. Mas as motivações do irmão lhe pareciam totalmente desprovidas de sentido. Do seu jeito leve e sem palavras, ela sabia que não podia haver pecado mais grave que o pecado contra o dinheiro.

E em relação a tia Angela e tio Walter – meu Deus! Que dupla! Cada vez que Gordon olhava para eles, sentia-se dez anos mais velho.

Tio Walter, por exemplo. Tio Walter era muito lamentável. Tinha sessenta e sete anos, e com suas várias representações mais os últimos restos do seu patrimônio, pode ser que sua renda chegasse a três libras por semana. Tinha um escritório num cubículo perto da Cursitor Street e morava numa pensão muito barata em Holland Park. O que estava bem de acordo com a tradição; parecia natural que todos os homens da família Comstock acabassem alojados em pensões. Quando você olhava para ele, achava totalmente inacreditável que ele já tivesse sido jovem. Quando você olhava para o pobre velho tio, com sua barriga imensa e trêmula, a voz afetada pela bronquite, o rosto largo, pálido e timidamente pomposo, muito parecido com o retrato que Sargent pintou de Henry James, a cabeça totalmente calva, os olhos claros encimando olheiras profundas e o bigode desabado, cujas pontas tentava em vão domar e contorcer para cima. Será possível que uma criatura como aquela sentiu algum dia a vida correr nas veias? Será que chegara a subir numa árvore, mergulhar de cabeça de um trampolim ou se apaixonar?

Difícil imaginar que algum dia tivera um cérebro em boas condições. Mesmo no começo da década de 1890, quando cronologicamente ainda era jovem, teria tentado algo na vida? Algumas farras secretas e desanimadas, talvez. Alguns uísques em bares sem graça, uma visita ou duas ao *trottoir* em torno do Teatro Empire em Leicester Square, ou a algum bordel bem discreto; o tipo de fornicação insatisfatória e precária que se pode imaginar entre múmias egípcias à noite, depois que o museu fecha. E em seguida os longos, longos e silenciosos anos de fracassos nos negócios, solidão e ostracismo em pensões miseráveis.

Mesmo assim, na sua velhice, o tio não devia ser infeliz. Tinha um passatempo que nunca deixava de interessá-lo: suas moléstias. Pelos seus cálculos, sofria de todas as doenças dos dicionários de medicina, e nunca se cansava de falar sobre elas.

Gordon tinha visitado o tio algumas vezes, e a sensação que tinha era a de que nenhum morador da pensão de seu tio jamais falava de outra coisa que não de suas doenças. Por toda a sala mal iluminada, criaturas idosas e descoradas sentavam-se em duplas, discutindo sintomas. As conversas lembravam estalactites pingando sobre estalagmites. Um gotejamento constante. "Como vai o seu lumbago?", pergunta estalactite a estalagmite. "Estou achando que os Sais de Kruschen estão me fazendo bem", responde estalagmite a estalactite. Gota atrás de gota, gota atrás de gota.

E ainda havia tia Angela, com sessenta e nove anos. Gordon procurava evitar ao máximo qualquer evocação de tia Angela.

Pobre tia Angela! Querida, boa, gentil e deprimente tia Angela! Enrugada, amarela como um pergaminho, pele e ossos! Lá na sua miserável casinha geminada em Highgate – Briarbrae, era como se chamava –, lá no seu palácio erguido nas montanhas do norte residia ela: Angela, a Donzela Eterna, em cujos lábios homem nenhum, vivo ou residente nas sombras, pode afirmar ter depositado algum dia as carícias gentis de um amante. Sozinha vive ela, e o dia inteiro caminha de um lado a outro, na mão o espanador feito com as plumas da cauda do contumaz peru; com ele espana as aspidistras de folhas escuras e expulsa a odiada poeira do resplandecente conjunto de chá de fina porcelana Crown Derby, destinado a jamais ser usado. E vezes sem conta consola seu coração com goles de chá preto, tanto o Flowery Orange quanto o Pekoe Points, que os filhos de Coromandel, com sua barba rala, lhe enviaram das margens opostas do mar arroxeado.

Coitada da tia Angela – querida, boa, gentil mas nada agradável tia Angela! Tinha uma renda de noventa e oito libras por ano (trinta e oito xelins por semana, mas conservava o hábito de classe média de calcular sua renda em termos anuais e não semanais) e, desse total, doze xelins e seis *pence* por semana iam para o pagamento da casa. É provável que passasse fome de vez em quando, se Júlia não lhe trouxesse pacotes de bolos, pães e manteiga da casa de chá – sempre, claro, apresentados como "umas coisinhas que tive pena de jogar fora", solenemente fazendo de conta que, na verdade, tia Angela não precisava daquilo.

Mesmo assim, até ela tinha os seus prazeres, a pobre tia. Na velhice se tornou uma grande leitora de romances, pois havia uma biblioteca pública a apenas dez minutos de caminhada de Briarbrae. Alegando vários motivos, enquanto viveu, o Avô Comstock proibia suas filhas de lerem romances. Assim, por ter começado a ler romances apenas em 1902, tia Angela estava sempre algumas décadas atrasada em relação a livros que andam em moda. Mas persistia na retaguarda, distante porém sempre firme na busca literária. Nos anos 1900, ainda lia Rhoda Broughton e a Mrs. Henry Wood. Nos anos da Guerra, descobriu Hall Caine e a Mrs. Humphrey Ward. Na década de 1920, lia Silas Hocking e H. Seton Merriman, e ao despontarem os anos 30 quase conseguira chegar a W. B. Maxwell e William J. Locke. Mais longe do que isso ela jamais chegaria. Quanto aos romancistas posteriores à guerra, ouviu falar deles muito de longe, com sua imoralidade, suas blasfêmias e sua inteligência devastadora. Mas nunca leria nenhum deles. Walpole nós conhecemos e Hichens nós lemos, mas Hemingway, quem é você?

Era o que restava da família Comstock em 1934. Tio Walter, com suas representações e suas doenças. tia Angela, espanando o serviço de chá de porcelana fina em Briarbrae. Tia Charlotte, ainda continuava uma existência vaga e vegetal no asilo. Júlia, que trabalhava setenta e duas horas por semana e fazia suas "costuras" à noite junto do fogareirozinho a gás em seu minúsculo apartamento. E Gordon, com quase trinta anos, ganhando duas libras por semana num emprego idiota, e engalfinhado, como único objeto demonstrável de sua existência, com um livro terrível que nunca avançava.

Como o Avô Comstock tinha tido onze irmãos, talvez ainda existissem outros Comstock com um parentesco mais distante. Se algum deles sobrevivera, porém, havia de ter enriquecido e perdido o contato com os parentes mais pobres, pois o dinheiro fala mais alto que o sangue. Quanto ao ramo da família a que Gordon pertencia, a renda total dos cinco, incluindo o pagamento à vista feito quando tia Charlotte fora internada no asilo, devia chegar a seiscentas libras por ano. A idade de todos somava duzentos e sessenta e três anos. Nenhum deles jamais saíra da Inglaterra, jamais lutara na guerra, jamais fora preso, jamais montara a cavalo, jamais viajara de aeroplano, jamais se casara ou tivera filhos. E não parecia haver motivo para que não persistissem no mesmo estilo até a morte. Entrava ano, saía ano, *nada jamais acontecia* na família Comstock.

# Capítulo 4

"Claro que não se pode chegar à casa de outra pessoa sem nenhum cigarro. Porém, se você tem pelo menos um, não há problema, porque quando as pessoas veem um cigarro no maço supõem que antes o maço estivesse cheio."

V*isivelmente o vento ameaçador*
*Varre os flexíveis choupos nus.*

Porém, na verdade, nem uma brisa soprava naquela tarde. Fazia um tempo quase tão agradável como se fosse um dia de primavera. Gordon se repetia os versos do poema que começara na véspera, num sussurro cadenciado, unicamente pelo prazer que o som lhe dava. Até o momento, parecia realizado com o poema. Era bom – ou ficaria bom quando pronto, pelo menos. Esqueceu que na véspera o poema quase o deixara enjoado.

As árvores estavam eretos e imóveis, cercados por finos vestígios de névoa. Um bonde trovejou no vale ao longe. Gordon caminhava Malkin Hill acima, pisando em folhas secas que se acumulavam até a altura do peito de seus pés. Elas se espalhavam por toda a calçada, douradas e crepitantes, como os flocos crocantes de alguns cereais matinais americanos; como se a rainha de Brobdingnag tivesse espalhado o conteúdo de sua caixa de cereais True-Weet por toda a ladeira da colina.

Os dias de inverno sem vento eram muito agradáveis! A melhor época do ano – ou pelo menos era o que Gordon achava naquele momento. Estava tão feliz quanto possível depois de passar o dia inteiro sem fumar e tendo apenas três meios *pence* mais um *joey* no bolso. Era quinta-feira, dia em que a livraria fechava cedo e Gordon tinha a tarde de folga. Ele ia à casa de Paul Doring, o crítico, que morava em Coleridge Grove e promovia chás literários.

Levou quase uma hora se arrumando. A vida social fica muito mais complicada quando se tem uma renda semanal de duas libras. Barbeou-se dolorosamente com água fria, logo depois do almoço. Vestiou seu melhor terno – com três anos de uso mas ainda aceitável, pois se lembrou na véspera de colocar as calças esticadas debaixo do colchão. Virara do avesso o colarinho da camisa e dera o nó na gravata por cima, para esconder o lugar onde estava puído. Com a ponta de um fósforo, raspara da lata quantidade de graxa suficiente para polir os sapatos.

Pediu uma agulha emprestada a Lorenheim para remendar as meias. Cerzir é uma tarefa maçante, mas melhor do que pintar os lugares onde o calcanhar aparecia pelos buracos. E também conseguira um maço vazio de Gold Flake e guardara dentro dele um único cigarro que comprara de uma máquina acionada por moedas de um *penny*. Só para manter as aparências. Porque não fica bem chegar à casa de outra pessoa sem nenhum cigarro. Porém, se você tem pelo menos um, não há problema, porque quando as pessoas veem um cigarro no maço supõem que antes o maço estivesse cheio. E o fato é bem fácil de apresentar como um acidente. "Quer um cigarro?", você pergunta a alguém em tom casual. "Oh... obrigado".

Você abre o maço e então faz um ar surpreso. "Ora! É o último. Mas eu tinha certeza de que o maço estava cheio..." "Ah, não vou fumar seu último cigarro. Aceite um dos *meus*", diz o outro.

– Ah... obrigado.

E depois disso, seu anfitrião e a dona da casa insistem para que você aceite os cigarros deles. Mas, por uma questão de honra, você deve pegar pelo menos *um* cigarro.

*O vento ameaçador...*. Ele ia acabar o poema agora. Podia acabá-lo quando bem entendesse. Esquisito como a simples oportunidade de comparecer a um chá literário o estimulava. Quando você tem uma renda de duas libras por semana, pelo menos não padece de excesso de contato humano. Ver o interior da casa de alguém já é uma espécie de acontecimento. Uma poltrona estofada debaixo do traseiro, chá, cigarros e o perfume de mulheres – você aprende a apreciar essas coisas quando está tão carente delas.

Mas as festas de Doring nunca eram como Gordon imaginava. Todas aquelas conversas maravilhosas, espirituosas e eruditas que aguardava de antemão nunca aconteciam nem ameaçavam acontecer. Na verdade, nunca ocorria naquelas festas nada que pudesse ser devidamente chamado de conversa; só a balbúrdia desconexa que se escuta em qualquer festa, seja em Hampstead ou em Hong Kong. Alguém que valha a pena conhecer nunca compareceria às festas de Doring. O próprio Doring era um leão tão decadente que seus convivas mal mereciam ser descritos como chacais. Cerca de metade deles eram mulheres de meia-idade dotadas da inteligência de uma galinha e que, havia pouco, tinham começado a fugir de seus sólidos lares cristãos para tentar levar uma vida literária. Os principais troféus eram as tropas de jovens brilhantes que ficavam na festa por cerca de meia hora, formando círculos de que só eles próprios participavam, zombando de outros jovens brilhantes a quem só se referiam por apelidos. Quase sempre, Gordon se via pairando nas margens das rodas de conversa.

Doring era apressado e descuidado, apesar de seu modo gentil, o que o levava a apresentá-lo a todo mundo como "Gordon Comstock– você *sabe*; o poeta. Escreveu aquele ótimo livro de poemas, *Ratos*. Você *sabe*". Mas Gordon nunca havia encontrado alguém que soubesse mesmo. Os jovens brilhantes o avaliavam de relance, e preferiam ignorá-lo. Ele estava perto dos trinta anos, era um homem deteriorado e obviamente não tinha um tostão. E ainda assim, apesar de todas essas invariáveis decepções, como ele esperava ansioso por aqueles chás literários! No mínimo, eram um momento de trégua na sua vida solitária. É uma característica cruel da pobreza, uma marca sempre recorrente: a solidão. Dia após dia sem nenhuma pessoa inteligente com quem conversar; noite após noite de volta ao seu quarto torpe, sempre só. Talvez pareça uma ideia interessante quando você é rico e solicitado; mas quanta diferença.

*Visivelmente o vento ameaçador...* Uma série de automóveis subia a ladeira com facilidade, os motores roncando. Gordon os contemplava sem inveja. Quem quer um automóvel, afinal? Os rostos rosados de boneca das mulheres de classe alta o contemplavam por trás dos vidros das janelas dos automóveis. Cãezinhos de colo tolos e irritantes. Cadelas mimadas cochilando presas à corrente. Melhor ser o lobo solitário do que o cão servil. Pensou nas estações de metrô de manhã cedo. As hordas negras de funcionários que se apressavam em mergulhar debaixo da terra como formigas num buraco, enxames de homenzinhos-formigas, cada um com sua pasta na mão direita, o jornal na esquerda e o medo do desemprego, como um verme, plantado no coração. Como ele os corrói, aquele medo! Particularmente nos dias de inverno, quando ouvem a ameaça do vento. O inverno, o desemprego, os albergues, os bancos das margens do rio. Ah!

*Visivelmente o vento ameaçador*
*Varre os choupos nus flexíveis*
*E estende a fumaça das lareiras*
*Em fitas; pelo ar, esfrangalhados,*
*Drapejam os farrapos dos cartazes;*
*Trens e cascos produzem um eco urgente,*
*E os assalariados na estação*
*Estremecem, com os olhos no nascente*
*E pensam...*

E eles pensam em quê? O inverno está chegando. Será que estou seguro no emprego? Ser demitido significa ir parar no albergue. Circuncidai vossos prepúcios, diz o Senhor. Melhor lamber a fuligem das botas dos patrões. Isso!

*E cada um deles pensa O inverno!*
*O emprego, Deus me ajude a mantê-lo!*
*E enquanto o frio cru lhes atravessa*
*As tripas, como uma lança de gelo, pensam...*

– Pensam outra vez!. Mas não importa. No que eles pensam? No dinheiro, no dinheiro! O aluguel, as cobranças, os impostos, as contas da escola, as tarifas, as botas para as crianças. E a apólice do seguro de vida e o pagamento da faxina. E, meu Deus, se a mulher pegar barriga de novo! E será que eu ri bem alto quando o chefe fez aquela piada ontem? E a próxima prestação do aspirador de pó.

Minuciosamente, sentindo grande prazer em seu método, com a sensação de ir encaixando peça após peça de um quebra-cabeça no lugar certo, ele produziu mais uma estrofe:

*Pensam em taxas, aluguéis, impostos,*
*O carvão, o seguro, as cobranças,*
*As botas, a escola, a prestação*
*Dos beliches para o quarto das crianças.*

Agora só faltava acabar. Nada mau, nada mau. Quatro ou cinco estrofes mais. Ravelston haveria de publicar.

Um passarinho pousado nos galhos nus de um plátano cantava um lamento, como fazem os estorninhos nos dias mais quentes do inverno, quando acreditam que a primavera se aproxima. Ao pé da árvore havia um enorme gato pardo, imóvel e de boca aberta, olhando para cima arrebatado de desejo, claramente à espera de que o passarinho caísse dentro dela. Gordon repetiu-se as quatro estrofes acabadas do poema. Era *bom*. Por que será que na noite anterior ele lhe tinha parecido mecânico, fraco e vazio? Ele era um poeta. Começou a caminhar mais ereto, quase arrogante, com um orgulho de poeta. Gordon Comstock, autor de *Ratos*. "Excepcionalmente promissor", dissera o *The Times Lit. Supp.* E autor também de *Prazeres Londrinos*. Porque logo o poema estaria pronto. E agora ele sabia que seria capaz de acabar o poema quando bem entendesse.

Ainda podia levar três meses; tempo suficiente para publicá-lo no verão. Por que teria perdido a esperança? Em sua imaginação, visualizou a forma delgada do volume de *Prazeres Londrinos*, com capa de tela branca; o papel excelente, as margens generosas, a composição em tipo Caslon, a sobrecapa refinada. E as resenhas em todas as principais revistas. "Um triunfo, notável" – *The Times Lit. Supp*. "Finalmente uma trégua; algo diferente da escola de Sitwell"– *Scrutiny*.

A Coleridge Grove era uma rua úmida, sombria e isolada, uma rua sem saída e portanto sem tráfego. Estava pesadamente associada a manifestações literárias do tipo errado (diziam que Coleridge tinha morado ali por seis semanas no verão de 1821). Ninguém poderia contemplar suas casas antigas e decadentes, muito recuadas da rua, por trás de jardins úmidos e sob árvores imensas, sem se sentir na presença de uma antiquada atmosfera de "cultura". Em alguma daquelas casas, sem dúvida, Sociedades Browning ainda deviam florescer, e senhoras vestindo sarja sentavam-se aos pés de poetas extintos conversando sobre Swinburne e Walter Pater.

Durante a primavera, os jardins ficavam salpicados de crocos roxos e amarelos e, mais tarde, de campânulas azuis, que brotavam formando pequenos círculos em meio à relva anêmica; e mesmo as árvores, achava Gordon, adequavam-se àquele meio e procuravam retorcer-se para assumir posturas caprichosas como as que se viam nos desenhos de Rackham. Achou incomum que um crítico próspero e bem conhecido como Paul Doring morasse num lugar como aquele. Porque Doring era um crítico particularmente ruim. Resenhava romances para o *Sunday Post* e descobria o grande romance inglês duas vezes por mês, uma regularidade digna de Walpole. Seria de se esperar que morasse num apartamento em Hyde Park Corner. Aquele endereço talvez fosse uma espécie de penitência que ele se impunha, como se, morando em meio ao refinado desconforto de Coleridge Grove, de alguma forma ele propiciasse os deuses da literatura.

Gordon dobroui a esquina revirando no espírito um dos versos de *Prazeres Londrinos*. E então, repentinamente, parou. Havia algo estranho na aparência do portão da casa dos Doring. O que seria? Ah, claro! Não se via nenhum carro do lado de fora.

Fez uma pausa, deu um ou dois passos e tornou a parar, como um cão farejando perigo. Estava tudo errado. Seria normal encontrar vários carros estacionados. Sempre vinha muita gente às festas dos Doring, e pelo menos a metade dos convidados vinha de carro. Por que será que ninguém mais tinha chegado? Será que ele estava muito adiantado? Mas não! Tinham dito três e meia, e já eram vinte para as quatro.

Acelerou os passos em direção ao portão. Já estava praticamente concluindo que a reunião tinha sido adiada. Uma sensação de frio, como a produzida pela sombra de uma nuvem, caiu sobre ele. E se os Doring nem estivessem em casa? E se a reunião tivesse sido cancelada? Embora o deixasse decepcionado, a ideia não lhe pareceu nem um pouco improvável. Aquele era o bicho-papão que ele mais temia, o terror infantil que sempre carregara consigo, o medo de ser convidado para a casa de alguém e, ao chegar, não encontrar vivalma. Mesmo quando o convite não deixava nenhuma margem de dúvida, ele sempre temia que pudesse haver algum problema. Nunca tinha certeza de ser bem recebido. Achava apenas natural que as pessoas o ignorassem e o tratassem com descaso. E por que não, afinal? Ele não tinha dinheiro. Quando você não tem dinheiro, seu destino é ser ignorado vezes sem conta.

Afastou o portão de ferro, que produziu um rangido melancólico. A trilha, úmida e coberta de musgo, era ladeado por pedras cor-de-rosa que também lembravam Rackham. Gordon examinou com cuidado a fachada da casa. Aquele tipo de coisa lhe parecia familiar. Tinha até desenvolvido uma técnica sherloquiana para deduzir se uma casa estaria ou não ocupada. Ah! E desta vez não podia haver muita dúvida. A casa tinha um ar deserto. As chaminés não emitiam fumaça, nenhuma janela estava iluminada. Devia estar ficando escuro lá dentro – certamente teriam acendido as luzes. Tampouco havia qualquer pegada na soleira da porta; eis a prova final. Ainda assim, com uma espécie de expectativa desesperada, Gordon tocou a campainha. Uma sineta à moda antiga, claro, acionada por um cordão. Em Coleridge Grove, uma campainha elétrica seria considerada vulgar e antiliterária.

Plim, plim, plim! – soou a sineta.

E a última esperança de Gordon se foi. Não havia engano possível sobre aquele som oco de uma sineta ressoando no interior de uma casa vazia. Agarrou novamente o cordão e deu-lhe um puxão que quase o partiu. E a resposta foram sinos dobrando impressionantemente alto. Mas em vão, totalmente em vão. Nada se movia no interior da casa. Até os empregados tinham saído. Nesse momento, vislumbrou uma touca de renda, uma cabeleira escura e um par de olhos jovens que o fitavam furtivamente do térreo da casa ao lado. Uma criada tinha saído para ver o que era todo aquele barulho. Ela percebeu que ele a tinha visto e olhou ao longe. Ele estava fazendo papel de idiota, e sabia disso. A pessoa sempre fica com ar de idiota quando toca a campainha de uma casa vazia. E de repente lhe ocorreu que aquela criadinha sabia exatamente quem ele era – sabia que a festa tinha sido cancelada e que todo mundo, menos Gordon, fora avisado disso . Por ele não ter dinheiro, não merecia o trabalho de alguém comunicar-lhe aquela mudança de planos. Ela *sabia*. Os criados sempre sabem.

Ele se virou e seguiu para o portão. Debaixo do olhar da criadinha, precisava se afastar com um andar descontraído, como se aquela fosse uma pequena decepção que mal o incomodava. Mas tremia tanto de raiva que lhe era difícil controlar os movimentos. Os deploráveis! Deploráveis desgraçados! Fazer uma coisa dessas com ele! Convidá-lo e depois mudar o dia da reunião, sem se dar ao trabalho de avisar! Podia haver outras explicações, mas ele se recusava a pensar nelas. Os desgraçados, os malditos desgraçados! Seus olhos pousaram numa das pedras do tipo desenhado por Rackham. Como gostaria de pegar aquele pedregulho e espatifar uma das vidraças! Agarrou com tanta força uma das barras enferrujadas do portão que machucou a mão e quase cortou a pele. A dor física lhe fez bem. Compensava a agonia no peito. E não era só porque lhe tivessem subtraído uma tarde na companhia de outras pessoas, embora isso já fosse bastante. Era a sensação de desamparo, de insignificância, de ter sido deixado de lado, esquecido – uma criatura com que não valia a pena se preocupar. Tinham transferido a reunião sem se dar ao trabalho de lhe comunicar. Avisaram a todos, mas não a ele. É assim que as pessoas nos tratam quando não temos dinheiro! Nos insultam a sangue-frio, sem o menor escrúpulo. Também era possível que os Doring tivessem apenas se esquecido, que não fosse por mal; quem sabe ele próprio trocara a data. Mas não! Aquilo nem deveria lhe passar pela cabeça. Os Doring tinham feito de propósito. Evidente que fizeram de propósito! Simplesmente não se deram ao trabalho de avisá-lo porque ele não tinha dinheiro e, por coneguinte, não importava. Os desgraçados!

Ele recuou rápido. Sentia um aperto forte no peito. Contato humano, vozes humanas! Mas de que adiantava só o desejo? Ele ia ter que passar a noite sozinho, como sempre. Seus amigos eram tão escassos, e moravam tão longe. Rosemary ainda devia estar no trabalho; além do mais, morava no fim do mundo, em West Kensington, num pensionato para moças vigiado por verdadeiras dragoas. Ravelston morava mais perto, na área de Regent's Park. Mas Ravelston era rico e tinha muitos compromissos; o mais provável é que não estivesse em casa. E Gordon nem podia telefonar para ele, porque não tinha os dois *pennies* necessários; só três meios *pence* mais o *joey*. Além disso, como poderia visitar Ravelston sem dinheiro? Ravelston com certeza lhe diria "Vamos a um *pub*", ou coisa parecida! E ele não podia deixar que Ravelston pagasse suas bebidas. Sua amizade com Ravelston só era possível se estivesse entendido que ele pagaria a sua parte de qualquer conta.

Catou seu último cigarro e acendeu. Fumar não lhe deu nenhum prazer enquanto caminhava depressa; era apenas um gesto inconsequente. E nem reparava muito para onde ia. Só queria se cansar, caminhar e caminhar até que o estúpido cansaço físico destruísse a memória do tratamento que recebera dos Doring. Seguiu mais ou menos rumo ao sul – atravessando as áreas vazias de Camden Town, descendo a Tottenham Court Road. Já anoitecera havia algum tempo. Atravessou a Oxford Street, caminhou por Covent Garden, encontrou-se em pleno Strand e atravessou o Tâmisa pela ponte de Waterloo. Com a noite, o frio aumentara. À medida que caminhava, sua raiva ia ficando menos violenta, mas seu humor não melhorava muito. Um pensamento não parava de assolar sua mente – um pensamento que tentava evitar, mas do qual não tinha como fugir. Era sobre seus poemas. Seus poemas vazios, tolos, fúteis! Como tinha podido acreditar neles? E pensar que, havia tão pouco tempo, ele até tinha imaginado que *Prazeres Londrinos* fosse resultar em alguma coisa! Agora sentia nojo de seus poemas.

Pareciam a lembrança de uma farra na véspera. Tinha uma sensação forte de que ele mesmo não prestava e de que seus poemas não prestavam. *Prazeres Londrinos* nunca ficaria pronto. Mesmo que vivesse mil anos, jamais escreveria um verso que merecesse ser lido. Várias vezes, com ódio de si mesmo, repetiu as quatro estrofes do poema que vinha compondo. Meu Deus, que porcaria! Rima com rima – blabla, blabla, blabla! Oco como uma lata de biscoitos vazia. E era com aquele tipo de bobagem que tinha desperdiçado sua vida.

Seus pés estavam quentes e inchados de tanto pisar o asfalto. Tinha caminhado muito, uns oito ou dez quilômetros. Estava próximo a Lambeth, uma área de cortiços onde as ruas estreitas e cheias de poças d'água mergulhavam nas trevas uns cinquenta metros adiante. Os poucos lampiões, com seus círculos de esfumaçados, pareciam estrelas isoladas que só iluminavam a si mesmas.

Veio uma fome descomunal. Os cafés o tentavam com suas janelas embaçadas e suas tabuletas com anúncios traçados a giz: "Xícara de chá, 2 d. Preparada no bule". Mas não adiantava, ele não podia usar seu *joey*. Passou por baixo de arcos trovejantes de linhas férreas e subiu o beco até Hungerford Bridge. Na água barrenta, iluminada pelo clarão dos letreiros de neon, os dejetos do leste de Londres avançavam terra adentro. Rolhas, limões, ripas de barril, um cachorro morto, pedaços de pão. Gordon caminhou pela beira do rio até Westminster. O vento chacoalhava os plátanos. *Visivelmente o vento ameaçador castiga.* Fez uma careta de dor. Aquela porcaria de novo! E mesmo agora, embora fosse dezembro, havia alguns pobres trastes velhos deitados nos bancos, acomodando-se dentro de uma espécie de embrulho de jornal. Gordon lançou-lhes um olhar intolerante. Pelas ruas, era como eles diziam. Um dia ele chegaria lá. Seria melhor assim? Jamais sentia piedade dos verdadeiros pobres. São os pobres de sobretudo preto, os da classe média, que merecem compaixão.

Seguiu para Trafalgar Square. Horas e horas de tempo para passar. A National Gallery? Ah, fechada havia muito, claro. Eram sete e quinze. Três, quatro, cinco horas antes que pudesse ir dormir. Deu sete voltas em torno da praça, caminhando lentamente. Quatro vezes no sentido horário, três vezes no sentido oposto. Seus pés doíam e a maioria dos bancos estava vazia, mas não podia se sentar. Se parasse por um momento, seria dominado pelo desejo de fumar. Na Charing Cross Road, as casas de chá o atraíam como sereias. A certa altura, a porta de vidro de uma confeitaria se abriu, deixando escapar um bafo quente cheirando a bolo. Aquilo quase o dominou. Afinal, por que *não* entrar? Poderia ficar sentado lá dentro por quase uma hora. Uma xícara de chá por dois *pence*, dois pãezinhos, um *penny* cada um. Ele tinha quatro *pence* e meio, contando o *joey*. Mas não! O maldito *joey*! A moça da caixa haveria de dar uma risadinha. Imaginou nitidamente a moça da caixa com a moedinha de três *pence* na mão sorrindo de lado para a balconista que servia os doces. Elas iriam *saber* que era a última moeda que ele possuía. Impossível. Seguir em frente. Sempre andando.

As calçadas estavam densamente ocupadas embaixo das luzes de neon. Gordon abria caminho, magro, baixo, desengonçado, com o rosto pálido e o cabelo descuidado. As pessoas passavam em grupos; ele se desviava delas, elas se desviavam dele. Havia algo de medonho nas noites da cidade de Londres; a frieza, o anonimato, a distância. Sete milhões de pessoas indo de um lado para o outro, uns evitando encostar nos outros, mal tomando conhecimento da existência alheia, como peixes num aquário. A rua estava cheia de belas garotas. Passavam por ele com o rosto virado ou sem vê-lo, criaturas frias, ninfas temendo o olhar do macho. Estranho como muitas delas pareciam estar sós ou com outras moças. Mais mulheres sozinhas do que mulheres com homens, ele notou. Também por causa do dinheiro. Quantas moças hoje em dia não prefeririam viver sem homem a aceitar um homem sem dinheiro?

Os *pubs* estavam abertos, despejando lufadas de cheiro amargo de cerveja. As pessoas entravam lentamente nos cinemas, uma ou duas de cada vez. Gordon parou diante de um grande cinema, debaixo dos olhos cansados do porteiro, para ver as fotografias. Greta Garbo em *O véu pintado*. Quis muito entrar, não por causa de Greta, mas só pelo calor e pela maciez dos assentos de veludo. Odiava e raramente ia, mesmo quando tinha dinheiro. Preferia não estimular aquela arte destinada a substituir a literatura. Ainda assim, o cinema exercia uma atração meio estranha. Eis o tipo de droga que precisamos, pensava: sentar-se na cadeira de veludo na escuridão quente exalando fumaça de cigarro, para deixar as bobagens trêmulas da tela finalmente tomar conta de você, sentindo as ondas daquela tolice cercá-lo de todos os lados, lambendo à sua volta, até ter a sensação de afogar-se, intoxicado, num mar viscoso. A droga para pessoas sem amigos. Quando chegou perto do Palace, uma meretriz de sentinela debaixo da marquise o descobriu, deu um passo à frente e postou-se no seu caminho. Uma moça italiana baixa e gorducha, muito jovem, com grandes olhos negros. Parecia simpática e, o que raramente ocorre com as prostitutas, alegre. Por um instante ele desacelerou o passo e quase se permitiu trocar um olhar com ela. Ela ergueu os olhos para ele, pronta a irromper num sorriso de lábios grossos. Por que não parar e conversar com a moça? Ela parecia capaz de compreendê-lo. Mas não! Nenhum dinheiro! Ele desviou os olhos e deu um passo para o lado a fim de evitá-la, com a pressa fria de um homem que a pobreza torna virtuoso. Como ela ficaria furiosa se ele parasse e depois ela descobrisse que ele não tinha dinheiro! Seguiu em frente. Sem dinheiro não podia nem conversar.

Subir a Tottenham Court Road e a Camden Road foi um esforço exaustivo. Agora ele caminhava mais devagar, arrastando um pouco os pés. Tinha andado mais de dez quilômetros pelas calçadas. Mais moças passavam por ele sem vê-lo. Moças desacompanhadas, moças com rapazes, moças com outras moças, moças desacompanhadas. Seus olhos jovens e cruéis o vistoriavam e o atravessavam, como se ele não existisse. E ele estava cansado demais para se importar com aquilo. Seus ombros rendiam-se ao cansaço; ele se curvou, desistindo de tentar conservar a postura ereta e o ar de desafio. Hoje fogem de mim os que já me quiseram. E quem poderá culpá-los? Ele tinha trinta anos, estava acabado e não tinha nada atraente.

Por que alguma garota olharia duas vezes para ele?

Achou que estava na hora de ir para casa, se ainda quisesse comer alguma coisa – porque a Mrs. Wisbeach se recusava a servir refeições depois das nove. Mas a visão do seu quarto frio e sem mulher o desanimou. Subir as escadas, acender o gás, sentar-se à mesa com horas diante de si e nada para fazer, nada para ler, nada para fumar–

não, aquilo era insuportável. Em Camden Town os *pubs* estavam cheios e barulhentos, embora ainda fosse apenas quinta-feira. Três mulheres, de braços avermelhados, atarracadas como as canecas de cerveja que tinham nas mãos, conversavam junto à porta de um *pub*. Lá de dentro vinham vozes roucas, fumaça de cigarros, vapores de cerveja. Gordon pensou no Crichton Arms. Flaxman poderia estar lá. Por que não dar uma espiada? Um copo grande de cerveja amarga, três *pence* e meio. Ele tinha quatro *pence* e meio, contando o *joey*. Afinal, um *joey* também era moeda corrente.

Foi um erro pensar em cerveja. Tinha uma sede terrível. Quando foi chegando perto do Crichton, ouviu vozes cantando. O *pub* imenso e berrante parecia mais iluminado que de costume. Havia um coral, ou coisa parecida, cantando lá dentro, entoando "E ele é um bom companheiro...". Vinte vozes masculinas maduras cantavam em uníssono, ou pelo menos assim parecia.

Gordon se aproximou, deprimido, com uma sede devastadora. As vozes soavam tão molhadas, tão completamente embebidas de cerveja... Só de ouvi-las dava para imaginar os rostos vermelhos de encanadores prósperos. Havia um salão privativo por trás do balcão, onde a Sociedade dos Búfalos realizava suas reuniões sigilosas. Deviam ser eles cantando. Estavam promovendo algum tipo de bebedeira em honra a seu presidente, secretário, Herbívoro Supremo, ou qualquer que fosse o título. Gordon hesitou junto à porta do salão. Talvez fosse melhor ir ao *pub*. Cerveja de barril no *pub*, cerveja engarrafada no salão. Deu a volta na direção do *pub*. As vozes engasgadas de cerveja o seguiam: "*E ele é um bom companheiro...*".

Teve uma fraqueza passageira. Mas eram o cansaço e a fome, além da sede que sentia. Imaginou a sala aconchegante onde os Búfalos cantavam; o fogo forte da lareira, a grande mesa lustrosa, as fotografias bovinas na parede. E também conseguia imaginar, cada vez que a cantoria baixava: os vinte rostos vermelhos desaparecendo dentro de imensas canecas de cerveja.

Colocou a mão no bolso e se assegurou de que a moedinha de três *pence* ainda estava lá. Por que não? Na parte do bar aberta ao público, quem iria reparar? Imaginou que poderia bater a moedinha no balcão com a mão espalmada e fazer de conta que era uma piada. "Estou guardando esta daqui desde que a encontrei no pudim de Natal – ha, ha!" Risadas em volta.

E ele já imaginou sentir na língua o gosto metálico da cerveja de barril.

Manuseou indeciso o disco metálico com a ponta dos dedos. Os Búfalos tinham recomeçado: "*E ele é um bom companheiro...*".

Gordon voltou na direção do salão. A janela estava gelada por fora, e por dentro embaçada devido ao calor. Ainda assim, havia pontos por onde conseguia ver o interior. Ele espiou. E, sim, Flaxman estava lá.

O bar estava cheio. Como qualquer sala vista de fora, parecia extremamente confortável. O fogo que ardia na lareira dançava, espelhado, nas escarradeiras de latão polido. Gordon quase conseguia exalar o cheiro da cerveja através do vidro. Viu Flaxman apoiado no balcão ao lado de dois sujeitos de cara de peixe que lhe pareceram o pior tipo de corretores de seguros. Um dos cotovelos encostado no balcão, o pé apoiado na barra metálica, um copo cheio de cerveja na outra mão, trocava gracejos com a atendente loura e bonitinha. Ela estava em cima de uma cadeira atrás do balcão, arrumando as garrafas de cerveja e dizendo coisas picantes por cima do ombro. Não era possível ouvir o que diziam, mas dava para imaginar. Flaxman lançou algum gracejo memorável. Os sujeitos de cara de peixe explodiram em risadas indecentes. E a loura bonitinha, do alto da sua cadeira, respondeu com risadinhas meio chocadas e meio deliciadas, balançando o traseiro arrebitado.

Sentiu aperto no peito. Estar ali, só estar ali dentro! No calor e na luz, em meio a gente com quem conversar, além de cerveja, cigarros, alguma moça para cortejar. Afinal, por que não entrava? Ele bem que poderia pedir um *xelim* emprestado a Flaxman. E Flaxman lhe emprestaria com toda a certeza. Imaginou a concordância despreocupada de Flaxman – "Ora, meu camarada! E a vida? O quê? Um *xelim*? Claro! Tome dois. Pegue, camarada!" – e o florim escorregando pelo balcão molhado de cerveja. Flaxman era um ótimo sujeito, lá a seu modo.

Gordon encostou na porta. Chegou até a abri-la alguns centímetros. Um nevoeiro quente de fumaça e cerveja escapou pela fresta. Um aroma familiar e reanimador; mas ainda assim, quando lhe atingiu o nariz, ele perdeu a coragem. Não! Impossível entrar. Foi embora. Não tinha como entrar naquele salão com apenas quatro *pence* e meio no bolso. Nunca deixe ninguém lhe pagar uma bebida! O primeiro mandamento dos sem-tostão. E foi embora, percorrendo as calçadas escuras.

*– Porque ele é um bom companheeeeeiro...!*"

O volume das vozes diminuindo com a distância, ainda chegava até ele, carregando leves vestígios de cerveja. Gordon tirou do bolso a moedinha de três *pence* e a jogou longe na escuridão.

Estava indo para casa, se é que se podia chamar aquilo de ir. Pelo menos, era naquela direção que ele seguia. Não queria ir para casa, mas precisava se sentar. Suas pernas doíam e os pés estavam machucados, e aquele quarto horrendo era o único lugar em Londres onde ele tinha o direito adquirido de se sentar. Entrou na casa em silêncio, mas, como sempre, não a ponto de não ser ouvido pela Mrs. Wisbeach. Ela lhe lançou um breve olhar curioso da porta entreaberta. Passava um pouco das nove. Ela poderia até lhe dar de comer, se ele pedisse. Mas faria caretas e deixaria claro que era um favor especial, e ele preferia ir para cama com fome a enfrentar aquilo.

Começou a subir as escadas. Estava no meio do primeiro lance de degraus quando duas batidas na porta lhe causaram um sobressalto. O correio! Talvez uma carta de Rosemary!

Impelida do lado de fora, a tampa de metal da abertura para colocar cartas se ergueu, e com certo esforço, como uma garça regurgitando uma pequena enguia, vomitou uma pilha de cartas. O coração de Gordon deu um pulo. Eram seis ou sete. No meio delas, certamente haveria alguma para ele! Como de costume, a Mrs. Wisbeach tinha disparado para fora de sua toca assim que ouviu a batida do carteiro. Na verdade, em dois anos, Gordon jamais conseguira pegar uma carta antes que a Mrs. Wisbeach pusesse as mãos nela. Ela segurou com ciúme as cartas junto ao peito e então, apanhando uma de cada vez, examinou a quem se destinavam. Pela maneira como agia, dava a impressão de suspeitar que cada uma delas contivesse um decreto real, uma carta de amor imprópria ou um anúncio de soníferos.

– Uma para o senhor, senhor Comstock, anunciou ela com voz contrariada, entregando-lhe a carta.

O coração de Gordon se contraiu e parou de bater. Um envelope comprido. Portanto, não era de Rosemary. Ah! Estava endereçado com sua própria letra. Logo, era do editor de alguma revista. Ele tinha dois poemas "em trânsito" no momento. Um enviado para a *Californian Review* e o outro para a *Primrose Quarterly*. Mas o selo não era americano. E a Primrose já estava com o poema dele havia pelo menos seis semanas! Deus do céu, e se eles tiverem aceitado?

Esqueceu-se da existência de Rosemary. Disse "Obrigado!", enfiou a carta no bolso e continuou a subir as escadas mantendo uma aparência de calma, mas assim que se viu fora do alcance dos olhos da Mrs. Wisbeach, subiu o resto dos degraus de três em três. Precisava estar só para abrir aquela carta. Antes mesmo de chegar à porta, apalpou os bolsos à procura da caixa de fósforos, mas seus dedos tremiam tanto que, no afã de acender o gás, rasgou a camisa do lampião. Sentou-se, tirou a carta do bolso e teve um acesso de covardia. Por algum tempo, não conseguiu reunir coragem para abri-la. Olhou o envelope contra a luz e apalpou-o para avaliar se continha muita coisa. Seu poema tinha duas folhas de papel. Então, chamando-se intimamente de idiota, rasgou de uma vez o envelope. E de lá saiu seu poema, e junto com ele um cartão – tão elegante! – imitando pergaminho.

*O Editor lamenta não ter condições de aproveitar a contribuição anexa que nos enviou.*

O cartão era decorado com um desenho fúnebre de folhas de louro.

Olhou para aquela coisa com um ódio indescritível. Talvez não haja no mundo resposta mais mortífera do que aquela, porque nenhuma outra é tão irrespondível. Logo, começou a odiar seu próprio poema e sentiu uma vergonha profunda de seus versos. Achou que era o poema mais fraco e insensato de todos os tempos. Sem tornar a olhar para ele, rasgou-o em pedacinhos e jogou tudo na lata de lixo. Ia tirar aquele poema da cabeça de uma vez por todas. Já o cartão-resposta, ele não rasgou. Ficou brincando com ele entre os dedos, avaliando seu detestável bom acabamento. Uma coisinha tão elegante, impressa em tipos admiráveis. Dava para ver, num relance, que aquele cartão vinha de uma revista "boa" – uma revista intelectual de alto nível, bancada pelo dinheiro de uma grande editora. Dinheiro, dinheiro! O dinheiro e a cultura!

O que ele fez foi mesmo uma idiotice. Imagine só, mandar um poema para uma revista como a *Primrose*! Como se eles aceitassem poemas de gente como *ele*. O simples fato de o poema não estar datilografado já lhes dizia que tipo de pessoa ele era. Ele conseguiria o mesmo efeito mandando um cartão para o Palácio de Buckingham. Pensou nas pessoas que costumavam escrever para a *Primrose*: uma tropa de intelectuais endinheirados – aqueles jovens animais elegantes e refinados que sugam dinheiro e cultura junto com o leite da mãe. Que ideia se insinuar entre pessoas tão artificiais! Mas ainda assim ele as amaldiçoou. Os cretinos! Os frescos! Os malditos! "O Editor lamenta!" Por que tanto cuidado com as palavras? Por que não diziam logo "Não queremos seus malditos poemas. Só aceitamos poemas dos sujeitos que foram nossos colegas em Cambridge. Se você for proletário, mantenha distância!"? Cretinos, malditos, hipócritas!

Amarrotou o cartão, jogou-o fora e se levantou. Melhor ir para a cama enquanto ainda tinha força para tirar a roupa. A cama era o único lugar quente ali. Mas espere um pouco. Dar corda no relógio, acertar o despertador. Executou os movimentos rotineiros com uma sensação de estagnação mortal. Seus olhos caíram na aspidistra. Fazia dois anos que ele vivia naquele quarto insuportável; dois anos horrorosos, em que não conseguira realizar coisa alguma. Setecentos dias desperdiçados, cada um deles terminando naquela cama solitária. Insultos, humilhações, fracassos, todos sem resposta.

Dinheiro, dinheiro, tudo é dinheiro! Por não ter dinheiro os Doring não lhe davam a devida atenção, por não ter dinheiro a *Primrose* rejeitara seu poema, por não ter dinheiro Rosemary recusava-se a dormir com ele. Fracasso social, fracasso profissional, fracasso sexual– todos a mesma coisa. E a falta de dinheiro por trás de tudo.

Sentiu necessidade de reagir, de golpear alguém ou alguma coisa. Não podia ir para a cama tendo aquele cartão de recusa como seu último pensamento do dia. Pensou em Rosemary. Fazia cinco dias que ela lhe escrevera. Se tivesse recebido uma carta dela hoje, aquele golpe da *Primrose* o teria afetado menos. Ela vivia dizendo que o amava, mesmo assim não dormia com ele nem lhe escrevia! Ela era igual a todas as outras. Ela o desprezava e não pensava nele porque ele não tinha dinheiro, por isso ele não contava. Iria escrever-lhe uma carta enorme, dizendo como doía ser ignorado e insultado, fazendo-a ver como era cruel a maneira como ela o tratava.

Achou uma folha de papel em branco e escreveu no canto superior direito:

31 Willowbed Road, NW, 1º- de dezembro, 9h30 da noite

Depois desse começo viu que era incapaz de escrever algo mais. Estava realmente derrotado, se até escrever uma carta representava um esforço tão grande. Além disso, do que adiantava? Ela jamais compreenderia. Mulher alguma jamais compreende. Mas precisava escrever alguma coisa. Alguma coisa capaz de magoá-la – era o que ele mais desejava naquele momento. Refletiu por um longo tempo e por fim escreveu, exatamente no meio da folha:

Você partiu meu coração.

Sem endereço, sem assinatura. Mas ficou bem bonita a frase, ali isolada, no meio da folha, escrita com sua letra pequena de estudante. Era quase um poema completo. E essa ideia o consolou um pouco.

Colocou a carta num envelope, saiu e a postou na agência do correio da esquina, gastando seus últimos três meios *pence* num selo de um *penny* mais um de meio *penny* comprados na máquina automática de selos.

# Capítulo 5

"Até onde podia, evitava sistematicamente pôr os pés no apartamento de Ravelston. Havia alguma coisa na atmosfera daquele lugar que o perturbava e o fazia se sentir mau, sujo e deslocado."

De sua janela do segundo andar, Ravelston anunciou que iria publicar o poema de Gordon ar o seu poema na *Anticristo* do mês que vem.

Gordon, na calçada, fingiu ter esquecido de qual poema Ravelston estava falando; mas lembrava-se perfeitamente, claro, como se lembrava de todos os seus poemas.

– Qual poema?, perguntou.

– Aquele sobre a morte da prostituta. Achamos muito bem concebido.

Gordon riu vaidoso, gratificado, mas conseguiu fazer o riso soar como um comentário sardônico.

– Ah! Uma prostituta moribunda! Exatamente o que se pode chamar de um dos meus temas. Da próxima vez, escrevo um poema sobre uma aspidistra.

O rosto hipersensível e juvenil de Ravelston, emoldurado por belos cabelos castanho-escuros, recuou um pouco da janela.

– Está frio demais, disse. Suba até aqui e venha comer, ou algo assim.

– Não, desça você. Já jantei. Vamos até um *pub* tomar umas cervejas.

– Está bem. Me dê meio minuto para eu pôr os sapatos.

Conversavam por algum tempo, Gordon na calçada, Ravelston debruçado na janela do segundo andar. Gordon anunciara sua chegada jogando uma pedrinha no vidro da janela, em vez de bater na porta. Até onde podia, evitava de todas maneiras pôr os pés no apartamento de Ravelston. Havia alguma coisa na atmosfera daquele lugar que o incomodava e o fazia se sentir mau, sujo e deslocado. De forma acintosa, embora inconsciente, era um ambiente de classe alta. Só na rua ou num *pub* ele se sentia mais ou menos à altura de Ravelston. Ravelston teria ficado atônito se soubesse que aquele seu apartamento de dois quartos, que considerava um lugarzinho modesto, tinha semelhante efeito sobre Gordon. Para Ravelston, viver na área de Regent's Park era praticamente o mesmo que morar num cortiço; ele decidira ir para lá, *en bon socialiste*, precisamente como um arrivista escolheria morar numa estrebaria em Mayfair só para poder exibir o "W 1" em seu papel timbrado. Era parte de uma tentativa eterna de fugir de sua classe e tornar-se, por assim dizer, membro honorário do proletariado. Como todas as tentativas do mesmo tipo, estava fadada ao fracasso. Nenhum rico jamais conseguiu se disfarçar de pobre; o dinheiro, como um crime de morte, acaba sempre por se denunciar. Na porta da rua, havia uma placa de metal com a inscrição:

*P. W. H. Ravelston*
*Anticristo*

Ravelston morava no segundo andar, e a editoria da *Anticristo* ficava no térreo. A *Anticristo* era uma revista mensal dirigida a um público intelectual de médio para alto, veementemente socialista, mas sem uma definição muito clara disso. A *Anticristo* publicava praticamente qualquer coisa, se Ravelston desconfiasse que o autor estava passando fome. No geral, dava a impressão de ser editada por um ardoroso não-conformista que tivesse transferido sua crença diretamente de Deus para Marx, misturando-se no processo a um bando de poetas praticantes do *vers libre*. Mas na verdade o caráter de Ravelston não era assim; ele tinha apenas o coração mais mole do que cabia a um editor, o que o deixava, consequentemente, à mercê de seus colaboradores.

Raveslton apontou na calçada um instante mais tarde, sem chapéu e calçando um par de luvas de punho comprido. Estava evidente que se tratava de um jovem rico. Usava o uniforme da *intelligentsia* endinheirada: um velho paletó de *tweed* – mas um desses feitos num bom alfaiate e que só ficavam mais aristocráticos com a passagem do tempo –, calças de flanela muito largas, pulôver cinza, sapatos marrons bem gastos. Fazia questão de ir a toda parte, mesmo a casas elegantes e a restaurantes caros, com aquelas roupas, só para exibir seu desprezo pelas convenções das classes superiores; não entendia que só as classes superiores podem proceder assim. Mesmo sendo um ano mais velho do que Gordon, parecia bem mais jovem. Era muito alto, com o corpo esbelto, ombros largos e a típica elegância descuidada dos jovens de classe alta. Mas havia um traço curiosamente defensivo em seus gestos e na expressão de seu rosto, como se ele estivesse sempre pedindo desculpas. Sempre parecia prestes a sair de lado para dar passagem a outra pessoa. Quando expunha uma opinião, esfregava o nariz com o dorso do indicador esquerdo. A verdade é que, em cada momento de sua vida, pedia desculpas silenciosas pela largueza de seus rendimentos. Era tão fácil deixá-lo embaraçado lembrando-o que era rico quanto deixar Gordon embaraçado lembrando-o que era pobre.

– Você já jantou, foi o que disse?, perguntou Ravelston com sua voz do tipo Bloomsbury.

– Ah, sim, faz muito tempo. Você não?

– Ah, sim, claro. E como jantei!

Eram oito e vinte da noite, e Gordon não comia nada desde o meio-dia. Nem Ravelston. Gordon não sabia que Ravelston estava com fome, mas Ravelston sabia que Gordon estava faminto, e Gordon sabia que Ravelston sabia. Ainda assim, os dois tinham boas razões para fingir que não sentiam fome. Gordon se recusava a deixar Ravelston pagar-lhe uma refeição, e por si mesmo não tinha meios para ir a nenhum restaurante, nem mesmo um restaurante popular, como um Lyons ou um ABC. Era segunda-feira e lhe restavam apenas nove *pence*. Podia arcar com o preço de uma ou duas cervejas num *pub*, mas não de uma refeição completa. Quando ele e Ravelston se encontravam, estava sempre implicitamente combinado que não fariam nada que envolvesse dinheiro, além das despesas da ordem de um *xelim* feitas num *pub*. Assim, preservavam a ilusão de que não havia uma diferença gigantesca em seus rendimentos.

Gordon se aproximou de Ravelston para caminharem lado a lado pela calçada. Pensou até em tomar-lhe o braço, mas é claro que isso é coisa que ninguém faz. Ao lado da figura mais alta e vistosa de Ravelston ele parecia frágil, inquieto e deploravelmente desgastado. Adorava Ravelston e nunca ficava totalmente à vontade em sua presença. Ravelston não tinha apenas modos simpáticos mas também uma espécie de decência fundamental, uma atitude elegante perante a vida que Gordon quase nunca encontrava em outras pessoas e que, sem dúvida, tinha a ver com o fato de ele ser rico. Porque o dinheiro compra todas as virtudes. Pessoas que têm dinheiro toleram muita coisa, são bondosas, não se comportam mal e não se dão apenas entre si. De certa maneira, porém, Ravelston não era como as pessoas endinheiradas. No caso dele, a degeneração sebosa do espírito que costuma andar junto com o acúmulo de fortuna passara ao largo, ou ele conseguira evitá-la através de um esforço consciente. De fato, toda a sua vida era uma luta para evitar isso. E era por essa razão que ele dedicava parte de seu tempo e boa parte de seus proventos a editar uma revista mensal socialista de pouquíssimo sucesso. E ainda assim, com a exceção da *Anticristo*, o dinheiro não parava de entrar por todos os lados. Toda uma tribo, que ia de poetas a artistas das ruas, vivia desfrutando de suas benesses. Vivendo sozinho, devia gastar mais de oitocentas libras por ano. E mesmo desse montante sentia uma vergonha profunda. Não era, ele sabia, exatamente uma renda proletária; mas ele jamais aprendera a se sustentar com menos. Oitocentas libras por ano era o mínimo de que ele precisava para viver, tanto quanto as duas libras semanais de Gordon.

– E como está indo o seu trabalho?, perguntou Ravelston.

– Ah, como sempre. É um emprego muito fácil. Trocar dois dedos de prosa com velhas senhoras sobre Hugh Walpole. Não me incomoda.

– Estava falando do seu próprio trabalho – do que você escreve. *Prazeres Londrinos* está progredindo?

– Ah, meu Deus! Nem me fale. Está me deixando de cabelos brancos.

– Não está avançando muito?

– Meus livros nunca avançam. Só andam para trás.

Ravelston suspirou. Na qualidade de editor da *Anticristo*, estava tão acostumado a estimular poetas desanimados que aquilo já fazia parte da sua natureza. Ele nem precisava dizer por que motivo Gordon "não conseguia" escrever ou por que motivo nenhum poeta de hoje "conseguia", ou ainda por que motivo, quando conseguiam, o produto era tão árido quanto o chacoalhar de uma única ervilha num barril metálico. E disse, com uma tristeza solidária:

– Claro que eu concordo que esta época não ajuda muito a poesia.

– Pode apostar que não.

Gordon pisou com mais força na calçada. Por ele, preferia que *Prazeres Londrinos* não tivesse sido mencionado. Trazia-lhe a lembrança de seu quarto frio e miserável, dos papéis imundos empilhados debaixo da aspidistra. E disse abruptamente:

– Essa história de escrever! Que bela m...! Ficar noites sentado num canto, torturando um neurônio que não responde mais. E quem quer ler poesia nos dias de hoje? Treinar pulgas para fazer acrobacias seria uma atividade mais útil.

– Ah, mas você não pode se desanimar. Afinal, você realmente produz alguma coisa, o que é bem mais do que se pode dizer de muitos poetas atuais. *Ratos*, por exemplo...

– Ora, *Ratos*! Só de pensar fico com o estômago revirado.

Lembrou com raiva daquele livrinho ordinário. Daqueles quarenta ou cinquenta poeminhas sem cor e sem vida, cada um parecendo um feto abortado dentro de um jarro etiquetado. "Excepcionalmente promissor", dissera o *The Times Lit. Supp.* Cento e cinquenta e três exemplares vendidos e o resto encalhado. Teve um desses movimentos de desprezo e até de horror que todo artista às vezes sente ao pensar em sua obra.

– Está morto, disse ele. Tão morto quanto um maldito feto num vidro.

– Bem, me parece que é o que acontece com a maioria dos livros. Ninguém espera vender bem um livro de poemas nos dias de hoje. Há muitos concorrentes.

– Não foi isso que eu quis dizer. E sim que os próprios poemas estão mortos. Não têm vida. Tudo que eu escrevo é assim. Sem vida, sem entranhas. Não necessariamente feio nem vulgar; mas morto – simplesmente morto.

O termo "morto" ecoava em seu espírito, desencadeando uma nova linha de ideias. E acrescentou:

– Meus poemas são mortos porque eu estou morto. Você está morto. Estamos todos mortos. Gente morta num mundo morto.

Ravelston concordou com um murmúrio e uma curiosa expressão de culpa. E agora começaram a falar do tema favorito de ambos – ou pelo menos o tema favorito de Gordon: a futilidade, a violência, o caráter mortífero da vida moderna. Nunca se encontravam sem dedicar ao assunto pelo menos meia hora de conversa. Mas Ravelston sempre sentia um desconforto. De certa maneira, claro, ele sabia – e a *Anticristo* existia precisamente para denunciar isto – que a vida no capitalismo decadente é morta e sem sentido. Mas era um conhecimento apenas teórico. Ninguém consegue *sentir* esse tipo de coisa com uma renda de oitocentas libras por ano. A maior parte do tempo, quando não estava pensando nos mineiros de carvão, nos catadores de lixo chineses ou nos desempregados de Middlesbrough, ele achava a vida muito divertida. Além disso, tinha a convicção ingênua de que dali a pouco o socialismo iria chegar e consertar aquilo tudo. Gordon sempre parecia exagerar um pouco. De maneira que havia uma discordância sutil entre os dois que Ravelston era bem-educado demais para trazer à tona.

Mas com Gordon era de outra forma. Seu único ganho eram duas libras por semana. Portanto seu ódio da vida moderna, o desejo de ver nossa civilização do dinheiro destruída pelas bombas eram coisas que realmente sentia. Estavam caminhando em direção ao sul, descendo uma rua escura mas decente, de residências modestas, com uma ou outra loja já fechada. De um tapume na parede lateral de uma casa, o rosto de um metro de largura de Corn Table lhes dirigia um sorriso fingido, pálido à luz do lampião. Gordon vislumbrou uma aspidistra meio murcha numa janela do térreo. Londres! Quilômetros e mais quilômetros de casinhas solitárias, divididas em apartamentos e quartos; não eram lares nem comunidades, só aglomerados de vidas sem sentido que rumavam à deriva para a sepultura em meio a uma espécie de caos sonolento! Os homens lhe pareciam cadáveres ambulantes. A ideia de que estava apenas materializando seu sofrimento interno nem o abalava muito. Voltou-lhe a lembrança da tarde de quarta-feira, quando desejara ouvir o ronco dos aeroplanos inimigos avançando sobre Londres. Pegou o braço de Ravelston e fez uma pausa para gesticular na direção do cartaz de Corn Table.

– Corn Table! Olhe aquela coisa horrenda ali! Olhe, mas olhe bem! Não revira o seu estômago?

– Esteticamente é ofensivo, eu admito. Mas não acho que tenha muita importância.

– Claro que tem – ver a cidade coberta de coisas assim.

– Mas é só um fenômeno temporário. A última fase do capitalismo. Acho que não merece nossa preocupação.

– Mas não é só o que parece. Repare na cara desse sujeito, olhando para nós! É toda a nossa civilização que está representada ali. A imbecilidade, a inanidade, a desolação! Não se pode olhar para isso e deixar de pensar em traidores franceses e metralhadoras. Sabe que outro dia cheguei a ponto de realmente desejar que rebentasse uma guerra? Foi o que me deu vontade – quase rezei por ela.

– A questão, veja você, que mais ou menos a metade dos jovens da Europa deseja a mesma coisa.

– Esperemos que sim. Aí talvez ela aconteça.

– Puxa, meu querido amigo, não! Uma guerra já é suficiente! – Gordon continuou andando, nervoso. – Esta vida que levamos hoje em dia! Não é vida, é estagnação, morte em vida. Olhe só, todas essas malditas casas, e as pessoas perdidas dentro delas! Às vezes acho que somos todos cadáveres. Apodrecendo na vertical.

– Não percebe seu erro? Fala como se tudo isso fosse incurável, quando são apenas coisas que precisam acontecer antes que o proletariado assuma o poder.

– Ora, o socialismo! Não me venha falar de socialismo.– Você devia ler Marx, Gordon, devia mesmo. Aí entenderia que tudo isso é só uma fase. Não pode continuar assim para sempre. – Não? Pois dá a impressão de que vai continuar sempre do mesmo jeito.

– É apenas porque estamos passando por um mau momento. Precisamos morrer antes de renascer, se você me entende. – Pois não há a menor dúvida de que estamos morrendo. Só não vejo muitos sinais de renascimento.

Ravelston esfregou o nariz.

– Ora, mas acho que precisamos ter fé. E esperança.

– Quer dizer, precisamos ter dinheiro, disse Gordon em tom sombrio.

– Dinheiro?

– É o preço do otimismo. Se eu ganhasse cinco libras por semana, garanto que também seria socialista, sem a menor dúvida.

Ravelston desviou os olhos, aborrecido. Essa história de dinheiro! Toda hora jogada na cara dele! Gordon se arrependeu do que disse. Você nunca deve tocar no assunto dinheiro com pessoas mais ricas. Ou, se tocar, só pode falar do dinheiro abstrato, do dinheiro com D maiúsculo, não do dinheiro real e concreto que sobra no seu bolso e falta no meu.

Aquele amaldiçoado assunto o atraía como um ímã. Mais cedo ou mais tarde, principalmente depois de beber alguma coisa, ele começava a discorrer, com pormenores de cortar o coração, sobre o quanto era péssima a vida com duas libras por semana. Às vezes, pelo simples impulso nervoso de dizer a coisa errada, ele confessava alguma penúria – como, por exemplo, que não fumava havia dois dias ou que suas roupas de baixo estavam todas furadas e seu sobretudo todo puído. Mas nada daquilo haveria de acontecer hoje à noite, decidiu ele. Aos poucos foram se afastando do tema do dinheiro e começaram a falar de maneira genérica sobre o socialismo.

Fazia tempo que Ravelston tentava converter Gordon ao socialismo, sem nem mesmo conseguir despertar seu interesse pelo assunto. Passaram por um *pub* de aparência modesta na esquina de uma transversal. Parecia rodeao por uma nuvem azeda de cerveja. O cheiro deixou Ravelston enojado. Por ele, aceleraria o passo para ir embora dali. Mas Gordon parou, com as narinas estimuladas.

– Meu Deus! Bem que eu queria tomar alguma coisa, disse.

– Eu também", declarou Ravelston, elegante.

Gordon abriu a porta do *pub* com um empurrão e entrou, seguido por Ravelston. Ravelston acreditava que gostava de *pubs*, especialmente os de classe mais baixa. Os *pubs* eram verdadeiramente proletários. Num *pub*, era possível confraternizar com a classe trabalhadora de igual para igual – pelo menos na teoria. Na prática, porém, Ravelston só entrava num *pub* na companhia de alguém como Gordon, e sentia-se sempre como um peixe fora d'água. Um cheiro fétido e um tanto frio os envolveu. Era um local imundo e fumacento, de teto baixo, com o piso coberto de serragem e mesas simples com marcas circulares de gerações de canecas de cerveja. Sentadas a um canto, quatro mulheres disformes com peitos do tamanho de melões tomavam cerveja preta e conversavam com uma intensidade amarga sobre outra mulher chamada Mrs. Croop.

A gerente do *pub*, mulher alta e sinistra com uma franja negra, e que lembrava uma cafetina de bordel, estava atrás do balcão, com os braços fortes cruzados, assistindo a uma partida de dardos entre quatro operários e um carteiro. Era preciso passar abaixado diante deles quando se cruzava o salão. Houve um momento de silêncio, e os frequentadores olharam para Ravelston com ar inquisitivo. Era óbvio que se tratava de um homem fino. Não era comum gente do seu tipo em lugares como aquele.

Ravelston fingiu não perceber os olhares que lhe lançavam. Avançou para o balcão, tirando uma das luvas para apalpar o dinheiro que trazia no bolso.

– O que você quer beber? – perguntou em tom casual.

Gordon já tinha se adiantado e batia com uma moeda de um *xelim* no balcão. Sempre pague a primeira rodada de bebidas! Era um dos seus lemas. Ravelston se acomodou na única mesa vazia. Um operário da construção de canais que estava encostado no balcão virou-se para trás, sempre apoiado no cotovelo, e lançou-lhe um olhar prolongado e insolente. "Um almofadinha de m...!", pensou.

Gordon foi junto, equilibrando dois copos de meio litro de cerveja escura comum. Eram copos grossos do tipo mais barato, um vidro opaco e sujo e quase tão grosso quanto o dos potes de geleia. Uma ligeira espuma amarela boiava na superfície das cervejas. O ar estava pesado, carregado de uma nuvem de tabaco que lembrava a fumaça da pólvora. Ravelston viu uma escarradeira quase cheia ao lado do balcão e desviou os olhos. Imaginou que aquela cerveja tinha sido bombeada de algum porão infestado de insetos, através de metros de tubos revestidos de limo, e que aqueles copos jamais tinham sido lavados na vida, só enxaguados em água misturada com cerveja. Gordon estava com muita fome. Bem que comeria um pouco de pão com queijo, mas pedir alguma coisa equivaleria a revelar que não jantara. Tomou um gole grande de cerveja e acendeu um cigarro, que o fez esquecer um pouco a fome. Ravelston também tomou um bom gole e depositou o copo de volta na mesa. Era a típica cerveja londrina, enjoativa, que deixava na língua um certo amargor químico. Ravelston pensou nos vinhos da Borgonha. E continuaram a discutir o socialismo.

– Sabe, Gordon, já está mais do que na hora de você começar a ler Marx, disse Ravelston, em um tom menos defensivo que de costume, porque o gosto ruim da cerveja o tinha aborrecido.

– Prefiro ler a senhora Humphry Ward, respondeu Gordon.

– Está sendo incoerente. Você vive discursando contra o capitalismo, mas nem assim aceita a única alternativa possível a ele. Essas coisas não podem ser consertadas discretamente, cada um por si. Ou a pessoa aceita o capitalismo ou aceita o socialismo. Não existe alternativa.

– Mas eu lhe digo que não quero saber do socialismo. Só de pensar nele me dá sono.

– Mas qual é a sua objeção ao socialismo?

– Só existe uma objeção ao socialismo – é uma coisa que ninguém deseja.

– Isso é um absurdo!

– Melhor dizendo, ninguém que é capaz de ver o que o socialismo realmente significa.

– Mas o que significa o socialismo na sua opinião?

– Algo parecido com o *Admirável mundo novo* de Huxley, só que menos divertido. Quatro horas diárias de trabalho numa fábrica-modelo, apertando o parafuso número 6003. Rações embrulhadas em papel impermeável servidas na cozinha coletiva. Transporte comunitário do Albergue Marx para o Albergue Lênin, ida e volta. Clínicas gratuitas de aborto em cada esquina. Tudo muito bem lá à sua maneira, claro. Só que não é o que desejamos.

Ravelston suspirou. Uma vez por mês, na *Anticristo*, ele se esforçava por repudiar aquela versão do socialismo.

– Bem, e o que é que nós desejamos, então?

–Só Deus sabe. Só temos certeza do que não queremos. Eis o nosso dilema nos dias de hoje. Estamos empacados pela indecisão, como o asno de Buridan. Só que as alternativas são três, e não duas, e todas nos deixam de estômago revirado. O socialismo é só uma delas

– E quais são as outras duas?

– Ah, acho que o suicídio e a Igreja Católica.

Ravelston sorriu, chocado em seu anticlericalismo.

– A Igreja Católica! Você acha que ela é uma alternativa?

– Bem, pelo menos é uma tentação permanente para os intelectuais, não?

– Não os intelectuais que *eu* respeito. Embora tenha havido o caso de Eliot, é claro, admitiu Ravelston.

– E ainda vai haver muitos outros, pode apostar. Deve ser muito confortável, a vida debaixo das asas da Santa Madre Igreja.

– Um tanto insalubre, claro, mas pelos menos sempre dá uma sensação de segurança. Pois para mim só parece mais uma forma de suicídio. – Ravelston esfregou o nariz, absorto.

– Pode ser, de certo modo. Tanto quanto o socialismo, aliás. São duas decisões em último recurso. Mas eu não seria capaz de me suicidar. É humilde e fácil demais. Não estou disposto a desistir da minha parte na terra em benefício de mais ninguém. Não sem antes acabar com uns inimigos.

– E quem são os seus inimigos?

– Ah, qualquer um que ganhe quinhentas libras por ano.

Houve um silêncio prolongado e desconfortável. A renda de Ravelston, descontado o pagamento do imposto de renda, devia chegar a umas duas mil libras por ano. Aquele era o tipo de coisa que Gordon dizia o tempo todo. Para disfarçar seu embaraço, Ravelston pegou o copo, preparou-se para resistir ao sabor nauseabundo e engoliu num trago dois terços da cerveja – o suficiente, pelo menos, para dar a impressão de que tomara a bebida até o fim.

– Acabe logo!, disse com uma animação fingida. Já está na hora de tomarmos a outra metade da nossa dose.

Gordon esvaziou seu copo e deixou que Ravelston o conduzisse. Sua dignidade estava devidamente assegurada pois pagara a primeira rodada. Ravelston caminhou meio envergonhado até o balcão. Os olhares convergiram para ele assim que se levantou da mesa. O operário de construção de canais, ainda encostado no balcão diante da sua caneca intocada de cerveja, fitou-o com uma insolência muda. Ravelston resolveu que não queria mais tomar aquela cerveja imunda e ordinária.

– Dois uísques duplos, por favor. Pode ser?, pediu, em tom de desculpa.

A mulher morena no balcão olhou para ele:

– O quê?.

– Dois uísques duplos, por favor.

– Aqui não tem uísque. A casa não vende bebidas fortes. Só cerveja. O operário deu um sorriso rápido por baixo do bigode. "Almofadinha ignorante de...!", pensou ele. "Pedindo uísque em uma cervejaria!

O rosto pálido de Ravelston corou levemente. Até então ele não sabia que alguns dos *pubs* mais pobres não tinham como pagar a licença necessária para a venda de bebidas destiladas.

– Então cerveja Bass, por favor. Duas garrafas grandes.

Não tinham garrafas grandes. Ele comprou quatro pequenas. Aquele *pub* era realmente muito pobre. Gordon tomou um gole imenso e muito satisfatório da sua Bass. Mais alcoólica que a cerveja servida no balcão, borbulhava e lhe fez cócegas na garganta; como estava com fome, subiu-lhe um pouco à cabeça. Logo se sentiu mais filosófico e um pouco mais inclinado à autopiedade. Resolvera não ficar chorando as mágoas da pobreza, mas ia começar de qualquer jeito. E disse de repente:

– Tudo isso que estamos falando é um monte de m....

– De que m... você está falando?

– Toda essa história de socialismo, capitalismo, do estado das coisas no mundo moderno e sabe Deus o que mais. Estou c... para o estado das coisas no mundo moderno. Se todo mundo na Inglaterra estivesse passando fome, menos as pessoas de quem eu gosto, eu nem me incomodaria.

– Não está exagerando um pouco?

– Não. Toda essa nossa conversa não passa de uma exposição dos nossos sentimentos. É tudo ditado pelo valor que você carrega nos bolsos. Eu ando de um lado para outro de Londres dizendo que ela é uma cidade de mortos, que a nossa civilização está morrendo, que eu queria que uma guerra começasse logo e sabe Deus o que mais, mas na verdade eu estou reclamando porque ganho duas libras por semana e queria ganhar cinco.

Ravelston, mais uma vez indiretamente lembrado do quanto ganhava, acariciou lentamente o nariz com o nó do indicador esquerdo.

– Concordo com você até certo ponto. É o que Marx disse: toda ideologia é o reflexo de circunstâncias econômicas.

– E você só entende isso quando vem de Marx! Não imagina o que é viver com duas libras por semana. Não é uma questão de passar necessidade – não é como ser privado de alguma coisa essencial. É só o desgosto maldito, onipresente e mesquinho da coisa toda. Passar semanas a fio sem ver ninguém porque sem dinheiro não se tem amigos. Dizer que é escritor, mas nunca produzir nada, porque está sempre desanimado demais para escrever. Você passa a viver numa espécie de submundo asqueroso. Numa espécie de esgoto espiritual.

Não ficavam muito tempo juntos sem que Gordon começasse a falar daquelas coisas. Era de uma extrema descortesia, e deixava Ravelston terrivelmente embaraçado. Ainda assim, por algum motivo, Gordon não conseguia se controlar. Precisava dividir seus problemas com alguém, e Ravelston era a única pessoa que o compreendia. A pobreza, como qualquer outra ferida suja, precisa ser exposta ao ar de vez em quando. Começou a contar, com uma riqueza grosseira de detalhes, como era sua vida em Willowbed Road. Estendeu-se na descrição do cheiro das sopas ralas e do repolho, dos frascos de molho entupidos enfileirados na mesa da sala de jantar, da comida péssima, das aspidistras. Descreveu seu chá clandestino e o truque de jogar as folhas usadas na privada. Ravelston, culpado e infeliz, ficou ali sentado com os olhos fixos no copo que ele girava lentamente entre as mãos. Sentia, no lado direito do peito, a pressão impiedosa de uma forma quadrada, a carteira em que, até onde ele sabia, acomodava oito notas de uma libra e dez notas de dez xelins, tendo ao lado seu verde e gordo talão de cheques. Como eram horríveis aqueles detalhes da pobreza! Não que Gordon estivesse descrevendo a verdadeira pobreza. No máximo, aquelas eram as bordas da pobreza. Mas e quanto aos pobres de verdade? Os desempregados de Middlesbrough, sete em cada quarto vivendo com vinte e cinco xelins por semana? Quando existem pessoas nessas condições, como alguém pode ter o desplante de andar pelo mundo carregando no bolso várias notas de uma libra e um talão de cheques?

– É um horror, murmurou ele várias vezes, impotente. No íntimo, estava se perguntando – era sua reação invariável – se Gordon aceitaria dez libras emprestadas, caso ele as oferecesse.

Tomaram mais uma bebida, que Ravelston tornou a pagar, e saíram para a rua. Já era quase hora de se despedirem. Gordon nunca passava mais de uma ou duas horas com Ravelston. Os contatos com os ricos, como a permanência em altas altitudes, devem ser sempre breves. Fazia uma noite sem lua nem estrelas e soprava um vento úmido. O ar noturno, a cerveja e a luz aquosa dos lampiões induziram Gordon a uma espécie de lucidez sinistra. Ele percebeu que era praticamente impossível explicar a qualquer pessoa rica, mesmo a alguém tão decente quanto Ravelston, a desgraça essencial da pobreza. Justamente por isso era mais importante explicá-la. E perguntou de repente:

– Você já leu *O conto do advogado*, de Chaucer?

– *O conto do advogado*? Não que eu me lembre. É sobre o quê?

– Esqueci. Mas eu estava pensando nas primeiras seis estrofes do prólogo. Em que ele fala sobre a pobreza. De como ela dá a qualquer um o direito de pisar em você! De como todo mundo sente *vontade* de pisar em você! Saber que você não tem dinheiro realmente faz com que as pessoas o detestem. Todos insultam você só pelo prazer de insultar, sabendo que não tem como reagir.

– Ah, não, não é assim! As pessoas não são más a esse ponto.

– Você não tem ideia das coisas que acontecem!

Gordon não queria escutar que "as pessoas não são más a esse ponto". Com uma espécie de deleite doloroso, aferrava-se à ideia de que, como era pobre, todo mundo só podia ter *vontade* de insultá-lo. Aquilo combinava com sua filosofia de vida. E repentinamente, sentindo que não conseguiria parar, começou a falar do que vinha remoendo nos últimos dois dias– o desprezo que os Doring tinham manifestado por ele na quinta-feira. Contou a história toda sem se envergonhar.

Ravelston ficou irritado. Não entendia por que Gordon dava tamanha importância àquilo. Ficar decepcionado por ter perdido um aborrecidíssimo chá literário lhe parecia um absurdo. Ele não iria a um chá literário nem que lhe pagassem. Como todos os ricos, dedicava muito mais tempo a evitar do que a procurar companhia humana. Interrompeu Gordon:

– Na verdade, sabe, você não devia se ofender com tanta facilidade. Afinal, uma coisa dessas não tem muita importância. – O importante não é a coisa em si, mas o espírito da coisa. A maneira como eles automaticamente tratam você com desprezo só porque você não tem dinheiro. – O mais provável é que tenha havido um mal-entendido ou coisa assim. Por que alguém haveria de querer desprezá-lo?" "*Se tu és pobre, teu irmão te odeia* ", citou Gordon obstinadamente.

Ravelston, que tinha grande respeito também pela opinião dos mortos, esfregou o nariz.

– É o que Chaucer diz? Então, infelizmente, discordo dele. O que as pessoas sentem por você não é exatamente ódio.

– É, sim. E elas têm toda a razão de detestar você. Você é *mesmo* detestável. É como nos anúncios de Listerine. 'Por que ele está sempre sozinho? É a halitose, arruinando a sua carreira.' A pobreza é a halitose do espírito.

Ravelston deu um suspiro. Não havia dúvida de que Gordon era teimoso. Continuaram a caminhar, discutindo. Gordon com veemência, Ravelston discordando. Ravelston jamais conseguia contra-argumentar com Gordon numa discussão daquelas. Sentia que Gordon exagerava, mas não gostava de contradizê-lo. Era algo que não se sentia autorizado a fazer. Ele era rico e Gordon, pobre. Como discutir sobre a pobreza com uma pessoa realmente pobre?

– E a maneira como as mulheres tratam você quando não tem dinheiro?, prosseguiu Gordon. É mais um problema que acontece por causa dessa maldita história do dinheiro – as mulheres!

Ravelston, com um ar de tristeza, assentiu com a cabeça. Aquilo, sim, lhe parecia mais razoável do que tudo que Gordon dissera antes. Pensou em Hermione Slater, sua namorada. Fazia dois anos que eram amantes, mas nunca tinham se dado ao trabalho de se casar. Seria uma "trabalheira excessiva", como sempre dizia Hermione. Ela era rica, claro, ou melhor, era filha de pais ricos. Ele se lembrou de seus ombros, largos, macios e jovens, e de como pareciam emergir das roupas dela como uma sereia saindo do mar; e da sua pele e dos seus cabelos, sempre um tanto mornos e sonolentos, como um campo de trigo ao sol.

Hermione bocejava invariavelmente diante de qualquer menção ao socialismo e se recusava a ler sequer a *Anticristo:*

– Não venha me falar das classes baixas, dizia ela. Eu detesto essa gente. Eles *cheiram mal.*

E Ravelston a adorava.

– É bem verdade que as mulheres são um problema, admitiu ele.

– Mais que um problema, são uma verdadeira maldição. Quer dizer, quando não se tem dinheiro. Quando você não tem dinheiro, as mulheres detestam tudo em você.

– Acho que você está usando palavras muito fortes. As coisas não são tão cruas assim.

Gordon nem lhe deu ouvidos.

– Acho uma bobagem ficarmos falando do socialismo ou de qualquer outro ismo, quando as mulheres são como são! A única coisa que as mulheres querem é dinheiro; dinheiro para uma casa própria, dois bebês, móveis prontos e uma aspidistra. O único pecado que conseguem imaginar é alguém não querer mais dinheiro. A mulher só julga o homem pela quantia que ele ganha. Claro que, para si mesma, não é assim que ela descreve o que sente. Diz que ele é *um homem muito interessante* – o que significa que possui muito dinheiro. Quando você não tem dinheiro, não é *interessante*. De alguma forma, é uma pessoa sem honra. Um pecador. Que pecou contra a aspidistra.

– Você fala muito das aspidistras, disse Ravelston.

– São um tema da maior importância, respondeu Gordon.

Ravelston esfregou o nariz e desviou os olhos, constrangido.

Escute aqui, Gordon, se não se importa de eu lhe perguntar... mas você tem namorada?

– Ah, meu Deus! Não me fale dela!

Ainda assim, começou a falar sobre Rosemary. Ravelston não a conhecia. Àquela altura, Gordon nem se lembrava mais da aparência dela. Não se lembrava do quanto gostava dela e ela dele, de como sempre ficavam felizes nas raras ocasiões em que podiam se encontrar, do quanto ela era paciente com seus modos quase intoleráveis. Ele não se lembrava de nada, a não ser que ela se recusava a dormir com ele e que já fazia quase uma semana que não lhe escrevia. Exposto ao ar úmido da noite, com o estômago cheio de cerveja, sentia-se uma criatura abandonada e solitária. Rosemary era "cruel" com ele – era assim que ele via a situação. De maneira inconveniente, pelo puro prazer de se atormentar e deixar Ravelston constrangido, começou a inventar um personagem imaginário para Rosemary. Construiu a imagem de uma criatura insensível que se divertia com ele mas no fundo o desprezava, que brincava com ele e o mantinha sempre ao alcance, e que só aceitaria cair em seus braços se ele tivesse mais dinheiro. E Ravelston, que nunca se encontrara com Rosemary, não duvidava de seu relato. E interrompeu: "Mas afinal, Gordon, espere um pouco. Essa moça, a senhorita... senhorita Waterlow, foi o nome que você disse?...

– Rosemary; na verdade ela não gosta nem um pouco de você, não é?

A consciência de Gordon pesou por um instante. Não era capaz de declarar que Rosemary não gostava dele.

– Não, na verdade ela gosta de mim. A seu modo, acho até que gosta muito de mim. Mas não o bastante, entende? Não é possível, enquanto eu não tiver dinheiro. É sempre o dinheiro.

– O dinheiro não é tão importante assim. Existem outras coisas no mundo.

– Que outras coisas? Então não vê que o perfil de um homem depende do quanto ele ganha? A personalidade dele *é* o quanto ele ganha. Como alguma mulher pode achá-lo atraente quando você não tem dinheiro? Não tem como usar roupas decentes, não pode sair com ela para jantar, nem para o teatro, nem para um passeio de fim de semana, não há como criar uma atmosfera interessante e alegre. É um absurdo dizer que esse tipo de coisa não tem importância. Tem, sim. Se você não tem dinheiro, não arranja nem mesmo um lugar para se encontrar com ela. Rosemary e eu só nos encontramos na rua ou em galerias de arte. Ela mora num pensionato asqueroso de moças, e a desgraçada da dona da casa onde eu vivo não permite a entrada de mulheres. Vagar de um lado para o outro pelas malditas ruas molhadas – é com isso que Rosemary me associa.

– Não vê como isso tira o encanto de tudo?

Ravelston ficou incomodado. Devia ser horrível mesmo não ter dinheiro nem para sair com a namorada. Tentou juntar coragem para dizer alguma coisa, mas desistiu. Cheio de culpa, mas também de desejo, se lembrou do corpo de Hermione, nu como um fruto maduro e morno. Com sorte, ela iria visitá-lo hoje à noite no apartamento. Talvez até já estivesse à sua espera. Pensou nos desempregados de Middlesbrough. A abstinência sexual era tremenda entre eles. Estavam chegando ao prédio onde ele morava. Olhou para as janelas do apartamento. Sim, estavam acesas. Hermione devia ter chegado. Ela tinha uma chave.

Quando chegaram perto do prédio de Ravelston, Gordon se aproximou dele. A noite estava terminando e ele precisava se despedir de Ravelston, a quem adorava, e voltar a seu quarto sórdido e solitário. E todas as noites acabavam desse modo; a caminhada de volta pelas ruas escuras até o quarto solitário, a cama sem mulher. Ravelston sempre perguntava: "Não quer subir?" e Gordon, por dever de ofício, sempre respondia: "Não". Nunca ficar muito tempo com as pessoas de quem você gosta, mais um mandamento dos sem-dinheiro.

Pararam ao pé da escada. Ravelston apoiou a mão enluvada numa das pontas da grade.

– Não quer subir?, perguntou sem convicção.

– Não, obrigado, já está na hora de eu voltar para casa.

Ravelston apertou com os dedos a ponta da grade. Fez o gesto de puxá-la, como se fosse começar a subir, mas não saiu de onde estava. Constrangido, olhando para a distância por cima da cabeça de Gordon, ele disse:

– Escute, Gordon, não vai ficar ofendido se eu lhe disser uma coisa?

– O quê?

– Escute, você sabe, me aborrece toda essa história entre você e a sua namorada. De você não poder sair com ela e tudo o mais. É horrível esse tipo de coisa.

– Ah, na verdade não é nada.

Assim que ouviu Ravelston dizer que aquilo era "horrível", Gordon percebeu que tinha exagerado. Desejou não ter falado daquele modo, tão carregado de autocomiseração. Dizemos essas coisas, com um sentimento que não conseguimos deixar de manifestar, e depois nos arrependemos.

– Acho que eu exagero muito, disse ele.

– Mas, Gordon, escute aqui. Deixe eu lhe emprestar dez libras. Leve a moça para jantar algumas vezes. Ou vá dar um passeio com ela no fim de semana, ou coisa parecida. Pode fazer toda a diferença. Odeio imaginar...

Gordon apertou os olhos com mágoa, quase com raiva. Tinha dado um passo para trás, como que recuando diante de uma ameaça ou um insulto. E o mais terrível era que a tentação de aceitar quase fora mais forte do que ele. Dez libras poderiam fazer tanto! Teve uma visão passageira de Rosemary diante dele à mesa de um restaurante – uma tigela de uvas e pêssegos, um garçom solícito, uma garrafa de vinho bom empoeirada em seu cesto de vime.

– De maneira alguma!, disse.

– Eu gostaria muito que você aceitasse. Estou dizendo que eu *ficaria satisfeito* de emprestar para você.

– Obrigado. Prefiro conservar os amigos.

– Mas isso não é uma coisa... uma coisa muito burguesa de se dizer?

– Você acha que eu estaria realmente fazendo um *empréstimo*, se aceitasse dez libras suas? Nem em dez anos eu teria como lhe pagar.

– Pois não teria muita importância.

Ravelston desviou os olhos. Era chegada a hora de admitir – da confissão detestável e miserável que tantas vezes se via obrigado a fazer!

– Sabe, é que eu tenho muito dinheiro.

– Eu sei que tem. E é exatamente por isso que eu não quero que me empreste nada.

– Mas sabe, Gordon, às vezes você parece... uma mula, de tão teimoso.

– Eu não consigo agir de outra maneira.

– Ah, bem! Boa noite, então.

– Boa noite.

Dez minutos depois, Ravelston seguia para o sul em um táxi, na companhia de Hermione. Ela estivera esperando por ele, dormindo ou meio adormecida, numa das poltronas imensas diante da lareira da sala de estar. Sempre que não havia nada de especial a fazer, Hermione adormecia com a rapidez de um animal, e quanto mais dormia mais saudável se mostrava. Quando ele se aproximou, ela acordou e se espreguiçou com contorções sonolentas e voluptuosas, meio sorrindo, meio bocejando, uma das faces e um dos braços nus rosados à luz do fogo. Finalmente, conseguiu conter os bocejos o suficiente para falar com ele:

– Olá, Philip! Por onde andou? Faz séculos que estou esperando.

– Ah, saí com um sujeito. Gordon Comstock. Acho que você não conhece. O poeta.

– Poeta! Quanto ele pegou emprestado de você?

– Nada. Ele não é esse tipo de pessoa. Na verdade, é cheio de histórias em matéria de dinheiro. Mas é muito talentoso, a seu modo.

– Você e os seus poetas! Está com um ar cansado, Philip. A que horas você jantou?

– Bem... para dizer a verdade, ainda não jantei.

– Não jantou? Mas por quê?

– Ah, bem, sabe... não sei se você vai entender. Foi uma espécie de acidente. Aconteceu assim., explicou. Hermione prorrompeu numa gargalhada e se aprumou um pouco mais na poltrona.

– Philip! Você *é* um verdadeiro asno! Ficar sem jantar só para não chatear essa criatura! Você precisa comer agora mesmo. E é claro que a sua empregada já foi embora. Por que você não tem empregados mais adequados, Philip? Detesto esse seu jeito meio entocado de viver. Vamos sair para jantar no Modigliani's.

– Mas já passa das dez. Vai estar fechado.

– Imagine! Fica aberto até as duas. Vou ligar para pedir um táxi. Não vou ficar aqui vendo você passar fome.

No táxi ela se encostou nele, ainda meio adormecida, a cabeça aninhada em seu peito. Ele pensou nos desempregados de Middlesbrough, sete num quarto com vinte e cinco xelins por semana. Mas o corpo da namorada pesava contra o dele, e Middlesbrough ficava longe dali. E ele estava morrendo de fome. Pensou em sua mesa de canto favorita no Modigliani's e se lembrou daquele *pub* abjeto com seus bancos duros de madeira, seu fedor de cerveja estagnada e escarradeiras de latão repletas. Hermione, sonolenta, lhe passava um sermão.

– Philip, por que você precisa viver desse jeito horrível?

– Mas eu não vivo de um jeito horrível.

– Vive, sim. Fingindo que é pobre quando não é, morando naquele apartamentozinho sem empregados e saindo com essas pessoas desagradáveis.

– Que pessoas desagradáveis?

– Ah, gente do tipo desse seu amigo poeta. Todas essas pessoas que escrevem para a sua revista. Só escrevem para conseguir favores seus. Claro que eu sei que você é socialista. Eu também sou. Quer dizer, hoje em dia todo mundo é socialista. Mas não vejo por que você precisa viver distribuindo todo o seu dinheiro e só fazer amigos de classe inferior. Você podia perfeitamente ser socialista e viver bem, é o que eu queria dizer.

– Hermione, querida, por favor, não diga que eles são de classe inferior.

– Qual o problema? Eles *são* da classe inferior, não são?

– Mas é uma expressão horrível. Você podia dizer que são da classe trabalhadora.

– Da classe trabalhadora, vá lá. Mas o cheiro é o mesmo.

– Você não devia dizer esse tipo de coisa, protestou ele debilmente.

– Sabe, Philip, às vezes eu acho que você *gosta* da classe inferior.

– Claro que eu gosto deles.

– Mas que horror! Que coisa mais horrorosa.

Ela ficou quieta. Resolveu não discutir mais com ele, o braço atravessado em seu peito, como uma sereia adormecida. O aroma de mulher emanava dela, uma poderosa propaganda sem palavras contra qualquer altruísmo e justiça social. Pagaram o táxi e estavam quase entrando no Modigliani's quando um sujeito muito alto e magro, em péssimo estado,pareceu que brotou da calçada diante deles. Atravessou-se no caminho deles como um animal servil, num estado de ansiedade reverente porém temerosa, como se tivesse medo de que Ravelston o atacasse. Seu rosto se aproximou do de Ravelston – um rosto horrível, branco como carne de peixe e com uma barba por fazer que lhe chegava quase até os olhos. As palavras "Um chá, patrão" foram arquejadas através de dentes cariados. Ravelston recuou diante dele, enojado. Não pôde evitar. Sua mão rumou mecanicamente para o bolso. Mas no mesmo instante Hermione pegou-o pelo braço e puxou-o para dentro do restaurante.

– Você daria seus últimos tostões, se eu deixasse, disse ela.

Foram para a sua mesa favorita no canto. Hermione beliscou um cacho de uvas, mas Ravelston estava faminto. Pediu o contrafilé grelhado em que vinha pensando e meia garrafa de Beaujolais. O garçom italiano gordo de cabelos brancos, velho amigo dele, trouxe-lhe a peça de carne fumegante, que Ravelston abriu com a faca. Maravilhosa, com o miolo vermelho quase cor de vinho! Em Middlesbrough, os desempregados se amontoavam em camas malcheirosas, enchendo a barriga de pão, margarina e chá sem leite. Começou a comer seu contrafilé com a felicidade envergonhada de um cão que rouba uma perna de carneiro.

Gordon seguiu para casa em passo acelerado. Fazia frio. Dia 5 de dezembro – agora o inverno tinha começado de verdade. Circuncidai vossos prepúcios, disse o Senhor. O vento úmido impelia com ódio os ramos nus das árvores. *Impiedoso, um vento ameaçador*. O poema que ele começara a escrever na quarta-feira, e do qual já tinha quatro estrofes prontas, voltou-lhe à mente. Não desgostava dele naquele momento. Era estranho como uma conversa com Ravelston sempre o deixava mais animado. O mero contato com Ravelston parecia de algum modo reconfortá-lo. Mesmo quando a conversa era insatisfatória, saía dela com a sensação de que, no final das contas, não era um completo fracassado. Quase em voz alta, repetiu as quatro estrofes. Não estavam ruins, não estavam nada ruins.

As coisas que dissera a Ravelston lhe retornavam à memória de maneira intermitente. E mantinha cada afirmação. Como a pobreza era humilhante! É o que eles não conseguem, ou não querem, entender. Não que passasse necessidade – ninguém sofre privações autênticas com duas libras por semana e, se sofresse, não faria muita diferença –, mas era simplesmente a humilhação, a horrenda, a maldita humilhação. A maneira como aquilo dava a qualquer pessoa o direito de pisar em você. A maneira como todo mundo sentia *vontade* de pisar em você. Ravelston jamais acreditaria que era assim. Era um sujeito decente demais, eis a questão. Achava que a pessoa podia ser pobre e ainda assim ser tratada como um ser humano.

Gordon sabia que não. Entrou em casa repetindo a si mesmo que sabia que não.

Havia uma carta à sua espera na bandeja do corredor de entrada. Seu coração deu um salto. Qualquer carta o deixava nervoso naqueles dias. Subiu as escadas de três em três degraus, trancou-se no quarto e acendeu o gás. A carta era de Doring.

*Prezado Comstock– Pena você não ter aparecido no sábado. Queria apresentá-lo a algumas pessoas. E nós lhe avisamos, não foi, que desta vez seria no sábado em vez de na quinta-feira? Minha mulher diz que tem certeza de ter lhe avisado. De qualquer maneira, faremos uma nova reunião no próximo dia 23, uma espécie de festa pré-natalina, mais ou menos na hora de sempre. Esperamos por você. Dessa vez, não esqueça a data.*

*Seu*

*Paul Doring*

Uma convulsão dolorosa ocorreu em algum ponto abaixo das costelas de Gordon. Com que então Doring resolvera fingir que tinha sido tudo um engano – que não o tinha insultado! Verdade que ele não poderia ter ido no sábado, pois aos sábados precisava trabalhar na livraria; ainda assim, a intenção era o que contava.

Ficou enjoado ao reler as palavras "queria apresentá-lo a algumas pessoas". Que falta de sorte! Imaginou as pessoas que poderia ter conhecido – editores de revistas de alto nível, por exemplo. Poderiam ter-lhe encomendado resenhas de livros ou pedido para ver seus poemas, ou sabe Deus o quê. Por algum tempo, teve a forte tentação de acreditar que Doring dizia a verdade. Talvez, no final das contas, tivessem mesmo avisado que dessa vez o chá seria no sábado, e não na quinta.

Talvez, se fizesse um esforço de memória, conseguisse se lembrar do aviso – ou até encontrar a carta perdida no meio da sua confusão de papéis empilhados. Mas não! Nem pensar. Resistiu à tentação. Os Doring tinham-no ofendido, sim, e de propósito. Ele era pobre, e portanto eles o tinham insultado. Quando você é pobre, as pessoas o insultam. Era o seu credo. Melhor manter-se fiel a ele!

Andou até a mesa rasgando a carta de Doring em pedacinhos. A aspidistra ainda estava em seu vaso, de um verde opaco, sofrida, patética em sua feiúra doentia. Ao sentar-se, puxou a planta para perto de si e contemplou-a meditativo. Havia a intimidade do ódio entre ele e a aspidistra.

– Ainda acabo com você, sua filha-da-p..., murmurou ele para as folhas empoeiradas.

Em seguida, remexeu em seus papéis até encontrar uma folha em branco, pegou a caneta e escreveu com sua letra pequena e caprichada, bem no meio da folha:

*Prezado Ddoring – Em referência à sua carta: vá se...*
*Sinceramente,*
*Gordon Comstock*

Enfiou a folha num envelope, endereçou-o e saiu na mesma hora para comprar selos em uma máquina automática. Melhor despachar logo: essas coisas parecem diferentes de manhã. Jogou a carta numa caixa de correio. Mais uma amizade que chegava ao fim.

# Capítulo 6

"Passara a tarde inteira pensando nela. Era com uma espécie de ressentimento que pensava em seu corpo pequeno e forte, que ele jamais vira sem roupa."

Essa história de mulher! Quanta complicação! Pena não conseguirmos pelo menos nos comportar como os animais. Minutos de luxúria e depois meses de castidade gelada. O faisão macho, por exemplo, pula no lombo da fêmea sem dó e sem pedir licença. E, assim que acaba, tudo sai totalmente da sua cabeça. Mal repara nas fêmeas; ele as ignora, ou se limita a encher de bicadas quando se aproximam demais da sua comida. E nem é chamado a contribuir para a alimentação dos rebentos. Que sortudo que é o faisão! Como o seu destino é completamente diferente do senhor da criação, sempre às voltas com a memória e a consciência!

Naquela noite Gordon nem iria fazer de conta que trabalhava. Saiu depois do jantar. Andou para o sul, bem devagar, pensando nas mulheres. A noite estava amena e enevoada, lembrando mais o outono do que o inverno. Era terça-feira, e ainda lhe restavam quatro xelins e quatro *pence*. Poderia ir ao Crichton, se quisesse. Flaxman e os camaradas já deviam estar bebendo por lá. Mas o Crichton, que lhe parecia o paraíso quando estava sem dinheiro, o entediava e o aborrecia quando tinha condições de ir lá. Ele detestava aquele lugar parado com cheiro de cerveja, as visões, os sons e os cheiros, todos tão ostensiva e ofensivamente masculinos. Ali nunca havia mulheres; só a moça que servia no balcão, com seu sorriso sensual que parecia prometer tudo e não prometia nada.

As mulheres, as mulheres! O nevoeiro que cobria a atmosfera fazia com que os transeuntes parecessem fantasmas a uns vinte metros de distância. Mas nas pequenas poças de luz em torno dos postes, dava para se perceber vestígios de semblantes femininos. Pensou em Rosemary, nas mulheres em geral e novamente em Rosemary. Passara a tarde inteira pensando nela. Era com uma espécie de mágoa que pensava em seu corpo pequeno e forte, que ele jamais vira sem roupa. Como era injusto sentir-se repleto daqueles desejos torturantes, mas impedido de satisfazê-los! Por que será que quem não tinha dinheiro ficava privado *disso*? Parece uma coisa tão natural, tão necessária, uma parte fundamental dos direitos inalienáveis do ser humano. Enquanto descia a rua escura, respirando o ar frio e insalubre, levava no peito uma estranha sensação de esperança. Quase chegava a crer que em algum ponto à frente, no meio das trevas, haveria um corpo de mulher à sua espera. Mas também sabia que mulher alguma o esperava, nem mesmo Rosemary. Já fazia oito dias que ela não lhe escrevia! A pequena insensível! Oito dias sem escrever! Sendo que ela sabia o quanto suas cartas eram importantes para ele! Ficava claro que ela não gostava mais dele, que para ela ele não passava de um obstáculo, com sua pobreza, suas roupas surradas e sua insuportável insistência para que ela lhe dissesse que o amava! Era bem possível que ela jamais voltasse a lhe escrever. Estava farta dele – farta porque ele não tinha dinheiro. Que mais se poderia esperar? Ele não tinha direito nenhum sobre ela. Quem não tem dinheiro não tem direitos. Em última análise, o que segura uma mulher ao lado de um homem, senão o dinheiro?

Uma garota vinha andando sozinha pela calçada. Ele passou por ela à luz do lampião. Uma moça da classe trabalhadora, de uns dezoito anos talvez, sem chapéu, com as faces muito rosadas. Ao vê-lo olhando para ela, virou o rosto bruscamente. Evitou seus olhos a todo custo. Por baixo da fina capa de chuva que usava, com um cinto amarrado na cintura, dava para ver seus quadris jovens, flexíveis e esbeltos. Por pouco ele não se virou e a seguiu. Mas de que adiantaria? Ela só iria fugir ou chamar um policial. Meus cachos de ouro, em prata o tempo converteu, pensou ele. Estava com sede e se sentia acabado. Que mulher que valesse a pena voltaria a olhar para ele?

Essa história de mulheres! Se fosse casado poderia sentir algo diferente? Só que fizera um voto contra o casamento muito tempo antes. O casamento não passa de mais uma arapuca armada para as pessoas pelo deus-dinheiro. Você vai atrás da isca; a portinhola cai, e pronto, você se descobre acorrentado pela perna a algum emprego bom até o dia de ser transportado para o cemitério. E que vida! Conjunção carnal consentida à sombra da aspidistra. Carrinhos de bebê e adultérios furtivos. A mulher descobrindo o desvio e quebrando a garrafa de uísque de cristal lavrado na sua cabeça.

Apesar de tudo, ele percebia que, de certa maneira, era necessário se casar. Se o casamento era ruim, sua alternativa era ainda pior. Por um momento, desejou estar casado; ansiava pela dificuldade, pela realidade, pela dor da vida de casado. E o casamento deve ser indissolúvel, para o bem e para o mal, para ricos e para pobres, até que a morte os separe. O velho ideal cristão – o casamento temperado pelo adultério. Você sempre pode cometer adultério caso não tenha outro jeito, mas pelo menos deve ter a decência de chamá-lo de adultério mesmo. Nada dessa ladainha americana sobre almas gêmeas e coisas parecidas. Você se diverte e depois volta para casa sem dizer nada, o suco do fruto proibido ainda gotejando do queixo, e assume as consequências. Garrafa de uísque de cristal lavrado quebrada na cabeça, queixas, refeições queimadas, crianças chorando, o fragor e a tormenta da batalha entre as sogras. Melhor, talvez, que o horror da liberdade? Pelo menos você sabe que está vivendo uma vida real.

Mas, de qualquer maneira, como alguém poderia se casar ganhando duas libras por semana? Dinheiro, dinheiro, sempre o dinheiro! E o diabo é que, fora do matrimônio, não havia possibilidade de relação decente com uma mulher. A mente de Gordon percorreu as lembranças dos dez anos de sua vida adulta. Vários rostos de mulher desfilaram por sua memória. Tinham sido dez ou doze. Incluindo as prostitutas. *Comme au long d'un cadavre un cadavre étendu*. E mesmo quando elas não eram prostitutas, havia sido sórdido, sempre sórdido. A coisa sempre começava com uma espécie de obstinação fria e acabava com uma deserção mesquinha e insensível. Aqui, também, o dinheiro. Sem dinheiro, ninguém pode lidar com as mulheres de maneira direta. Porque sem dinheiro não há como escolher, você tem de ficar com as mulheres que consegue; e depois, necessariamente, precisa livrar-se delas. A constância, como todas as outras virtudes, tem seu preço em dinheiro. E o mero fato de ele ter se rebelado contra o código do dinheiro, de não ter se conformado com a prisão de um emprego bom – coisa que mulher nenhuma é capaz de compreender –, tinha imposto uma certa qualidade de impermanência, de mentira, a todos os seus casos com as mulheres. Ao abjurar do dinheiro, ele também deveria ter abjurado das mulheres. Ou bem você serve ao deus-dinheiro, ou bem vive sem mulher – eis as alternativas. E as duas igualmente impossíveis.

Um facho de luz branca cortava o nevoeiro, vindo a rua transversal próxima, e ouvia-se o clamor dos comerciantes de rua. Era a Luton Road, onde uma feira ao ar livre se realiza duas noites por semana. Gordon virou à esquerda e entrou na feira. Muitas vezes fazia aquele caminho. A rua ficava tão cheia que só com muita dificuldade era possível avançar pelo estreito corredor que separava as barracas, atapetado de folhas de repolho. Ao clarão das lâmpadas elétricas penduradas num fio, as mercadorias das barracas reluziam com belas cores cintilantes – nacos de carne vermelha, pilhas de laranjas, brócolis e couve-flor, coelhos rígidos de olhos vidrados, enguias vivas contorcendo-se em bacias esmaltadas, aves depenadas pendendo em fileiras, projetando seus peitos despidos como guardas nus numa parada.

Gordon ficou um pouco animado. Gostava do barulho, da agitação, da vitalidade. Sempre que você vê uma feira de rua, sabe que ainda existe esperança para a Inglaterra. Mas mesmo ali ele sentia sua solidão. Garotas circulavam por toda parte, em grupos de quatro ou cinco, percorrendo ansiosas as barracas que vendiam roupas de baixo baratas enquanto trocavam gracejos, risadas e gritinhos com os rapazes que as seguiam. Nenhuma se interessou por Gordon. Ele caminhava entre elas como se fosse invisível, mas seus corpos o evitavam quando cruzavam seu caminho. Ah, olhem só! E involuntariamente ele se deteve. Numa barraca, em torno de uma pilha de calcinhas de seda estampada, três moças se debruçavam, atentas, os rostos muito próximos – três rostos jovens parecendo flores debaixo da luz crua, apresentando-se lado a lado como os brotos floridos de um ramo de dianto ou ipomeia.

Seu coração disparou. Nem olhavam para ele, claro! Uma das moças ergueu os olhos. Ah! Apressada, e com um ar ofendido, desviou o olhar. Um rubor delicado como uma aquarela muito diluída espalhou-se por seu rosto. A expressão dura e sexual dos olhos dele a assustou. Hoje fogem de mim as que já me quiseram! Ele seguiu em frente. Se pelo menos Rosemary estivesse ali! Agora ele a perdoava por não ter escrito. Seria capaz de perdoar-lhe qualquer coisa se pelo menos ela aparecesse. Agora percebia o quanto ela significava, porque só ela, de todas as mulheres do mundo, se mostrava disposta a salvá-lo da humilhação de sua vida solitária.

Ele ergueu os olhos e viu naquela hora algo que fez seu coração dar um salto. Ajustou rapidamente o foco dos olhos. Por um instante, pensou que fosse sua imaginação. Mas não! Era *mesmo* Rosemary!

Ela vinha andando pelo caminho estreito entre as barracas da feira, uns vinte ou trinta metros à sua frente. Era como se seu desejo a tivesse chamado. Mas ela ainda não o avistara. Andava na direção dele, uma pequena silhueta graciosa, abrindo passagem em meio à multidão e ao lixo espalhado pelo calçamento, seu rosto pouco visível devido a um chapéu de feltro preto que usava caído sobre os olhos, como o chapéu de palha de um camponês. Ele saiu caminhando em sua direção e a chamou pelo nome.

– Rosemary! Ei, Rosemary!

Um homem de avental azul que arrumava peixes numa barraca virou-se para olhar. Rosemary não o ouvia por causa da balbúrdia.

– Rosemary! Aqui, Rosemary!"

Estavam agora a poucos metros de distância. Ela teve um sobressalto e ergueu os olhos.

– Gordon! O que você está fazendo aqui?

– O que *você* está fazendo aqui?

– Vim ver você.

– Mas como sabia que eu estava aqui?

– Não sabia. Eu sempre venho por este caminho. Desci do metrô em Camden Town.

Rosemary às vezes vinha visitar Gordon em Willowbed Road. A Mrs. Wisbeach lhe informava em tom azedo que havia "uma jovem" à sua procura, ele descia do quarto e os dois saíam para caminhar pelas ruas. Rosemary nunca era admitida do lado de dentro, nem mesmo no corredor. Eram as regras da casa. Cada vez que a Mrs. Wisbeach dizia "uma jovem", a impressão que se tinha era que falava de um rato infectado. Gordon segurou o braço de Rosemary e a puxou para junto de si.

– Rosemary! Ah, que alegria vê-la de novo! Estava me sentindo tão horrivelmente só. Por que não apareceu antes?

Ela se soltou da mão dele e recuou para fora de seu alcance. Por baixo da aba inclinada do chapéu, dirigiu-lhe um olhar que queria que fosse de raiva.

– Me solte! Estou muito aborrecida com você. E quase não vinha, depois daquela carta horrível que você me mandou.

– Que carta horrível?

– Você sabe muito bem.

– Não, não sei. Ah, mas vamos embora daqui. Para algum lugar onde se possa conversar. Por aqui.

Ele a pegou pelo braço, mas ela tornou a se soltar, seguindo a caminhar a seu lado. Os passos dela eram mais curtos e rápidos que os dele. E quando ia ao lado de Gordon parecia algo extremamente miúdo, vivaz e jovem, como se algum animalzinho muito ativo, um esquilo, por exemplo, estivesse saltitando ao lado dele. Ela não era muito mais baixa do que Gordon, e era só poucos meses mais jovem do que ele.

Ninguém descreveria Rosemary como uma solteirona de quase trinta anos, ainda que essa fosse a verdade. Ela era uma jovem forte e ágil, com cabelos pretos lisos, um pequeno rosto triangular e sobrancelhas bem pronunciadas. Um desses rostos pequenos e angulosos, cheios de personalidade, que existem nos retratos do século XVI.

Três fios de cabelo branco brilhavam como joias pratadas no alto da cabeça de Rosemary, no meio de fios escuros. Quem a visse pela primeira vez sem chapéu se surpreenderia. Era típico de Rosemary nunca dar-se ao trabalho de arrancar aqueles cabelos brancos. Ainda se imaginava muito jovem, como todo mundo.

Quando, porém, você a

Mas se alguém a visse mais de perto, notaria as marcas do tempo bem evidentes em seu rosto.

Gordon começou a andar mais altivo, com Rosemary a seu lado. Orgulhava-se dela. Todo mundo olhava para ela, e portanto para ele também. Agora deixara de ser invisível para as mulheres. Como sempre, Rosemary estava muito bem vestida. Era um mistério como ela conseguia, com quatro libras por semana. Ele gostava especialmente do chapéu que ela usava – um desses chapéus chatos de feltro que estavam entrando na moda na época, estilização do chapéu de abas largas e curvadas nas laterais usado por alguns sacerdotes anglicanos. Havia algo de essencialmente fútil no chapeuzinho. Era um tanto difícil descrevê-lo, aquele ângulo em que sua aba se inclinava para a frente, harmonizando-se de maneira perfeita com a curva das costas de Rosemary.

– Gostei do seu chapéu, disse ele.

Um pequeno sorriso se esboçou no canto da boca de Rosemary.

– É bem bonitinho, disse ela, dando um tapinha com a mão no chapéu.

Continuava fingindo que estava zangada. Fazia o possível para que seus corpos não se tocassem. Assim que chegaram à última barraca da feira e deixaram a transversal, ela parou na calçada e encarou-o com um tom de ameaça.

– Que ideia é essa de me escrever cartas assim?, perguntou.

– Assim como?

– Dizendo que eu parti o seu coração.

– Mas partiu.

– Até parece!"

– Pode não parecer, mas é o que eu sinto.

Essas palavras foram trocadas num certo tom de brincadeira, mas a fizeram olhar para ele com mais atenção, examinando seu rosto pálido e esgotado, seu cabelo por cortar, sua aparência geral surrada e maltratada. Na mesma hora seu coração se compadeceu, mas ainda assim ela franziu as sobrancelhas. Por que ele não cuidava de si, afinal? Era o que ela pensava. Eles tinham se aproximado um do outro. Ele passou os braços por cima dos ombros dela. Ela deixou e, contornando o corpo dele com seus bracinhos, apertou-o com muita força, parte por carinho, parte por exasperação.

– Gordon, você é mesmo uma triste criatura!, disse ela.

– E por que sou uma triste criatura?

– Por que você não pode se cuidar direito? Olhe só as roupas velhas e horríveis que está usando!

– Estão de acordo com a minha situação. Ninguém se veste direito com duas libras por semana, não sabia?

– Mas também não precisa andar por aí parecendo um saco de trapos! Olhe só esse botão do seu casaco, partido ao meio!

Ela segurou o botão quebrado entre os dedos e depois afastou de repente para o lado a desbotada gravata da Woolworth's que ele usava. Por algum instinto feminino, adivinhara que sua camisa estava sem nenhum botão.

– Nenhum botão. Você é mesmo terrível, Gordon.

– Mas eu já lhe disse que não me incomodo com essas coisas. Antes dos botões, eu tenho uma alma.

– Por que não me entrega a camisa e o casaco e não me deixa pregar os botões para você? E oh, Gordon! Você nem se barbeou hoje. Pelo menos podia se dar ao trabalho de se barbear todos os dias.

– Não posso me dar ao luxo de fazer a barba todas as manhãs, respondeu ele, teimoso.

– Mas que história é essa, Gordon? Desde quando fazer a barba custa algum dinheiro?

– É claro que custa. Tudo custa dinheiro. A limpeza, a decência, o vigor, o amor-próprio – tudo. É tudo dinheiro. Eu já não lhe disse isso um milhão de vezes?

Ela tornou a abraçá-lo, comprimindo suas costelas – tinha uma força surpreendente –, e franziu as sobrancelhas para ele, estudando seu rosto como as mães às vezes fazem com os meninos levados de que elas gostam de um modo especial.

– Como eu sou boba!, disse.

– Que tipo de boba?

– De gostar tanto de você.

– E você gosta de mim?

– Claro que sim. Você sabe disso. Adoro. É idiotice da minha parte.

– Então venha para algum lugar mais escuro. Quero beijá-la.

– Grande coisa, ser beijada por um homem que nem mesmo fez a barba!

– Pois vai ser uma experiência nova para você.

– Não, nada nova, Gordon. Não depois de conhecer você há dois anos.

– Ah, mas venha assim mesmo.

Acharam um beco quase escuro por trás das casas. Sempre namoravam em lugares assim. Só conseguiam privacidade nas ruas. Ele encostou os ombros dela contra os tijolos ásperos e úmidos do muro. Nesse momento, ela ergueu o rosto e se agarrou a ele com um amor ansioso e violento, como uma criança. Ainda assim, o tempo todo, embora seus corpos estivessem colados, era como se houvesse um escudo entre os dois.

Ela o beijava como uma criança beijaria, talvez porque sabia que ele queria ser beijado. Era sempre assim. Só em momentos muitos raros ele conseguia despertar nela algum indício de desejo físico; e ela logo parecia perder o fio, de maneira que ele sempre precisava recomeçar do início. Havia algo de defensivo na sensação transmitida por seu corpo pequeno mas bem-feito. Ela ansiava por descobrir o que significava o desejo físico, mas também temia a descoberta. Aquilo poderia destruir sua juventude, o mundo infantil e desprovido de sexo em que ela escolhera viver.

Ele afastou sua boca da dela para poder falar.

– Você me ama?, perguntou.

– Claro, seu bobo. Por que você está sempre perguntando?

– É que eu gosto de ouvir falar. Só me convenço de que é verdade quando ouço você me dizer.

– Mas por quê?

– Ah, você pode ter mudado de ideia. Afinal, não sou exatamente o que as jovens donzelas pedem nas suas orações. Já estou com trinta anos, e bem acabado.

– Deixe de absurdos, Gordon! Se alguém o ouvisse, pensaria que você tem cem anos. Você sabe que temos a mesma idade.

– É, mas você não está nada acabada.

Ela esfregou o rosto contra o dele, sentindo a aspereza da sua barba de um dia. Seus corposentres estavam próximos. Ele pensou naqueles dois anos em que a vinha desejando sem nunca ter conseguido possuí-la. Com os lábios quase encostados no ouvido dela, murmurou:

– Será que *algum dia* você vai dormir comigo?

– Vou, um dia. Não agora. Algum dia.

– É sempre 'algum dia'. Já faz dois anos que vai ser 'algum dia'.

– Eu sei. Mas não há outro jeito.

Ele pressionou as costas dela contra o muro, tirou seu absurdo chapéu chato e enterrou o rosto nos cabelos dela. Era um tormento estar tão próximo dela e aquilo nunca dar em nada. Segurou seu queixo e trouxe seu rosto pequeno para perto do seu, tentando distinguir seus traços na escuridão quase completa.

– Diga que vai dormir comigo, Rosemary. Por favor! Diga!

– Você sabe que sim, em algum momento.

– Eu sei, mas não algum dia – agora. Não estou falando deste momento, mas logo. Assim que tivermos uma oportunidade.

Diga que sim!

– Não sei. Não posso prometer.

– Diga que sim, Rosemary. *Por favor*!"

– Não.

Ainda acariciando seu rosto invisível, ele citou:

– *Veuillez le dire donc selon* Que vous estes benigne et doulche, Car ce doulx mot n'est pas si long Qu'il vous face mal en la bouche.

– O que quer dizer?

Ele traduziu.

– Não posso, Gordon. Simplesmente não posso.

– Diga que sim, Rosemary, por favor. Afinal, não é tão fácil dizer sim quanto não?

– Não, não é. Pode ser fácil para você, que é homem. Mas para uma mulher é diferente.

– Diga que sim, Rosemary! Só 'sim' – uma palavra tão fácil. Então, vamos; diga logo.

– Sim'!

– Parece que você está ensinando um papagaio a falar, Gordon. – Ora, que diabo! Não faça piadas!

Mas não adiantava mais discutir. Voltaram para a rua e seguiram rumo ao sul. De alguma forma, pelos movimentos rápidos e graciosos de Rosemary, por sua aparência geral de moça que sabe cuidar de si e ainda assim trata a vida basicamente como uma piada, era possível adivinhar como tinha sido criada e quais eram seus antecedentes mentais. Ela era a mais nova de uma dessas famílias imensas e famintas que ainda existem aqui e ali nas classes médias. Tinham sido catorze filhos no total – o pai era um advogado do interior. Algumas das irmãs de Rosemary estavam casadas, outras eram professoras ou datilógrafas; os irmãos eram agricultores no Canadá, trabalhavam em plantações de chá do Ceilão, serviam em regimentos obscuros do Exército na Índia. Como todas as moças que tiveram uma infância movimentada, Rosemary queria continuar menina. Por isso era sexualmente tão imatura. Conservara até bem tarde na vida a atmosfera assexuada e alegre de uma família numerosa. E também absorvera nos próprios ossos o código de jogo limpo e de tolerância com o próximo. Era muito benevolente e incapaz de qualquer intimidação espiritual. De Gordon, que ela adorava, aceitava quase tudo. Era uma boa medida da sua empatia o fato de nem uma vez, nos dois anos desde que o conhecera, tê-lo culpado por não conseguir ganhar a vida decentemente.

Gordon sabia disso tudo. Mas naquele momento pensava em outras coisas. Nos círculos pálidos de luz em torno dos lampiões, ao lado da silhueta menor e mais elegante de Rosemary, sentia-se feio, sujo e malvestido. Estava muito arrependido de não ter feito a barba de manhã. Furtivamente, enfiou uma das mãos no bolso e apalpou o seu dinheiro, temendo – era um medo recorrente seu – ter deixado cair uma das moedas. No entanto, sentiu a borda serrilhada de um florim, sua moeda principal naquele momento. Restavam-lhe quatro xelins e quatro *pence*. Não dava para levá-la para jantar, refletiu. Teriam de ficar vagando tristemente pelas ruas, como sempre, ou no máximo ir a um Lyons tomar café. Maldição! Como alguém pode se divertir sem dinheiro? E disse em tom sombrio:

– Claro que tudo é uma questão de dinheiro.

A afirmação foi totalmente gratuita. E ela olhou para ele com ar surpreso.

– O que você quer dizer com 'tudo é uma questão de dinheiro'?

– O jeito como as coisas nunca dão certo na minha vida. É sempre o dinheiro, o dinheiro, o dinheiro por trás de tudo. E especialmente entre nós dois. É por isso que você não me ama de verdade. Existe uma espécie de membrana de dinheiro separando você de mim. Eu sinto essa barreira cada vez que a beijo.

– Dinheiro! O que tem o dinheiro a ver com isso, Gordon?

– O dinheiro tem a ver com tudo. Se eu tivesse mais dinheiro, você me amaria mais.

– Claro que não! Por que haveria de ser assim?

– Seria uma coisa mais forte que você. Você não vê que, se eu tivesse mais dinheiro, mereceria mais o amor das pessoas? Olhe só para mim! Olhe para a minha cara, olhe para as roupas que estou usando, olhe para tudo. Você acha que seria assim se eu ganhasse duas mil libras por ano? Se tivesse mais dinheiro, eu seria uma pessoa diferente.

– E se você fosse uma pessoa diferente eu não o amaria.

– Bobagem. Mas pense da seguinte maneira. Se nós fôssemos casados, você dormiria comigo?

– Cada pergunta que você me faz! Claro que sim. Caso contrário, qual seria o sentido de estarmos casados?

– Bem, então imagine que eu estou bem de vida. Você não se casaria comigo?

– De que adianta ficar conversando sobre isso, Gordon? Nós dois sabemos que não temos recursos para nos casar.

– Eu sei, mas e *se* tivéssemos? Você não se casaria?

– Não sei. Sim, casaria, acho que posso dizer que sim.

– Então, está vendo? Foi isso que eu disse... é o dinheiro!"

– Não, Gordon, não! Não é justo! Você está deturpando as minhas palavras.

– Nada disso. Essa questão do dinheiro está presente no fundo do seu coração. Como acontece com toda mulher. Por você, eu teria um emprego *bom*, não é?

– Não da maneira como você fala. Mas eu gostaria que você ganhasse mais, sim.

– E você acha que eu deveria ter ficado na New Albion, não é? Queria que eu voltasse para lá e escrevesse *slogans* para o Molho QT e os Cereais True-Weet. Não é?

– Não. Eu *jamais* disse isso.

– Mas eu sei que pensou. É o que qualquer mulher pensaria.

Ele estava sendo muito injusto, e sabia disso. Coisa que Rosemary nunca dissera, e que certamente seria incapaz de dizer, era que ele devia voltar para a New Albion. Mas naquele momento ele não queria ser justo. Sua decepção sexual ainda o incomodava. Com uma espécie de triste sensação de triunfo, concluiu que, no final das contas, tinha razão. Era o dinheiro que se colocava entre os dois. Dinheiro, dinheiro, tudo é dinheiro! E lançou-se num discurso meio sério:

– As mulheres! Acabam transformando todas as nossas ideias em coisas absurdas! Porque não temos como viver sem as mulheres, e todas nos fazem pagar o mesmo preço. 'Deixe de lado a decência e vá ganhar mais dinheiro', é o que nos dizem as mulheres. 'Deixe de lado a decência, lamba as botas do patrão até arrancar toda a graxa e me compre um casaco de pele melhor que o da vizinha.' Todo homem que você encontra tem uma mulher pendurada no pescoço; ela é igual a uma sereia, e sempre o arrasta cada vez mais para o fundo, mais para o fundo, até levá-lo a se instalar numa horrível casinha geminada em Putney, com móveis comprados a prestação, um rádio portátil e uma aspidistra na janela. São as mulheres que tornam o progresso impossível. Não que eu acredite no progresso", acrescentou, insatisfeito.

– Como se a culpa de tudo fosse das mulheres! Você não para de dizer bobagens, Gordon!

– Mas é mesmo delas, no final das contas. Porque são elas que acreditam de verdade no código do dinheiro. Os homens se limitam a obedecer, não têm saída; mas não acreditam nele. São as mulheres que fazem tudo funcionar. As mulheres e suas casas geminadas, seus casacos de pele, seus bebês e suas aspidistras!

– Não são as mulheres, Gordon! Não foram as mulheres que inventaram o dinheiro!

– Não interessa saber quem inventou o dinheiro, a questão é que são elas as adoradoras. As mulheres têm uma espécie de sentimento místico pelo dinheiro. Na mente de uma mulher, o bem e o mal significam simplesmente dinheiro ou falta de dinheiro. Veja nós dois. Você se recusa a dormir comigo única e simplesmente porque eu não tenho dinheiro. Claro que é *essa* a razão! (Apertou o braço dela para fazê-la calar-se.) Você admitiu que sim um minuto atrás. Se eu tivesse uma renda decente, você iria para a cama comigo amanhã mesmo. Não porque você seja mercenária. Você não quer que eu pague você para dormir comigo. Não é uma transação assim tão direta. Mas no fundo você tem aquele sentimento místico de que, de alguma forma, um homem sem dinheiro não é digno de você. É um fraco, um homem pela metade, por assim dizer – é o que você sente. Hércules, deus da força e deus do dinheiro– você encontra isso em Lemprière. São as mulheres que mantêm as mitologias vivas. As mulheres!

– As mulheres! – ecoou Rosemary num tom diferente. – Detesto essa maneira como os homens estão sempre reclamando das *mulheres*. '*As mulheres* são assim', '*as mulheres* fazem isso e aquilo', como se todas as mulheres fossem exatamente iguais!

– Mas é claro que todas as mulheres são iguais! O que as mulheres desejam, além de uma renda sólida, dois bebês e uma casa geminada em Putney com uma aspidistra na janela?

– Ah! Você e as suas aspidistras!"

– Muito pelo contrário, as *suas* aspidistras! São vocês que gostam de cultivá-las!"

Ela apertou o braço dele e começou a rir. Seu bom humor era mesmo extraordinário. Além disso, o que ele dissera era tão palpavelmente absurdo que não conseguia sequer exasperá-la. As diatribes de Gordon contra as mulheres eram na realidade uma espécie de gracejo incorrigível; na verdade, a guerra dos sexos, no fundo, não passa de uma piada. Por algum motivo, é sempre muito divertido posar de feminista ou antifeminista, dependendo do sexo a que você pertença. Enquanto caminhavam, começaram uma discussão violenta sobre o eterno e estúpido tema do Homem contra a Mulher. Os argumentos usados nessa discussão– porque eles a travavam quase a todo encontro– eram praticamente os mesmos. Os homens são uns brutos e as mulheres criaturas sem alma, as mulheres sempre foram mantidas em posição subalterna e é bem o que elas afinal merecem, e só pensar na Paciente

Griselda e em Lady Astor, e o que dizer da poligamia, das viúvas hindus e dos tempos da pregação mais estridente da Mrs. Pankhurst, em que toda mulher decente usava ratoeiras nas ligas e não podia olhar para um homem sem sentir coceira por empunhar uma faca bem afiada na mão direita para castrá-lo? Gordon e Rosemary nunca se cansavam daquele tipo de coisa. Cada um ria deliciado dos absurdos proferidos pelo outro. Havia uma animada guerra entre os dois. E enquanto a travavam, de braços dados, seus corpos se encostavam vez por outra com grande prazer. Sentiam-se muito felizes. Na verdade, adoravam-se. Cada um achava o outro engraçadíssimo e um objeto infinitamente precioso. Nesse momento, avistaram à distância um nevoeiro vermelho e azul de luzes de neon. Tinham chegado ao início da Tottenham Court Road. Gordon abraçou-a pela cintura e conduziu-a para a direita, enveredando por uma transversal pouco iluminada. Sentiam-se tão felizes juntos que precisavam beijar-se. Abraçaram-se com muita força debaixo do lampião, ainda rindo, dois inimigos de corpos colados. Ela esfregou o rosto contra o dele.

– Gordon, você parece um jumento velho, mas eu não consigo deixar de amá-lo, apesar dessa barba sem fazer!

– Ama de verdade?

– De verdade e a sério.

Com os braços ainda em torno dele, ela se inclinou um pouco para trás, encostando a barriga na dele com uma espécie de voluptuosidade inocente.

– A vida vale a pena, não é, Gordon?

– Às vezes.

– Se pelo menos nós pudéssemos nos encontrar mais! Às vezes eu passo semanas sem ver você!

– Eu sei. É uma desgraça. Se você soubesse como eu detesto estar sempre sozinho à noite!

– Nunca parece sobrar tempo para mais nada. Eu quase nunca consigo sair do maldito estúdio antes das sete. E o que você faz aos domingos, Gordon?

– Ah, meu Deus! Saio vagando por aí, com ar infeliz, como todo mundo.

– E que tal irmos de vez em quando fazer um passeio pelo campo? Aí poderíamos passar o dia inteiro juntos. No domingo que vem, que tal?

Ele ficou gelado com essas palavras. Trouxeram de volta o problema do dinheiro, que ele conseguira tirar da cabeça pela última meia hora. Um passeio no campo custaria dinheiro, muito mais do que ele tinha. E ele respondeu num tom de descompromisso que transferia tudo aquilo para o domínio das abstrações.

– Claro, o Richmond Park aqui mesmo em Londres não é desagradável aos domingos. Ou mesmo Hampstead Heath. Principalmente se você for de manhã, antes de chegar muita gente.

– Ah, mas vamos para o campo de verdade! Algum lugar em Surrey, por exemplo, ou a Burnham Beeches. É tão lindo nesta época do ano, com todas aquelas folhas mortas caídas no chão; dá para caminhar o dia inteiro sem encontrar quase ninguém.

– Podemos caminhar muitos quilômetros e depois comer num *pub*. Vai ser muito bom. Vamos, vamos!

Pronto! A questão do dinheiro estava de volta. Mesmo só até Burnham Beeches, a viagem lhes custaria bem uns dez xelins. Ele fez rápidos cálculos mentais. Cinco xelins ele conseguiria separar, e Júlia lhe "emprestaria" outros cinco, ou melhor, lhe *daria* outros cinco. Nesse momento ele relembrou seu juramento, sempre renovado e regularmente desrespeitado, de nunca mais pedir dinheiro "emprestado" a Júlia. E disse, no mesmo tom despreocupado de antes:

– Seria ótimo mesmo. Acho que podemos dar um jeito. Durante a semana eu confirmo.

Deixaram a rua transversal, sempre de braços dados. Havia um *pub* numa esquina. Rosemary pôs-se na ponta dos pés e, apoiando-se no braço de Gordon, conseguiu espiar por cima da metade inferior fosca da janela. "Olhe, Gordon, eles têm um relógio. E já são quase nove e meia. Não está ficando morto de fome?

– Não, respondeu ele, na mesma hora e faltando com a verdade.

– Pois eu estou. Simplesmente faminta. Vamos comer alguma coisa em algum lugar.

De novo o dinheiro! Mais um pouco e ele precisaria confessar que só lhe restavam quatro xelins e quatro *pence* no mundo– quatro xelins e quatro *pence* que precisavam durar até sexta-feira.

– Eu não conseguiria comer nada, disse ele. Poderia tomar alguma coisa, isso sim. Vamos tomar um café ou coisa assim.

Acho que deve haver algum Lyons aberto.

– Ah, mas não vamos a um Lyons! Conheço um restaurantezinho italiano ótimo, bem perto daqui. Podemos comer espaguete à napolitana e tomar uma garrafa de vinho tinto. Adoro espaguete. Vamos, vamos!

O coração dele quase parou. Não havia jeito. Ele teria de se livrar da situação. Um jantar no restaurante italiano não poderia custar menos de cinco xelins para os dois. E disse, em tom quase lúgubre: "Na verdade já está quase na hora de eu voltar para casa.

– Ah, Gordon! Já? Por quê?

– Bem, se você quer mesmo saber, é que só me restam quatro xelins e quatro *pence* no mundo. E precisam durar até sexta-feira.

Rosemary parou de repente. Ficou tão furiosa que beliscou o braço dele com toda a força, para feri-lo e castigá-lo.

– Gordon, você é mesmo um asno! Um perfeito idiota! O idiota mais incrível que eu já vi em toda a minha vida!

– E por que eu sou idiota?

– Porque o que importa se você tem ou não dinheiro? *Eu* é que estou convidando você para jantar comigo.

Ele desprendeu o braço e se afastou dela. Não conseguia olhá-la nos olhos.

– O quê? Você acha que eu iria a um restaurante e deixaria você pagar a minha conta?

– E por que não?

– Porque não posso. É uma coisa que não se faz.

– Que 'não se faz'! Mais um pouco e você vai dizer que é 'contra as regras'. O que é que 'não se faz'?

– Deixar você pagar a minha refeição. O homem paga para a mulher, a mulher nunca paga para o homem.

– Ah, Gordon! Será que ainda estamos no tempo da rainha Vitória?

– Estamos, sim, pelo menos no que se refere a esse tipo de coisa. Os conceitos não mudam tão depressa.

– Mas os *meus* conceitos mudaram.

– Não, não mudaram. Você acha que sim, mas na verdade continuam os mesmos. Você foi criada como mulher e não tem como deixar de se comportar como mulher, por mais que queira.

– Mas o que você quer dizer com *se comportar como mulher*, afinal?

– O que eu posso dizer é que as mulheres são todas iguais em relação a esse tipo de coisa. As mulheres desprezam os homens que dependem delas e as exploram. Podem dizer que não, podem até *achar* que não, mas desprezam. Não poderiam sentir coisa diferente. Se eu deixar que você pague uma refeição para mim, vai acabar me desprezando.

Ele tinha se afastado, virando-se de lado para ela. Sabia o quanto seu comportamento era abominável. Mas de algum modo precisava dizer essas coisas. A sensação de que as pessoas – inclusive Rosemary – *só poderiam* desprezá-lo por sua pobreza era forte demais para que ele a ignorasse. Só mantendo uma independência rígida e zelosa é que ele podia conservar seu amor-próprio. Dessa vez Rosemary estava realmente furiosa. Pegou o braço dele e o puxou com força, obrigando Gordon a virar-se para encará-la. Com um gesto insistente, furiosa mas ao mesmo tempo exigindo ser amada, ela encostou o peito no dele.

– Gordon! Não vou permitir que você diga essas coisas! Como você é capaz de dizer que um dia vou desprezá-lo?

– Estou dizendo que teria esse sentimento, mesmo que não quisesse, se eu me desse ao direito de explorá-la.

– *Explorar*? As expressões que você usa! Desde quando permitir que eu pague o seu jantar uma vez virou exploração?

Ele sentia os seios pequenos, firmes e redondos logo abaixo de seu tórax. Ela ergueu os olhos para ele, com ar aborrecido mas não longe das lágrimas. Achava-o turrão, irracional, cruel. Mas a proximidade física dela o perturbava. Naquele momento, a única coisa que lhe ocorria era que em dois anos ela jamais se entregara a ele. Ela o deixara esfomeado da coisa que mais importava no mundo. Por que fingia amá-lo quando o evitava na questão essencial? E acrescentou, com uma satisfação mortífera:

– De certo modo você já me despreza. Ah, sim, eu sei que gosta de mim. Mas no fundo não consegue me levar muito a sério.

Para você eu sou quase uma piada. Você gosta de mim, mas não me acha exatamente à sua altura – eis o que você sente.

Era a mesma coisa que dissera antes, mas com uma diferença: dessa vez era sincero, ou pelo menos soava sincero. E ela exclamou, com lágrimas na voz:

– Não desprezo, Gordon, não desprezo! Você *sabe* que não!

– Despreza, sim. E é por isso que não dorme comigo. Eu já lhe disse isso antes.

Ela ergueu os olhos para ele e o fitou por algum tempo, em seguida enterrou o rosto em seu peito de modo tão brusco que deu a impressão de estar se abaixando para evitar um golpe. Era porque tinha prorrompido em lágrimas. Chorava apoiada em seu peito, com raiva dele, com ódio, mas aferrada a ele como uma criança. Era a maneira infantil como ela o agarrava, como um simples peito masculino que podia usar para chorar, que o deixava mais magoado. Com uma espécie de ódio por si mesmo, lembrou-se das outras mulheres que, praticamente da mesma maneira, tinham chorado debruçadas em seu peito. Devia ser a única coisa que conseguia provocar nelas, o desejo de chorar. Com o braço passado por cima de seus ombros, acariciou-a, desajeitado, tentando consolá-la.

– Pronto, você me fez chorar", sussurrou ela, desgostosa de si mesma.

– Desculpe! Rosemary, minha querida! Não chore, *por favor*, não chore!

– Gordon, meu querido! *Por que* você precisa me tratar tão mal?

– Desculpe, desculpe! Às vezes não consigo me controlar.

– Mas por quê? Por quê?

Ela tinha parado de chorar. Recomposta, afastou-se dele e procurou na bolsa alguma coisa para enxugar os olhos. Nenhum dos dois tinha um lenço. Impaciente, ela espremeu as lágrimas dos cantos dos olhos com os nós dos dedos.

– Como somos bobos! Gordon, seja bonzinho pelo menos uma vez. Vamos jantar no restaurante, e me deixe pagar.

– Não.

– Só desta vez. Esqueça um pouco toda essa história de dinheiro. Aceite, só para me agradar.

– Estou dizendo que não sou capaz de uma coisa dessas. Preciso ser responsável pelos meus atos.

– Como assim, ser responsável pelos seus atos?

– Declarei guerra ao dinheiro, e tenho de obedecer às regras. E a primeira delas é nunca aceitar caridade.

– Caridade! Ora, Gordon, você é mesmo muito bobo!

Ela tornou a abraçá-lo forte. Era um sinal de paz. Ela não o compreendia, e provavelmente jamais viesse a compreendê-lo; ainda assim, o aceitava como ele era e não conseguia se opor de todo à sua irracionalidade. Quando ela ergueu o rosto para ser beijada, ele percebeu que seus lábios estavam salgados. Uma lágrima se alojara ali. Apertou-a contra si. A sensação de rigidez defensiva abandonara o corpo dela. Rosemary fechou os olhos e encostou-se nele como se seus ossos tivessem amolecido; seus lábios se separaram e sua língua pequena procurou a dele. Raramente ela fazia aquilo. E de repente, ao sentir a entrega do corpo dela, Gordon pareceu convicto de que o embate entre os dois estava encerrado.

Agora ela seria sua quando ele decidisse possuí-la. Mas talvez ela não entendesse claramente o que estava oferecendo a ele: sua reação podia ser apenas um movimento instintivo de generosidade, um desejo de reconfortá-lo– de desfazer nele aquele sentimento detestável de não ser capaz de atrair amor e ser amado. Ela não disse isso com palavras. Era seu corpo que parecia falar. No entanto, mesmo que a hora e o local fossem adequados, ele não teria conseguido possuí-la. Naquele instante ele a amava mas não a desejava. Seu desejo só poderia retornar em algum momento futuro, quando não tivessem acabado de brigar e ele não estivesse consciente dos quatro xelins e quatro *pence* que tinha no bolso.

Finalmente suas bocas se separaram, embora os dois continuassem abraçados com força.

– Quanta estupidez brigarmos desse jeito, não é, Gordon? Quando nos encontramos tão pouco.

– Eu sei. E é tudo culpa minha. Eu não consigo evitar. As coisas me afetam. É o dinheiro, no fundo. Sempre o dinheiro.

– Ora, o dinheiro! Você se preocupa demais com isso, Gordon.

– Impossível não me preocupar. É a única coisa que merece a nossa preocupação.

– Mas, de qualquer maneira, nós vamos ao campo no domingo que vem, não é? Vamos a Burham Beeches ou a algum outro lugar. Seria tão bom!"

– Sim, eu adoraria. Vamos sair cedo e passar o dia inteiro. Vou dar um jeito de pagar as passagens de trem.

– Mas você vai me deixar pagar a minha passagem, não é?

– Não, prefiro pagar as duas. Mas nós vamos, de qualquer forma.

– E não quer mesmo deixar que eu pague o seu jantar? Só desta vez, só para demonstrar que você confia em mim?

– Não, não posso. Sinto muito. E já lhe expliquei por quê.

– Ora! Então acho que vamos ter de nos despedir. Está ficando tarde.

Mas ainda ficaram bastante tempo conversando, tanto que Rosemary acabou sem jantar. Ela precisava voltar a seu pensionato antes das onze, senão as dragonas ficariam enfurecidas. Gordon subiu toda a Tottenham Court Road e tomou o bonde. Era um *penny* mais barato do que o ônibus. No banco de madeira, espremeu-se ao lado de um escocês baixinho e sujo que recendia a cerveja e lia sobre as finais do campeonato de futebol. Gordon estava muito satisfeito. Rosemary iria ser sua amante. *Impiedoso, um vento ameaçador*. Ao ritmo do trovejar do bonde, sussurrou todas as sete estrofes já feitas do seu poema. No total, seriam nove. E o poema era *bom*. Acreditava nele e em si mesmo. Era um poeta. Gordon Comstock, autor de *Ratos*. E até em *Prazeres Londrinos* ele voltou a acreditar.

Pensou no domingo. Combinaram encontrar-se às nove na Paddington Station. Sairia tudo por uns dez xelins; ele iria levantar o dinheiro, mesmo que precisasse empenhar a camisa. E ela iria se tornar sua amante; no domingo mesmo, talvez, se surgisse a oportunidade. Nada tinha sido dito com todas as letras. Só que, de alguma forma, ficara acertado entre eles.

Por favor, Deus, que faça bom tempo no domingo! Estavam em pleno inverno. Que sorte se o domingo fosse um daqueles dias esplêndidos sem vento– um daqueles dias que quase poderiam ser de verão e em que é possível ficar horas estendido ao sol sobre folhas mortas de samambaia sem sentir o menor frio! Mas são poucos os dias assim; no máximo uma dezena por inverno. O mais provável é que chovesse. Perguntou-se se, no final das contas, teriam mesmo uma oportunidade. Não haveria para onde ir a não ser o ar livre. Muitos casais de amantes em Londres não tinham para onde "ir"; tudo que lhes restava eram as ruas e os parques, onde não há privacidade e sempre faz frio. Não é fácil fazer amor num clima frio quando a pessoa não tem dinheiro. Aquele tema, "Sempre a hora errada e o lugar errado", nunca se cansava de aparecer nos romances.

# Capítulo 7

"Rosemary chegou pontualmente ao encontro. Uma de suas virtudes era jamais se atrasar, e mesmo àquela hora da manhã estava alegre e bem-vestido. E bem vestida, como sempre."

Os traços de fumaça das chaminés flutuavam perpendiculares contra céus de um rosa esfumaçado.

Gordon pegou o ônibus 27 às oito e dez. As ruas ainda estavam imersas em seu sono dominical. Nas soleiras, as garrafas de leite esperavam para ser recolhidas, como pequenas sentinelas brancas. Gordon trazia consigo catorze xelins – na verdade, treze xelins e nove *pence*, porque a passagem do ônibus custara três *pence*. Nove xelins ele conseguira separar do seu salário – Deus sabe o que aquilo iria significar mais adiante na semana! – e cinco emprestara de Júlia.

Ele foi para casa de Júlia na noite de quinta-feira. O lugar onde ela morava em Earl's Court, não era um simples quarto de dormir como o de Gordon, apesar de ser nos fundos de um segundo andar. Era um conjugado, de quarto e sala, com destaque para a sala. Júlia teria preferido morrer de fome a conformar-se com a miséria em que Gordon vivia. Na verdade, as peças de sua mobília, acumuladas ao longo de anos, correspondiam a algum período de quaseinanição. Havia um divã-cama que podia ser perfeitamente confundido com um sofá, uma mesinha redonda de carvalho, duas cadeiras "antigas" de madeira de lei, um pufe ornamental e uma poltrona de chintz – da Drage's: treze prestações mensais – diante do pequeno fogareiro a gás; e havia vários porta-retratos com fotografias emolduradas dos pais, Gordon e tia Angela, além de um calendário de cortiça – presente de Natal de alguém– com a frase "Um longo caminho sem volta" gravada a fogo. Júlia deixava Gordon horrivelmente deprimido. Ele estava sempre dizendo a si mesmo que devia visitá-la com mais frequência, mas na prática só a procurava para pedir dinheiro "emprestado".

Depois de Gordon bater três vezes na porta – três vezes para indicar o segundo andar – Júlia foi buscá-lo para subirem até o apartamento, e se ajoelhou diante do fogareiro aceso.

– Vou acender de novo o fogo, disse ela. "Você vai querer uma xícara de chá, não é?

Ele percebeu o "de novo". O apartamento estava muito frio – ela não tinha acendido o fogo naquela noite. Júlia sempre "economizava gás" quando ficava sozinha em casa. Ele contemplou as costas compridas da irmã quando ela se ajoelhou. Como seus cabelos estavam ficando grisalhos! Havia cachos inteiros bastante embranquecidos. Dali a pouco, seriam cabelos totalmente brancos.

– Você gosta de chá forte, não é?, arquejou Júlia, pairando sobre o carrinho de chá com gestos delicados que lembravam os movimentos de um ganso.

Gordon tomou de pé a sua xícara de chá, fitando o calendário de cortiça. Fale logo! Desembuche! Mas faltava-lhe coragem. Como era horrível aquela forma de mendicância! A quanto chegaria o total que ela lhe "emprestara" ao longo de todos aqueles anos?

– Júlia, eu sinto muitíssimo... detesto pedir para você, mas acontece...

–- Diga, Gordon , respondeu ela em voz baixa. Sabia o que estava por vir.

– É o seguinte, Júlia. Sinto muitíssimo, mas será que você podia me emprestar cinco xelins?

– Posso, Gordon, acho que sim.

Ela foi buscar a surrada bolsinha preta de couro escondida no fundo da gaveta de roupas de cama. Ele sabia o que ela estava pensando. Aquilo significava menos dinheiro para os presentes de Natal. Ultimamente, aquele era o grande acontecimento da vida dela – o Natal e os presentes que dava: a procura de ofertas pelas ruas enfeitadas à noite, depois que a casa de chá fechava, de balcão de pechinchas em balcão de pechinchas, revirando essas bobagens que as mulheres curiosamente tanto apreciam. Sachês com lencinhos, suportes para cartas, bules de chá, estojos de manicure, calendários de cortiça com dizeres gravados a fogo. Ela passava o ano economizando parte do seu péssimo salário para "o presente de Natal de fulano" ou "o presente de aniversário de sicrano". E no Natal anterior, já que Gordon "gostava de poesia", ela não lhe dera os *Poemas escolhidos* de Sir John Drinkwater encadernados em marroquim verde, volume que ele vendera por meia coroa? Pobre Júlia! Gordon zarpou com seus cinco xelins o mais depressa que a decência lhe permitiu. Por que não temos a coragem de pedir dinheiro emprestado a um amigo rico, mas nos conformamos em aceitar dinheiro de um parente quase morto de fome? A família, claro, "não conta".

No andar superior do ônibus, fez seu cálculo mental. Treze xelins e nove *pence* em mãos. Dois bilhetes de ida e volta a Slough, cinco xelins. Passagens de ônibus, vamos dizer mais dois xelins, sete. Pão com queijo e cerveja em algum *pub*, um *xelin* por cabeça, nove. Chá, dezoito *pence* para cada um, doze xelins. Um *xelin* para cigarros, treze. O que lhe deixava nove *pence* para alguma emergência. Ia dar tudo certo. Mas e o resto da semana? Nem um tostão para cigarros! Mas ele se recusava a deixar que aquilo o inquietasse. Hoje, pelo menos, iria valer a pena.

Rosemary chegou na hora certa ao encontro. Uma de suas qualidades era a pontualidade. Mesmo naquela hora da manhã estava alegre e animada. E elegante, como sempre. Usava de novo seu chapéu de abas largas, porque Gordon tinha dito que gostava dele. E se viram praticamente os dois sozinhos na estação. Aquele lugar imenso e cinzento, deserto e cheio de lixo espalhado, tinha um ar desleixado e sujo, como se ainda dormisse depois da farra da noite de sábado. Um condutor bocejante com a barba por fazer lhes indicou o melhor caminho para chegar a Burnham Beeches, e logo eles embarcaram num vagão de terceira classe para fumantes que rumava para o oeste, e os feios panoramas de Londres iam dando lugar a campos estreitos e manchados de fuligem, conspurcados por anúncios das Pílulas Carter para o Fígado. O dia estava sem vento e bastante ameno. O que Gordon tanto desejara se tornara realidade. Era um daqueles dias sem vento que mal se distinguem do verão. Dava para sentir o sol por trás do nevoeiro; com sorte, ele surgiria a qualquer momento. Gordon e Rosemary sentiamse profunda e absurdamente felizes. Havia um quê de aventura em saírem de Londres e terem pela frente um longo dia "no campo". Fazia meses que Rosemary não ia ao "campo", e Gordon, mais de um ano. Sentaram-se muito perto um do outro, com o *Sunday Times* aberto sobre os joelhos; no entanto, não leram o jornal, mas ficaram contemplando os campos, as vacas, as casas, os caminhões de mercadorias vazios e as grandes fábricas adormecidas que passavam por eles. Os dois estavam apreciando tanto a viagem de trem que desejaram que ela durasse mais.

Em Slough, desceram do trem e seguiram para Farnham Common em um ônibus sem capota pintado de uma estranha cor de chocolate. Slough ainda mal despertara. Rosemary se lembrava do caminho, agora que tinham chegado a Farnham Common. Saía-se andando por uma estrada de sulcos profundos e logo se chegava a extensões de uma relva impecável, úmida e salpicada de tufos, em meio à qual cresciam aqui e ali alguns pequenos vidoeiros sem folhas. Os bosques de faias ficavam mais adiante. Nenhum ramo ou folha de relva se mexia. As árvores pareciam fantasmas no ar parado e tomado pela neblina. Tanto Rosemary quanto Gordon reagiam com exclamações diante da beleza de tudo. O orvalho, o silêncio, os caules acetinados das faias, a maciez da relva sob os pés! Ainda assim, num primeiro momento, sentiram-se pequeninos e deslocados, como costuma ocorrer a todo londrino que deixa Londres. Gordon tinha a sensação de haver passado os últimos anos debaixo da terra. Sentia-se debilitado e desgrenhado. Deixou-se ficar para trás de Rosemary, para que ela não visse seu rosto enrugado e sem cor. Os dois viram-se sem fôlego depois de algum tempo, porque só estavam acostumados com as caminhadas londrinas, e na primeira meia hora quase não disseram nada. Mergulharam no bosque e tomaram o rumo oeste, sem muita ideia de para onde estavam indo – qualquer lugar, contanto que fosse bem longe de Londres. Em torno deles erguiam-se as faias, curiosamente fálicas com sua casca lisa e sedosa e seus canudos ornamentais que cresciam em torno da base dos troncos. Nada brotava junto às raízes, mas as folhas secas acumulavam-se com tamanha densidade que à distância as encostas pareciam cobertas de seda cor de cobre. Não parecia haver ninguém. Logo Gordon juntou-se a Rosemary. Caminharam de mãos dadas, fazendo barulho nas folhas secas cor de ferrugem espalhadas pela relva. Às vezes percorriam trechos de estrada que passavam por imensas casas desertas – residências rurais opulentas no passado, no tempo das carruagens, hoje vazias e invendáveis. Mais adiante, à beira da estrada, as sebes orladas de névoa exibiam aquele estranho marrom arroxeado, cor de garança castanha, que os galhos sem folhas assumem no inverno. Algumas poucas aves apareceram – gaios, às vezes, mergulhando entre as árvores, e faisões que vagavam pela estrada arrastando as longas caudas, quase tão mansos quanto galinhas, como se soubessem que, sendo domingo, estavam a salvo. Em meia hora de passeio, Gordon e Rosemary não haviam cruzado com nenhum ser humano. O sono se estendia sobre o campo. Custava a crer que estavam a apenas trinta quilômetros de Londres.

Finalmente entraram no ritmo da caminhada. Adquiriram um novo fôlego e o sangue esquentou em suas veias. Era um daqueles dias em que se tem a impressão de que daria para andar mais de cem quilômetros, se necessário. De repente, quando tornaram a se ver no leito da estrada, o orvalho que cobria as sebes cintilou com um fulgor de diamantes. O sol saíra de trás das nuvens. A luz se espalhou amarela e oblíqua pelos campos, e cores delicadas e surpreendentes brotaram em tudo, como se o filho de algum gigante tivesse saído pelo mundo com sua caixa nova de tintas. Rosemary pegou o braço de Gordon e puxou-o contra si.

– Ah, Gordon, que dia lindo!

– Maravilhoso.

– E olhe só! Ah! Os coelhos, naquele campo!

E eram coelhos mesmo. Do outro lado do campo, inúmeros coelhos pastavam, quase como um rebanho de carneiros. De repente, um torvelinho debaixo da sebe. Havia um coelho deitado ali, e ele pulou para fora de seu ninho espalhando gotas de orvalho para todo lado.

Saiu em disparada para o campo, com a cauda branca erguida. Rosemary atirou-se nos braços de Gordon. Fazia um calor incrível, quase um calor de verão. Ficaram com os corpos colados numa espécie de arrebatamento assexuado, como duas crianças. Ali, ao ar livre, Gordon distinguia claramente as marcas do tempo no rosto dela. Rosemary já tinha quase trinta anos, e aparentava a idade; ele também tinha quase trinta anos, e aparentava bem mais; e pouco importava. Ele tirou da cabeça dela o absurdo chapéu achatado. Os três cabelos brancos reluziam no topo de sua cabeça. Naquele momento, ele não desejou que desaparecessem. Faziam parte dela, e portanto eram adoráveis.

– Como é bom estar aqui sozinho com você! Estou tão feliz de termos vindo!

– Ah, Gordon, imagine que ainda temos o dia inteiro para ficarmos juntos! E que podia ter chovido. Que sorte a nossa!

– É mesmo. Vamos fazer um sacrifício para a agradecer aos deuses imortais.

Sentiam uma felicidade incomum. Enquanto passeavam, eram tomados por um entusiasmo incrível diante de tudo que viam: uma pena de gaio que pegaram no chão, azul como lápis-lazúli; uma poça de água parecida com um espelho negro, com alguns ramos refletidos bem no fundo; os cogumelos que brotavam das árvores como monstruosas orelhas horizontais.

Discutiram por muito tempo qual seria o melhor adjetivo para descrever uma faia. Concordaram que a faia é a árvore que mais dá a impressão de ser uma criatura animada. Por causa da sua casca tão lisa, provavelmente, e da curiosa maneira como os ramos brotam a partir do tronco, lembrando membros. Para Gordon, os pequenos nós na casca do tronco eram como mamilos de seios, e os sinuosos ramos superiores, com sua casca ainda mais macia e sedosa, lembravam as trombas enroladas de elefantes. Discutiram símiles e metáforas. De tempos em tempos discordavam enfaticamente, como era seu costume. Gordon começou a provocá-la, encontrando símiles de mau gosto para tudo que avistavam. Disse que a folhagem ferrugenta dos arbustos à volta deles lembrava os cabelos das donzelas de Burne-Jones e que os tentáculos lisos da hera que se enroscava nas árvores lembravam os braços ávidos das heroínas de Dickens. Chegou a anunciar sua intenção de destruir certos cogumelos arroxeados que brotavam da terra só porque lhe recordavam uma ilustração de Rackham, despertando-lhe a suspeita de que fadas costumassem dançar à sua volta. Rosemary retrucou chamando-o de monstro desalmado. E atravessou uma pilha de folhas secas de faia trazidas pelo vento que farfalhavam à sua volta, deixando-a imersa até os joelhos como num mar flutuante vermelho e dourado.

– Ah, Gordon, estas folhas! Olhe como brilham com o sol! Parecem feitas de ouro. Parecem mesmo de ouro.

– Ouro das fadas. Mais um pouco e você vai acabar igual a um personagem de Barrie. Na verdade, se quer uma comparação exata, essas folhas são exatamente da cor de sopa de tomate.

– Gordon, você é um monstro! Escute só o som que elas fazem. "Incontáveis como as folhas outonais que cobrem os riachos de Vallombrosa."

– Ou como os flocos de um desses cereais matinais americanos. Cereais True-Weet: "As crianças clamam por seu prato de True-Weet'. "

– Você é mesmo terrível!

Ela riu. Scontinuaram andando de mãos dadas, mergulhados até os tornozelos em pilhas de folhas secas, e declamando:

– Incontáveis como os flocos de cereais que cobrem os pratos de Welwyn Garden!

Divertiam-se muito. E finalmente saíram do bosque. Agora havia mais gente passeando, mas não muitos carros, se você evitasse as ruas e estradas principais. Às vezes ouviam sinos tocando em alguma igreja e se desviavam para evitar os fiéis. Começaram a atravessar vilarejos mais ou menos dispersos em cujos arredores erguiam-se casarões em estilo pseudo-udor separados por distâncias desprezíveis, cercados por suas garagens, suas cercas de loureiros e seus gramados mal aparados. E Gordon até certo ponto se divertia insultando aquelas propriedades e a civilização materialista de que faziam parte – uma civilização de corretores de valores e suas esposas de lábios pintados, composta de golfe, uísque, sessões caseiras de espiritismo e *terriers* escoceses chamados Jock. E assim andaram mais uns cinco quilômetros, conversando e volta e meia travando alguma discussão. Algumas nuvens vaporosas cruzavam o céu, mas mal se percebia qualquer sopro de vento.

Ambos sentiam dor nos pés e uma fome cada vez maior. Por isso começaram a conversar sobre comida. Nenhum deles tinha relógio, mas quando passaram por uma cidadezinha viram que os *pubs* já estavam abertos e que portanto já devia ser mais de meio-dia. Hesitaram à porta de um *pub* de aparência modesta chamado Bird in Hand, Pássaro na Mão. Gordon foi a favor de entrarem; calculava que num *pub* como aquele o pão, o queijo e a cerveja custariam no máximo um *xelin*. Mas

Rosemary disse que achara o lugar desagradável, o que realmente era, e continuaram andando, na esperança de encontrar um *pub* mais simpático do outro lado da cidade. Imaginavam um bar acolhedor, com um balcão de carvalho e talvez um lúcio empalhado num quadro de vidro pendurado na parede.

Mas não havia mais nenhum *pub* naquela cidade, e logo se viram de novo em campo aberto, sem casas à vista e nem mesmo qualquer placa de sinalização. Gordon e Rosemary começaram a ficar alarmados. Às duas os *pubs* fechariam as portas, e então não teriam como comer, o máximo seria um pacote de biscoitos que por acaso encontrassem em alguma loja de doces. Diante dessa ideia, foram ambos assaltados por uma fome desesperadora. Exaustos, esforçaram-se para subir uma encosta alta, esperando encontrar uma cidadezinha do outro lado. Nada de cidade, mas bem lá embaixo um rio verde serpenteava ao longe, tendo à beira de suas águas, atravessadas por uma ponte cinzenta, o que lhes pareceu uma cidade de maior porte. Nem sabiam que rio seria aquele – era o Tâmisa, claro.

– Graças a Deus!, disse Gordon. Deve haver muitos *pubs* lá embaixo. E é melhor entrarmos logo no primeiro que aparecer.

– Isso mesmo, vamos. Estou morta de fome.

Quando chegaram mais perto, porém, viram que a cidade estava envolta em um estranho silêncio. Gordon ficou imaginando se todos os habitantes estariam na igreja ou no almoço de domingo, até perceber que o local estava praticamente deserto. Era Crickham-on--Thames, uma das cidades ribeirinhas que só ganham vida na temporada dos passeios de barco e hibernam o resto do ano. Espalhava-se ao longo da margem do rio por mais de um quilômetro e meio e consistia inteiramente de casas onde os barcos eram guardados e mais alguns bangalôs, todos fechados e vazios. Nenhum sinal de vida. Finalmente, porém, depararam-se com um homem gordo, de ar pedante e nariz vermelho, com um bigode ralo, sentado num banquinho dobrável ao lado de uma caneca de cerveja junto ao caminho para pedestres que corria paralelo ao curso do rio. Estava pescando com uma vara de pegar carpas de uns seis metros, enquanto nas águas verdes e lisas dois cisnes descreviam círculos em torno de sua boia, tentando roubar a isca cada vez que ele a tirava da água.

– Pode nos indicar onde podemos achar um lugar para comer? – perguntou Gordon.

O gordo parecia justamente à espera daquela pergunta, e deu a impressão de que ela lhe provocava algum prazer íntimo.

Respondeu, sem olhar para Gordon.

– Não existe nenhum lugar aqui onde possam encontrar o que comer, disse.

– Mas que diabo! Vai me dizer que não existe nenhum *pub* em todo este lugar? Estamos caminhando desde Farnham Common.

O gordo fungou e deu a impressão de que refletia, sem tirar os olhos da boia.

– O senhor talvez possa tentar o Hotel Ravenscroft, disse. Mais ou menos um quilômetro adiante. Acho que lá eles podem ter alguma coisa; quer dizer, se o hotel estiver aberto.

– Mas está?

– Pode ser que sim, pode ser que não, respondeu o gordo com ar satisfeito.

– E o senhor poderia me dizer que horas são?", perguntou Rosemary.

– Pouco mais de uma e dez.

Os dois cisnes seguiram Gordon e Rosemary por parte do caminho paralelo à margem, na evidente expectativa de ganhar alguma comida. Não parecia haver muita esperança de encontrarem o Hotel Ravenscroft aberto. Toda a região tinha aquele ar desolado e contaminado dos hotéis de férias fora de temporada. O madeiramento dos bangalôs apresentava rachaduras, a tinta branca estava descascada, as janelas cobertas de poeira davam para interiores desocupados. Mesmo as máquinas de venda automática espalhadas ao longo da margem estavam enguiçadas. Parecia haver outra ponte na extremidade oposta da cidade.

Gordon reclamou com energia.

– Que malditos imbecis nós fomos de não termos entrado naquele *pub* quando podíamos!

– Ah, meu Deus! Estou *morrendo* de fome. Será melhor voltarmos?

– Não adianta, não passamos por nenhum *pub* pelo caminho. O melhor é seguirmos em frente. O hotel deve ficar do outro lado daquela ponte. Se houver uma estrada por perto, pode ser que esteja aberto. Do contrário, estamos fritos.

Seguiram andando até a ponte. A essa altura, seus pés doíam bastante. Mas afinal! Lá estava o que procuravam. Pouco depois da ponte, ao lado de uma entrada privativa, erguia-se um hotel de bom tamanho, razoavelmente elegante, tendo ao fundo gramados que se estendiam até o rio. Estava obviamente aberto. Gordon e Rosemary apertaram o passo em sua direção, mas depois pararam, impressionados.

– Parece um lugar muito caro, disse Rosemary.

Realmente parecia. Era um lugar chamativo, pretensioso, todo branco com ornamentos dourados – um desses hotéis em que o preço excessivo e o péssimo serviço saltam aos olhos, denunciados por todos os tijolos. À beira do caminho, dominando a estrada, uma tabuleta arrogante anunciava em letras douradas:

*Hotel Ravenscroft aberto a não-residentes*

*Almoço – chá – jantar*

*Salão de dança e quadras de tênis atendemos festas.*

Dois reluzentes carros esportivos estavam parados na entrada. Gordon perdeu a coragem. Teve a sensação de que seu dinheiro se encolhia e se reduzia a nada. Aquele lugar era o oposto exato do *pub* acolhedor que vinham procurando. Mas ele estava faminto. Rosemary puxou-lhe o braço.

Estou achando esse lugar horrível. Por mim, vamos procurar mais.

– Mas precisamos arranjar um lugar para comer. É a nossa última chance. Não vamos mais encontrar nenhum *pub*.

– A comida é sempre péssima em lugares assim. Uma carne fria horrível que parece ter sido preparada no ano passado. E que ainda por cima custa os olhos da cara.

– Ah, então pedimos só pão, queijo e cerveja. Que custam mais ou menos a mesma coisa em qualquer lugar.

– Nesses restaurantes eles detestam que você peça só pão e queijo. Vão tentar nos obrigar a pedir um almoço completo, você vai ver. Precisamos aguentar firme e dizer que só queremos pão e queijo.

– Está bem, aguentaremos firme. Vamos lá.

Entraram, decididos a aguentar firme. Mas havia um odor de riqueza no vestíbulo pretensioso – um cheiro de *chintz*, de flores mortas, das águas do Tâmisa e mais as usadas para enxaguar as garrafas de vinho. O cheiro característico de um hotel à beira-rio. O desânimo de Gordon aumentou. Ele sabia como era aquele tipo de lugar. Era um desses hotéis isolados e vazios que se erguem ao longo de todas as estradas, frequentados por corretores de valores que levam suas amantes para tomar a fresca nas tardes de domingo. Em lugares assim, é praticamente obrigatório você ser insultado e ainda pagar um preço excessivo por tudo. Rosemary encolheu-se a seu lado. Ela também estava intimidada. Viram uma porta com o letreiro – *saloon* e abriram, achando que fosse o bar. No entanto, não era o bar, e sim uma sala ampla, elegante e fria, com cadeiras e banquetas forradas de veludo. Poderia até ser confundido com um salão de estar comum não fossem todos os cinzeiros estarem anunciando o uísque White Horse. E em torno de uma das mesas distribuíam-se as pessoas daqueles carros do lado de fora – dois sujeitos louros de chapéu, um tanto rechonchudos, vestidos como se fossem mais jovens, na companhia de duas moças desagradavelmente elegantes – todos sentados e tendo claramente acabado de almoçar. Um garçom, debruçado à mesa, servia-lhes licores.

Gordon e Rosemary detiveram-se na entrada. Os comensais já os encaravam com seus olhares ofensivos de classe média alta. Gordon e Rosemary tinham um ar sujo e cansado, e sabiam disso. A ideia de pedir pão, queijo e cerveja já quase desaparecera de suas mentes. Num lugar como aquele, ninguém podia chegar e pedir "pão, queijo e cerveja"; a única coisa que podia dizer era "almoço". A única escolha era pedir "almoço" ou bater em retirada. O garçom exibia um desdém quase declarado. Ele os avaliara com um olhar rápido e sabia que não tinham dinheiro; mas também adivinhou que a ideia da fuga lhes passara pela cabeça, e decidiu impedi-los de escapar.

– Pois não? – perguntou, levantando a bandeja da mesa.

Agora! Bastava dizer "Pão, queijo e cerveja", e que se danassem as consequências! Mas ai dele, a coragem de Gordon lhe faltou. "Almoço", é o que ele iria dizer. Tentando aparentar despreocupação, enfiou a mão no bolso. Sopesou o dinheiro, para se certificar de que ainda estava lá. Restavam-lhe sete xelins e onze *pence*, sabia bem. O olho do garçom acompanhou o movimento; Gordon teve a detestável sensação de que o sujeito era capaz de enxergar através do tecido e contar cada moeda que ele trazia no bolso. No tom mais senhorial que conseguiu, ele observou:

– Será que poderíamos almoçar?

– Almoçar? Mas é claro, senhor. Por aqui", respondeu o garçom, exibindo um vago sotaque estrangeiro.

Era um rapaz de cabelos negros e rosto muito liso, de bons traços e bem escanhoado. Seu uniforme de trabalho tinha um corte excelente, apesar da aparência um tanto mal lavada, como se raramente o tirasse do corpo. Parecia um príncipe russo; o mais provável é que fosse inglês e simulasse aquele sotaque, porque, afinal, era o que se esperava dos garçons. Derrotados, Rosemary e Gordon o acompanharam até a sala de jantar, que ficava nos fundos, dando para o jardim. Era exatamente igual a um aquário. A sala inteira era circundada por vidros esverdeados, tão úmida e fria que a sensação dos comensais era a de estar debaixo d'água. Podia-se ver o rio e sentir o cheiro de suas águas logo além do gramado. No centro de cada uma das mesinhas redondas havia um vaso cheio de flores de papel, mas em um dos lados da sala, para reforçar o efeito aquário, havia quase uma estufa completa, exibindo pinheirinhos, palmeiras, aspidistras, e assim por diante, lembrando descoradas plantas aquáticas. Pode ser que no verão a sala de jantar fosse agradável; naquele momento, depois de o sol ter se escondido atrás de uma nuvem, era simplesmente úmida e desconfortável. Rosemary ficara quase tão intimidada pelo garçom quanto Gordon. Depois que os dois se sentaram e o garçom deu-lhes as costas por um instante, ela fez uma careta. "Vou pagar meu almoço", sussurrou a Gordon do outro lado da mesa.

– Nada disso.

– Este lugar é horrível! A comida aqui deve ser nojenta. Quem me dera não ter entrado aqui.

– Xhh!

O garçom tinha voltado com um cardápio impresso, coberto de marcas de mosca. Entregou-o a Gordon e permaneceu atrás dele com um ar ameaçador de garçom que sabe que o freguês não tem muito dinheiro no bolso. O coração de Gordon batia com força. Se fosse um almoço a preço fixo que custasse três xelins e seis *pence*, ou meia coroa que fosse, estavam fritos. Cerrou os dentes e examinou o cardápio. Graças a Deus! Era *à la carte*. O prato mais barato da lista era rosbife frio com salada, a um *xelin* e seis *pence*. E ele disse, enrolando as palavras:

– Queremos o rosbife frio, por favor.

As delicadas sobrancelhas negras do garçom se ergueram, simulando surpresa. "Só o rosbife?", disse com seu sotaque exagerado.

– Sim, pelo menos já vai dar para continuarmos.

– E não vão querer *mais nada*?

– Bem. Pão, claro. E manteiga.

– E sopa como entrada, não?

– Não.

– Nem peixe? Só o rosbife?

– Será que queremos peixe, Rosemary? Acho que não. Não. Peixe, não.

– E nem alguma sobremesa, um doce? *Só* o rosbife?

Gordon não conseguia controlar a expressão de seu rosto. Achou que nunca sentira tanta raiva de alguém quanto daquele garçom.

– Mais tarde resolveremos se vamos querer mais alguma coisa, disse.

– E para beber?

Gordon tinha pensado em pedir cerveja, mas agora perdera a coragem. Precisava recuperar o prestígio depois do episódio do rosbife.

– Traga a carta de vinhos, disse, em tom indiferente.

Mais uma lista impressa em papel manchado. Todos os vinhos pareciam proibitivamente caros. No entanto, bem no alto da lista havia um clarete de mesa sem marca, a dois xelins e nove *pence* a garrafa. Gordon fez cálculos apressados. Dois e nove estavam no limite de suas possibilidades. – Uma garrafa deste aqui, disse.

O garçom tentou uma sacada irônica.

– O senhor vai tomar a garrafa inteira? Será que não prefere meia garrafa?

– Uma garrafa inteira, revidou com frieza Gordon.

O garçom inclinou a cabeça, encolheu o ombro esquerdo e virou-se de costas, num único movimento. Gordon não aguentava mais. Sentiu o olhar de Rosemary do outro lado da mesa. De algum modo, precisavam pôr aquele garçom no seu lugar! Dali a um momento ele já estava de volta, trazendo a garrafa de vinho barato segura pelo gargalo e meio escondida debaixo da cauda de sua casaca, como se fosse uma coisa um tanto indecente ou impura. Nesse meio-tempo, Gordon imaginara um modo de se vingar. Quando o garçom lhe apresentou a garrafa, estendeu a mão, apalpou-a e franziu a testa.

– Não é assim que se serve vinho tinto, disse.

Por um instante, o garçom se deixou surpreender:

– Como disse?, perguntou.

– Está frio demais. Leve a garrafa e a traga de volta mais aquecida.

– Pois muito bem.

Mas na verdade não foi uma vitória. O garçom não parecia intimidado. Será que aquele vinho merecia mesmo ser um pouco aquecido?, diziam suas sobrancelhas arqueadas. Levou a garrafa de volta com um irônico ar de desdém, deixando muito claro para Gordon e Rosemary que já tinha sido aborrecimento suficiente terem pedido o vinho mais barato da lista; não precisavam, ainda, criar todo aquele caso.

O rosbife e a salada estavam frios como um cadáver, e nem pareciam comida. Tinham gosto de água. Os pães, também, embora amanhecidos, estavam úmidos. A água turva do Tâmisa parecia ter contaminado tudo. Assim, não foi surpresa alguma que depois de aberto o vinho também tivesse um gosto de lama. Mas continha álcool, o que já era excelente. Foi uma grande surpresa constatar o quanto podia ter um efeito estimulante, desde que você conseguisse fazê-lo passar pela garganta e chegar ao estômago. Depois de tomar uma taça e meia, Gordon sentiu-se muito melhor. Com uma paciência sarcástica, o garçom mantinha-se de pé ao lado da porta, o guardanapo dobrado no braço, tentando fazer com que sua presença causasse desconforto a Gordon e Rosemary. No começo obteve sucesso, mas Gordon estava de costas para ele e, depois de num primeiro momento esforçar-se por ignorá-lo, acabou quase esquecido de sua existência. Aos poucos ele e Rosemary recobravam a coragem. Começaram a falar com mais desembaraço, e em voz mais alta.

– Olhe só, disse Gordon. Os cisnes nos seguiram até aqui.

E era verdade, lá estavam os dois cisnes nadando suavemente de um lado para o outro na água escura. E, naquele momento, o sol tornou a surgir, e o triste aquário que era aquela sala de jantar foi inundado por uma linda luz esverdeada. Gordon e Rosemary sentiram-se de repente aquecidos e contentes. Começaram a falar sobre nada em especial, quase como se o garçom estivesse ausente. Gordon pegou a garrafa e serviu mais duas taças de vinho. Trocaram olhares por sobre as taças. Ela o olhava com uma espécie de ironia conformada. "Sou sua amante", diziam os olhos; "que piada!" Seus joelhos se tocavam por baixo da mesinha; de repente, ela prendeu o joelho dele entre os seus. Alguma coisa dentro dele deu um salto; uma onda cálida de desejo e ternura espalhou-se por seu corpo. Ele se lembrou! Ela era a sua namorada, era a sua amante. Dali a pouco, quando se vissem a sós em algum lugar protegido, em pleno ar livre mas sem vento, ele teria o corpo nu dela só para si. Até que enfim. É claro que ele sabia disso desde a manhã, mas até aquele momento, essa ideia parecia irreal. Só agora se dava conta. Sem nenhuma palavra dita, apenas com uma espécie de certeza física, ele sabia que dali a uma hora ela haveria de estar em seus braços, nua. Sentados ali na claridade cálida, com seus joelhos se tocando, olhos nos olhos, sentiam-se como se tudo já tivesse acontecido. Havia uma intimidade profunda entre os dois. Poderiam ficar sentados ali horas a fio, só trocando olhares e falando de coisas triviais que faziam sentido apenas para eles e mais ninguém. E ali de fato ficaram por vinte minutos ou mais. Gordon havia se esquecido do garçom – havia se esquecido até mesmo, por alguns momentos, do desastre de ter sido obrigado a pedir aquele péssimo almoço que iria lhe custar tudo que tinha. Mas o sol se escondeu, a sala voltou a ficar cinzenta e perceberam que estava na hora de partir.

– A conta, disse Gordon, virando-se parcialmente para trás.

O garçom fez uma última tentativa de intimidação.

– A conta? Mas não querem um café?

– Não, não queremos café. Só a conta.

O garçom sumiu e retornou com um papel dobrado numa pequena bandeja de metal. Gordon desdobrou a nota. Seis xelins e três *pence* – e tudo que ele possuía no mundo eram exatamente sete xelins e onze *pence*! Claro que ele calculara mais ou menos quanto seria o total, mas ainda assim ficou chocado quando a conta chegou. Levantou-se, enfiou a mão no bolso e puxou todo o seu dinheiro. O jovem garçom pálido, com a bandeja apoiada no braço, avaliava o punhado de moedas; claramente, adivinhava que era tudo o que Gordon possuía. Rosemary também se levantou e veio até o outro lado da mesa. Beliscou o cotovelo de Gordon; era um sinal de que pretendia dividir a conta. Gordon fingiu que não tinha reparado. Pagou os seis xelins e três *pence* e, enquanto já se virava, deixou mais um *xelin* cair na bandeja. O garçom sopesou a moeda por um instante na mão, atirou-a para o ar e depois a enfiou no bolso do colete com ar de que estava encobrindo algo secreto.

Enquanto seguiam pelo corredor, Gordon sentia-se desanimado, desamparado – quase num estupor. Todo o dinheiro que possuía tinha ido embora num único gesto! Uma coisa terrível de acontecer. Não deviam ter entrado naquele maldito lugar! Agora o dia estava arruinado – e tudo por causa de dois pratos de rosbife gelado e uma garrafa de vinho lodoso! Precisava pensar no chá, só lhe restavam seis cigarros e ainda havia as passagens de ônibus de volta até Slough, e sabe Deus o que mais; e ele só tinha oito *pence* para pagar tudo! Saíram do hotel com a sensação de ter sido postos para fora a pontapés, e a porta fechou ruidosamente atrás deles. Toda a intimidade do momento desaparecera. E tudo estava muito diferente do lado de fora. A impressão foi de que, ao ar livre, o sangue dos dois esfriou. Rosemary caminhava à frente, bastante nervosa, sem falar. Estava um tanto assustada pelo que resolvera fazer. Ele acompanhava o movimento de suas pernas fortes e delicadas. Ali estava o corpo dela, que havia tanto ele desejava; mas agora, quando chegava a hora esperada, aquele corpo o atemorizava. Queria que ela fosse sua, queria *tê-la possuído*, mas preferia que já tivesse acontecido. Seria um esforço – algo que precisaria empenhar-se muito para fazer. Era estranho que aquele episódio chato da conta do restaurante o tivesse abalado tanto. A disposição ligeira e descontraída da manhã se fora; em seu lugar, voltara a se instalar aquela coisa de sempre, detestável e incômoda: a preocupação com o dinheiro. Dali a um minuto ele se veria obrigado a admitir que só lhe restavam oito *pence;* teria de pedir algum dinheiro emprestado a Rosemary para poder voltar para casa; uma coisa repulsiva, vergonhosa. Só o vinho que tomara ainda lhe dava alguma coragem. O calor do vinho e o sentimento odioso de só possuir oito *pence* travavam uma batalha dentro de seu corpo, mas nenhum dos dois conseguia vencer de todo.

Andaram bem devagar, mas logo se distanciaram do rio e chegaram novamente a uma área mais elevada. Ambos procuravam ansiosamente alguma coisa para dizer, mas nada lhes ocorria. Ele se juntou a ela, tomou sua mão e cobriu os dedos dela com os seus. Assim se sentiram melhor. Mas o coração dele batia dolorido, suas entranhas estavam contraídas. E ele se perguntou se ela estaria sentindo o mesmo.

– Não parece haver uma alma sequer por aqui, disse ela finalmente.

– Tarde de domingo. Estão todos dormindo à sombra da aspidistra depois do almoço de rosbife e do Yorkshire pudding.

Novo silêncio. Andaram mais uns cinquenta metros. Com dificuldade para controlar a voz, ele conseguiu dizer:

– Está um calor fora do comum. Podemos nos sentar um pouco, se encontrarmos um bom lugar.

– Está certo. Se é o que você prefere.

Chegaram a um pequeno bosque à esquerda da estrada. Parecia morto e vazio, e nada crescia à sombra das árvores nuas. Mas no extremo oposto da estrada havia um extenso emaranhado de arbustos de abrunheiro ou ameixeira-brava. Ele passou o braço pela cintura dela sem nada dizer e a conduziu naquela direção. Havia uma abertura na sebe em que se viam alguns fios de arame farpado. Ele levantou o arame para ela, que passou ágil por baixo. O coração de Gordon tornou a disparar. Como ela era forte e flexível! Mas quando ele se esforçava para passar por cima do arame e segui-la, seus oito *pence* – duas moedas de um *penny* mais uma de seis *pence*– tilintaram em seu bolso, tornando a abalar seu ânimo.

Perto dos arbustos encontraram uma alcova natural. De três lados havia canteiros de plantas espinhosas, sem folhas mas impenetráveis, e o outro dava para baixo, com vista para uma vasta extensão de campos arados. Ao pé da elevação erguia-se uma casinha de teto baixo, pequena como um brinquedo de criança e de cuja chaminé não saía fumaça alguma. Nenhuma criatura nas imediações. Não havia lugar mais solitário que aquele. O chão era forrado da fina relva musgosa que cresce debaixo das árvores.

– Devíamos ter trazido uma capa de chuva, disse ele. Tinha se ajoelhado.

– Não é preciso. O chão está seco.

Ele a puxou para a terra a seu lado, beijou-a, tirou seu chapéu de feltro chato, deitou-se em cima dela e beijou todo o seu rosto. Ela ficou deitada debaixo dele, mais cedendo do que reagindo. Não resistiu quando a mão de Gordon procurou seus seios. Mas no íntimo ainda sentia medo. Estava decidida, Ah, sim, iria cumprir sua promessa implícita, não pensava em recuar; mas ainda assim sentia medo. E no fundo ele também estava um tanto relutante. Estava decepcionado por perceber o quanto era pouco, naquele momento, seu real desejo por ela. A questão do dinheiro ainda o perturbava. Como é que a pessoa pode fazer amor com apenas oito *pence* no bolso, pensando em dinheiro o tempo todo? Ainda assim, de certo modo, ele a queria. Na verdade, não podia viver sem ela. Sua vida seria totalmente diferente quando enfim se tornassem amantes de verdade. Passou um longo tempo deitado sobre os seios dela, que mantinha a cabeça voltada para um lado, o rosto dele enfiado em seu pescoço e em seus cabelos, sem tentar nenhum avanço.

E então o sol tornou a sair. Já estava ficando baixo no céu. A luz quente se derramou sobre eles como se uma membrana que cobrisse o céu tivesse se rompido. Na verdade fazia um pouco de frio perto da relva, com o sol encoberto pelas nuvens; mas agora, novamente, o calor era quase de verão. Os dois se sentaram para desfrutar da sensação.

– Ah, Gordon, veja só! Como o sol está clareando tudo!

À medida que as nuvens se dissolviam, um raio amarelo cada vez mais largo se espalhava depressa pelo vale, dourando tudo em seu caminho. A relva que tinha exibido um verde opaco agora cintilava num verde-esmeralda. O chalé vazio ao pé da colina adquiriu cores quentes, o azul purpúreo das telhas, o vermelho-cereja dos tijolos. Só a ausência de pássaros cantando lembrava que era inverno. Gordon abraçou Rosemary e a puxou com força para junto de si. Ficaram sentados com os rostos colados, olhando para o vale. Ele a virou de frente e beijou-a.

– Você gosta de mim, não é?

– Adoro você, seu bobo.

– E vai ser boazinha comigo?

– Boazinha?

– Vai me deixar fazer o que eu quero?

– Acho que sim.

– Tudo?

– Está bem, certo. Tudo.

Ele a deitou de costas na relva. A sensação era diferente agora. O calor do sol parecia ter penetrado em seus ossos.

– Tire a roupa, por favor, murmurou ele.

E ela se despiu depressa. Não sentia nenhuma vergonha diante dele. Além disso, fazia tanto calor e o lugar era tão isolado que as roupas não faziam diferença. Estenderam as roupas dela no chão e fizeram uma espécie de cama onde ela pudesse se deitar. Nua, ela se deitou de costas no chão, com as mãos por trás da cabeça, de olhos fechados, sorrindo levemente, como se tivesse considerado tudo e seu espírito estivesse em paz. Ele passou muito tempo ajoelhado, contemplando seu corpo, cuja beleza o deixava atônito. Nua, ela parecia muito mais jovem do que vestida. Seu rosto, atirado para trás, com os olhos fechados, parecia quase infantil. Ele se aproximou dela. Mais uma vez, as moedas tilintaram em seu bolso. Só oito *pence*! Dali a pouco ele teria problemas. Mas não iria pensar nisso agora. Melhor seguir em frente, acabar logo com aquilo, que era o mais importante, seguir em frente e o futuro que se danasse! Ele passou um braço por baixo de Rosemary e encostou o corpo no dela.

– Posso? Agora?

– Pode. Está bem.

– Não está com medo?

– Não.

– Vou ser o mais delicado que eu puder.

– Não se preocupe.

Dali a um instante:

– Oh, Gordon, não! Não, não, não!

– O quê? O que foi?

– Não, Gordon, não! Pare! *Não!*

Ela encostou as mãos no peito dele e o empurrou com violência. Seu rosto tinha uma expressão distante, assustada, quase hostil. Foi horrível sentir o empurrão dela naquele momento. Foi como se lhe tivessem dado um banho de água fria. Afastou-se dela abalado, recompondo as roupas da melhor maneira possível.

– O que foi? O que está acontecendo?

– Ah, Gordon! Eu pensei que você... ah, meu Deus!

Ela cobriu o rosto com o braço e rolou, deitando-se de lado, para longe dele, subitamente envergonhada.

– O que foi?, repetiu ele.

– Como é que você pode ter sido tão desprevenido?

– Como assim?

– Ora, você sabe do que eu estou falando!

Ele sentiu um aperto no coração. Sabia do que ela estava falando; mas não tinha pensado no assunto até aquele momento. E é claro – oh, sim! –, devia ter pensado. Levantou-se e deu-lhe as costas. De repente, soube que não iria mais adiante com aquilo. Num campo úmido numa tarde de domingo – e em pleno inverno, ainda por cima! Impossível! Tinha parecido ser uma coisa tão correta, tão natural um minuto atrás; agora lhe parecia apenas sórdida e feia.

– Eu não esperava por isso, disse ele em tom amargo.

– Mas eu não posso fazer nada, Gordon! Você devia... você sabe.

– Você não acha que eu sou dado a essas coisas, acha?

– Mas o que mais podemos fazer? Não posso ter um bebê, posso?

– Você precisa correr o risco.

– Ora, Gordon, você é mesmo impossível!

Ela ficou ali deitada, olhando para ele, com o rosto angustiado, perturbada demais para sequer se lembrar de que estava nua. A decepção dele se transformara em raiva. Pronto, era isso, já era de se imaginar. Novamente o dinheiro! Mesmo nos momentos mais recônditos da vida a pessoa não consegue fugir dele; tudo precisa ser arruinado com precauções imundas tomadas a sangue-frio, e só por causa do dinheiro. Dinheiro, dinheiro, sempre o dinheiro! Mesmo no leito nupcial, o dedo do deus do dinheiro se intromete! Nas alturas ou nas profundezas, ele sempre dava um jeito de aparecer. Deu um ou dois passos, para lá e para cá, com as mãos nos bolsos.

– O dinheiro de novo, veja só!, disse. Até num momento como este ele tem o poder de se erguer sobre nós e nos intimidar. Mesmo quando estamos a sós e a quilômetros de distância, sem ninguém que nos veja.

– Mas o que o dinheiro tem a ver com isso?

– Garanto que nunca passaria pela sua cabeça se preocupar com um bebê, se não fosse pelo dinheiro. Não fosse ele, você iria até querer um bebê. Você diz que 'não pode' ter um bebê. E o que quer dizer com isso? Quer dizer que não se atreve; porque você perderia o emprego, e como eu não tenho dinheiro nós todos poderíamos passar fome. Toda essa história de controle da natalidade! É só um modo novo que descobriram de nos incomodar. E você quer se conformar com isso, ao que tudo indica.

– Mas o que eu posso fazer, Gordon? O que eu posso fazer?

Nesse momento o sol desapareceu por trás das nuvens e a temperatura caiu visivelmente. No final das contas, era uma cena grotesca – a mulher nua deitada na relva, o homem vestido de pé a seu lado e dominado pelo mau humor, com as mãos enfiadas nos bolsos. Ela iria morrer resfriada se continuasse exposta, deitada ali daquele jeito. A coisa toda era absurda e indecente.

– Mas o que eu posso fazer?, repetiu ela.

– Acho que devia começar colocando as suas roupas, respondeu ele friamente.

Ele só dissera aquilo para dar vazão à sua irritação; mas ela se sentiu tão magoada e tão obviamente encabulada que ele precisou dar-lhe as costas. Rosemary se vestiu em poucos instantes. Enquanto ela, ajoelhada, amarrava os sapatos, ele a ouviu fungar uma ou duas vezes. Estava à beira das lágrimas e lutava para se conter. Ele se sentia muito envergonhado. Teria desejado cair de joelhos ao lado dela, abraçá-la e pedir que o perdoasse. Mas não foi capaz disso; a cena o deixara sem ação, sem saber o que fazer. Foi só com muita dificuldade que conseguiu controlar sua voz, mesmo para uma observação das mais banais.

– Está pronta?, perguntou em tom neutro.

– Estou.

Voltaram para a estrada, passaram pela cerca de arame e começaram a descer a ladeira sem dizer mais nada. Novas nuvens passavam à frente do sol. E o frio estava aumentando. Mais uma hora e o crepúsculo precoce cairia. Chegaram ao pé da colina e avistaram o Hotel Ravenscroft, cenário do desastre deles.

– Para onde vamos?, perguntou Rosemary com voz baixa e amuada.

– Voltar para Slough, acho eu. Precisamos atravessar a ponte e dar uma olhada nas placas.

Quase não falaram enquanto percorriam os vários quilômetros de caminho. Rosemary estava envergonhada e muito infeliz. Várias vezes aproximou-se dele, pensando em tomar-lhe o braço, mas ele se afastava; e assim caminharam, separados por quase toda a largura da estrada. Ela imaginava que o tinha ofendido mortalmente. Achava que ele devia estar frustrado – por ela tê-lo afastado no momento crítico– e que por isso sentia raiva dela; ela teria pedido desculpas se ele lhe desse a menor oportunidade. Mas a verdade é que ele nem pensava mais naquilo. Sua mente se afastara daquela direção. O que o incomodava agora era a questão do dinheiro– o fato de só ter oito *pence* no bolso.

Logo ele teria de abrir o jogo. Precisariam pagar as passagens de ônibus de Farnham a Slough, mais o chá em Slough, cigarros, mais passagens de ônibus, talvez ainda outra refeição depois que chegassem a Londres; e para tudo isso ele só contava com oito *pence*! Teria de aceitar dinheiro emprestado de Rosemary, no final das contas. Uma coisa tão humilhante! Que coisa detestável a pessoa ser obrigada a pedir dinheiro emprestado a alguém com quem acabou de brigar. Aquilo tornava absurdas todas as suas belas atitudes. Um pouco antes, lá estava ele passando sermões em Rosemary, assumindo ares de superioridade, fingindo-se de ofendido por ela querer adotar a contracepção; em seguida, virava-se para ela e pedia dinheiro! Mas era essa a questão, é isso que o dinheiro faz. Não existe atitude que o dinheiro, ou a falta dele, não consiga anular.

Por volta de quatro e meia já escurecera quase por completo. Seguiram por estradas enevoadas em que a iluminação vinha dos vãos nas janelas das casinhas ou das luzes amareladas dos faróis de um automóvel ou outro. O frio se tornava brutal também, mas como já tinham caminhado por mais de seis quilômetros, o exercício os aquecera. Impossível continuar avesso a um convívio mais próximo. Começaram a conversar com mais fluência, e pouco a pouco foram se aproximando. Rosemary pegou o braço de Gordon. E finalmente o fez parar e o virou de frente para encará-la.

– Gordon, por que você me trata tão mal?

– Como assim?

– Caminha esse tempo todo sem me dirigir uma palavra!

– Ora!

– Ainda está com tanta raiva assim de mim, por causa do que aconteceu agora há pouco?

– Não. Nunca fiquei com raiva de você. A culpa não é *sua*.

Ela ergueu os olhos para ele, tentando adivinhar a expressão de seu rosto na escuridão quase completa. Ele a puxou para junto de si e, como ela parecia esperar, levantou seu rosto e a beijou. Ela o abraçou com ansiedade; seu corpo dissolveu-se contra o dele. Era o que ela vinha esperando, ao que tudo indica.

– Gordon, você me ama, não ama?

– Claro que sim.

– As coisas deram errado de algum modo. Eu não pude fazer nada. De repente fiquei com medo.

– Não faz mal. De outra vez vai dar certo.

Ela estava encostada nele, a cabeça apoiada em seu peito. Ele sentia a pulsação do coração dela. Parecia violentamente agitado, como se ela estivesse tomando alguma decisão.

– Pois não importa, disse ela de maneira vaga, o rosto enterrado no sobretudo dele.

– Não importa o quê?

– O bebê. Eu corro o risco. Você pode fazer o que quiser comigo.

Diante daquelas palavras de rendição, um desejo fraco despontou nele, mas passou no mesmo instante. Ele sabia por que ela dissera aquilo. Não porque, naquele momento, ela realmente quisesse ser possuída por ele. Era por um mero impulso generoso, de fazê-lo saber que ela o amava e preferia correr um risco terrível a desapontá-lo.

– Agora?, perguntou ele.

– Sim, se você quiser.

Ele avaliou a situação. Queria tanto ter certeza de que ela era sua! Mas estavam envoltos no ar frio da noite. Por trás das sebes, a relva alta estaria agora úmida e gelada. Não era a hora nem o lugar certos. Além disso, aquela história dos oito *pence* tinha usurpado seu espírito. Ele não estava mais com vontade.

– Não posso, disse por fim.

– Não pode! Mas, Gordon! Eu achei...

– Eu sei. Mas agora tudo mudou.

– Você ainda está aborrecido?

– Estou. De certo modo.

– Por quê?

Ele a afastou um pouco de si. Melhor desembuchar de uma vez. Ainda assim, ele estava tão envergonhado que tartamudeou, em vez de falar:

– Tenho uma coisa horrível a lhe dizer. Uma coisa que está me preocupando esse tempo todo.

– O que é?

– É o seguinte. Você pode me emprestar um dinheiro? Estou totalmente liso. Eu tinha o bastante para o dia de hoje, mas a conta daquele maldito lugar estragou tudo. Só me restam oito *pence*.

Rosemary ficou pasma. E desvencilhou-se dos braços dele em sua surpresa.

– Só lhe restam oito *pence*? Do que você está falando? Que diferença faz se só lhe restam oito *pence*?

– Não lhe disse que daqui a pouco terei de lhe pedir dinheiro emprestado? Você vai precisar pagar as suas passagens de ônibus, além do chá e sabe Deus o que mais. E fui eu que convidei você para vir comigo! Você devia ser minha convidada. É um horror.

– Sua *convidada*? Ora, Gordon, era isso que estava deixando você tão preocupado o tempo todo?

– Era.

– Gordon, você parece uma criança! Como é que deixa uma coisa dessas perturbá-lo tanto? Como se eu me aborrecesse de lhe emprestar dinheiro. Não estou sempre lhe dizendo que quero pagar a minha parte quando nós saímos?

– Está, mas você sabe como eu detesto a ideia de você pagar. Falamos sobre isso na outra noite.

– Ora, mas que absurdo, como você é absurdo! Você acha que não ter dinheiro é motivo de vergonha?

– Claro que sim! É a única coisa no mundo que realmente produz vergonha.

– Mas o que é que isso tem a ver com fazermos amor, afinal? Não entendo você. Primeiro você quer, depois não quer. O que o dinheiro tem a ver com isso?

– Tudo.

Ele entrelaçou o braço dela no seu e saiu andando pela estrada. Ela jamais entenderia. Ainda assim, ele precisava explicar.

– Você não entende que a pessoa só se torna um ser humano de pleno direito – que a pessoa só se *sente* um ser humano de pleno direito – quando tem algum dinheiro no bolso?

– Não, acho isso uma bobagem.

– Não que eu não queira me tornar seu amante. Eu quero. Mas estou lhe dizendo que não vou conseguir fazer amor com apenas oito *pence* no bolso. Pelo menos depois de você saber que eu só tenho oito *pence*. Não consigo. É fisicamente impossível.

– Mas por quê? Por quê?

– Você pode descobrir em Lemprière, respondeu ele obscuramente.

Não falaram mais a respeito. Foi a última palavra. Novamente ele se comportara muito mal e ainda conseguira fazê-la sentir como se o erro fosse dela. Continuaram andando. Ela não o entendia; por outro lado, perdoava tudo nele. Finalmente chegaram a Farnham Common e, ao final de uma espera no cruzamento das estradas, conseguiram um ônibus para Slough. No escuro, quando o ônibus foi chegando, Rosemary encontrou a mão de Gordon e lhe passou meia coroa, para que ele pagasse as passagens e não tivesse de se submeter à vergonha pública de deixar uma mulher pagar por ele.

Por ele, Gordon caminharia até Slough para economizar as passagens de ônibus, mas sabia que Rosemary não concoradria. Em Slough, também, foi a favor de tomarem direto o trem de volta a Londres, mas Rosemary disse que não iria sem tomar seu chá, de maneira que se dirigiram a um restaurante imenso, triste e cortado por correntes de ar que havia perto da estação. O chá, com sanduichinhos murchos e bolinhos duros como bolas de massa seca de vidraceiro, custava dois xelins por cabeça. Foi um problema para Gordon deixar que ela pagasse a conta. Ficou magoado, não comeu nada e, ao fim de uma discussão em sussurros, insistiu em entrar com seus oito *pence* na divisão da conta do chá.

Pegram o trem de volta a Londres às sete horas da noite. O trem estava repleto de excursionistas cansados de bermuda cáqui. Rosemary e Gordon não conversaram muito. Estavam sentados bem perto um do outro, Rosemary com o braço enlaçado no dele, brincando com sua mão, Gordon olhando pela janela. Outros ocupantes do vagão olhavam para eles, perguntando-se por que os dois teriam brigado. Gordon observava a escuridão que passava, estrelada de lampiões. E assim terminava o dia que ele tinha esperado tanto. E agora de volta a Willowbed Road, com uma semana de miséria pela frente. Por uma semana inteira, a menos que algum milagre acontecesse, ele não poderia comprar nem mesmo um único cigarro. Que perfeito idiota ele tinha sido! Rosemary não estava com raiva dele. Pela pressão que sua mão exercia, tentava deixar claro que o amava. Seu rosto pálido e infeliz, de perfil para ela, seu casaco surrado e seus cabelos descuidados cor de rato, mais que nunca necessitados de um corte, enchiam-na de uma compaixão profunda. Ela sentia mais carinho por ele do que sentiria caso tudo tivesse dado certo, porque a seu modo feminino compreendia que ele era infeliz e que a vida lhe era muito difícil.

– Você me leva até em casa?, pediu ela quando chegaram a Paddington.

– Se você não se incomodar de ir a pé. Não tenho dinheiro para a passagem.

– Então deixe que eu pague a passagem. Ah, meu Deus, estou vendo que não vai deixar. Mas como é que você vai até a sua casa?

– Ora, andando. Eu conheço o trajeto. Não é tão longe assim.

– Detesto pensar que você vai ter de andar isso tudo. Está com um ar tão cansado! Faça-me um favor, e deixe que eu pague a sua passagem. Por favor!

– Não. Você já pagou muita coisa para mim hoje.

– Ora bolas! Você é tão bobo!

Tinham parado na entrada do metrô. Ele tomou sua mão.

– É hora de nos despedirmos, por enquanto, disse ele.

– Até logo, Gordon querido. Obrigada pelo passeio. A manhã foi tão boa!

– Ah, a manhã de hoje! Como foi diferente.

Relembrou as horas em que andaram sozinhos pela estrada e ele ainda tinha dinheiro no bolso. Foi tomado pelo remorso. No fim das contas, ele se comportara mal. Apertou um pouco mais a mão dela.

– Você não está com raiva de mim, não é?

– Claro que não, seu bobo.

– Não quis ser grosseiro. Foi o dinheiro. É sempre o dinheiro.

– Vai ser melhor da próxima vez. Vamos a um lugar melhor. Vamos a Brighton passar o fim de semana, ou coisa parecida.

– Talvez, quando eu conseguir algum dinheiro. Vai me escrever logo, não é?

– Vou.

– Suas cartas são as únicas coisas que me mantêm firme. Diga quando vai me escrever, para eu poder esperar a sua carta.

– Vou escrever amanhã à noite e pôr a carta no correio terça-feira. Assim você recebe na última entrega de terça.

– Até breve então, minha querida Rosemary.

– Boa noite, meu Gordon.

Ele a deixou em frente à bilheteria. Quando tinha caminhado uns vinte metros, sentiu uma mão pousar em seu braço. Virou-se depressa. Era Rosemary. Colocou no bolso do casaco dele um maço com vinte cigarros Gold Flake, que comprara no quiosque de cigarros, e correu de volta ao metrô antes que ele tivesse tempo de reclamar.

Ele voltou para casa pelos caminhos desolados de Marylebone e Regent's Park. As ruas estavam escuras e desertas, com aquela estranha sensação de falta de finalidade das noites de domingo, quando as pessoas estão mais cansadas ao fim de um dia de ócio do que ao final de um dia de trabalho. Fazia um frio cruel. O vento aumentara com a chegada da noite. *Vivamente o vento ameaçador varre*. Os pés de Gordon doíam, depois de ter caminhado por uns vinte quilômetros, e ele também sentia fome. Comera muito pouco o dia inteiro. De manhã tinha saído às pressas sem tomar um café da manhã adequado, e o almoço no Hotel Ravenscroft não fora o tipo de refeição que dá muito sustento; e desde então não comera nada sólido. Entretanto, não havia a menor esperança de encontrar comida quando chegasse em casa. Ele dissera à Mrs. Wisbeach que passaria o dia inteiro fora.

Quando chegou à Hampstead Road, precisou esperar na calçada até uma fileira de carros acabasse de passar. Mesmo aqui tudo tinha um ar sombrio e tristonho, apesar das lâmpadas fortes e do brilho gelado das vitrines das joalherias. O vento cruel penetrava em suas roupas finas, fazendo-o estremecer. *Vivamente, o vento ameaçador varre os flexíveis choupos, recém-despidos.* Mais uma estrofe concluída. Só faltavam os dois últimos versos. Tornou a pensar naquelas horas da manhã – as estradas vazias e enevoadas, a sensação de liberdade e de aventura, a sensação de ter o dia inteiro e o país inteiro pela frente, para percorrerem à vontade. Era o dinheiro que fazia a diferença, claro. De manhã, ele tinha sete xelins e onze *pence* no bolso. Fora uma breve vitória sobre o deus do dinheiro; uma trégua matutina, férias curtas dos domínios de Ashtaroth. Mas essas coisas nunca duram muito. O dinheiro vai embora, e junto com ele a liberdade. Circuncidai vossos prepúcios, disse o Senhor. E voltamos a nos submeter, devidamente chorosos.

Outra multidão de carros cortou seu caminho. Um deles em especial chamou lhe a atenção, uma coisa comprida e esbelta, elegante como uma andorinha, cintilando em tons de azul e prata; devia ter custado pelo menos mil guinéus, avaliou. Havia um chofer vestido de azul muito ereto ao volante, imóvel como uma estátua desdenhosa. No banco de trás, à luz rósea do interior do carro, quatro jovens elegantes, dois rapazes e duas moças, fumavam cigarros e riam muito. Gordon teve um vislumbre de carinhas lisas e bonitas; semblantes de um rosado e de uma maciez luxuosos, iluminados por aquele brilho interior típico que ninguém saberia como forjar, o resplendor quente e suave do dinheiro.

Atravessou a rua. Sem nada para comer naquela noite. No entanto, ainda bem que restava algum querosene no fogareiro; tomaria uma xícara de chá quando chegasse. Nessa hora reparou em si mesmo e na sua vida sem nenhum disfarce que a poupasse. Toda noite a mesma coisa – de volta ao quarto frio e solitário e às folhas encardidas e abarrotadas daquele poema que nunca avançava. Era um beco sem saída. Ele jamais terminaria *Prazeres Londrinos*, jamais se casaria com Rosemary, jamais conseguiria pôr ordem em sua vida. Continuaria à deriva e naufragando aos poucos, como os outros membros de sua família; mas em situação ainda pior que a deles – descendo, descendo para algum horrível submundo que até ali ele só conseguia imaginar vagamente. Foi o que ele escolheu quando declarou guerra ao dinheiro. E a regra era uma só: servir ao deus do dinheiro ou se afogar.

Alguma coisa sacudiu as pedras da rua. O trem do metrô, deslizando por baixo da terra. Teve uma visão de Londres, do mundo ocidental; viu bilhões de escravos labutando sem parar, prostrados diante do trono do dinheiro. A terra está lavrada, os navios singram os mares, os mineiros suam em túneis gotejantes debaixo da terra, os funcionários correm para pegar o trem das oito e quinze com o medo do patrão a lhes corroer as entranhas. E mesmo na cama com suas mulheres, eles tremem e obedecem. Obedecem a quem? Ao sacerdócio do dinheiro, aos senhores do mundo com suas faces rosadas. A Camada Superior. Um punhado de jovens de faces lisas deslizando em automóveis de mil guinéus, corretores de valores às voltas com seus jogos de golfe e financistas cosmopolitas, advogados envolvidos na política e homossexuais elegantes, banqueiros, donos de jornais, romancistas dos quatro sexos, pugilistas americanos, aviadoras, estrelas de cinema, bispos, poetas com título de nobreza e os gorilas de Chicago.

Depois de ter percorrido quase cinquenta metros, ocorreu-lhe a rima para a estrofe final de seu poema. Continuou caminhando até em casa, repetindo-se o poema:

Vivamente, o vento ameaçador varre
Os flexíveis choupos, recém-despidos,
E os tubos escuros das chaminés
Inclinam-se para baixo; fustigados por chicotes de ar
Cartazes rasgados agitam-se; ecoam friamente,
O ronco dos «elétricos» e o ressoar dos cascos,
E os mangas de alpaca que correm para a estação,
Olham, tremendo, por cima dos telhados a leste,
Pensando cada um "Vem aí o Inverno!
Faz com que conserve o emprego este ano, meu Deus»
E sombriamente, enquanto o frio lhes penetra
Nas entranhas, qual lança gelada,
Pensam na renda, nos preços, nos passes sociais,
No seguro, no carvão, nos parcos salários,
No calçado, nas contas do colégio e na próxima prestação
Das duas camas individuais do Drage's
Porque, se nos despreocupados dias estivais,
Nas matas de Ashtaroth nos prostituímos,
Agora arrependidos quando o vento sopra frio,
Ajoelhamos ante o nosso legítimo amo;
O amo de todos, o deus-dinheiro,
Que nos governa o sangue, mãos e cérebro,

Dá o teto que para o vento,
E, ao dar, volta a tirar;
Espia com zeloso e eterno cuidado,
Os nossos pensamentos, sonhos e atos secretos,
Capta as nossas palavras e corta as nossas roupas,
E traça o rumo dos nossos dias;
Aplaca a nossa cólera, tira a nossa esperança,
Compra as nossas vidas e paga com brinquedos,
Exige como tributo uma fé inconstante,
Insultos aceites, prazeres discretos;
Restringe com grilhões a inspiração do poeta,
A força do escavador, o orgulho do soldado,
E ergue a sutil e isoladora divisória
Entre o apaixonado e a amada.

# Capítulo 8

"No fim do dia ainda seria um momento bom. Além disso, estava gostando muito da sensação de levar aquele dinheiro todo no bolso. Era estranho como a cédula no bolso fazia você se sentir outro."

Quando o relógio soou uma hora, Gordon fechou bruscamente a porta da loja e saiu apressado, quase correndo, para a agência do Westminster Bank que ficava mais adiante na mesma rua.

De um jeito quase inconsciente, ele agarrava com cuidado a lapela do casaco, apertando-a contra si. Dentro dele, bem guardado no bolso interno do lado direito, havia um objeto de cuja própria existência ele duvidava um pouco. Era um grosso envelope azul com um selo americano; no envelope havia um cheque de cinquenta dólares, e o cheque estava preenchido em nome de "Gordon Comstock"!

Ele percebia os contornos da forma quadrada do envelope contra o corpo com uma sensação tão nítida quanto a que ele produziria se estivesse em brasa. Ficara a manhã inteira sentindo a presença daquele envelope ali, quer o tocasse, quer não; Gordon parecia ter desenvolvido uma área de especial sensibilidade na pele, abaixo do lado direito do peito. Mais ou menos a cada dez minutos, tirara o cheque do envelope e o examinara, inquieto. Afinal, cheques são coisas enganosas. Seria assustador se, no final das contas, houvesse algum probleminha com a data ou a assinatura. Além disso, ele podia perdê-lo – o cheque podia até dar um jeito de sumir por algum encanto, como o ouro das fadas.

O cheque veio da *Californian Review*, a revista americana para a qual, semanas ou meses antes, enviara em desespero um poema. Ele já tinha quase se esquecido daquele poema, que mandara havia tanto tempo, até que naquela manhã a carta da revista chegara repentinamente. E que carta! Tinham ficado "muito favoravelmente impressionados" com o poema. Haviam de "fazer o máximo" para incluí-lo em seu próximo número. Será que ele poderia lhes fazer o "obséquio" de enviar mais alguma amostra de sua obra? (Se ele faria? Ora, meu camarada! – como diria Flaxman.) E o cheque tinha vindo junto. Parecia da mais monstruosa insensatez, naquele ano da graça de 1934, alguém pagar cinquenta dólares por um poema. No entanto, o cheque estava lá, com uma aparência muito real mesmo depois de conferir muitas vezes.

Ele só se tranquilizaria depois que o cheque fosse descontado – porque era bem possível que o banco o recusasse –, mas uma torrente de visões já lhe invadia a mente. Visões de rostos femininos, garrafas de clarete cobertas de teias de aranha e jarras de cerveja de um litro, visões de um terno novo e de seu sobretudo resgatado do penhor, visões de um fim de semana em Brighton com Rosemary, visões da nota de cinco libras estalando de nova que ele daria a Júlia. Acima de tudo, claro, aquela nota de cinco para Júlia. Foi praticamente a primeira coisa que lhe ocorreu quando recebeu o cheque. O que quer que fizesse com o resto do dinheiro, precisava dar metade para Júlia. Era apenas a justiça mais elementar, diante de tudo que ela lhe "emprestara" naqueles anos todos. A manhã inteira, a lembrança de Júlia e do dinheiro que devia a ela brotara em sua mente nos momentos mais inesperados. Uma ideia um tanto desagradável, porém. Por momentos se esquecia, planejando dezenas de maneiras de gastar suas dez libras até o último tostão, mas depois se lembrava de Júlia. Ah, a doce Júlia! Júlia precisava receber sua parte. No mínimo uma nota de cinco libras. Ainda assim, não chegava nem a um décimo do que ele lhe devia. Pela vigésima vez, com um ligeiro pesar, ele registrou a ideia: cinco libras para Júlia.

O banco não criou nenhum problema em relação ao cheque. Gordon não tinha uma conta bancária, mas eles o conheciam bem, porque o Mr.McKechnie tinha conta naquela agência. E já haviam descontado cheques de editores para Gordon no passado. Houve apenas uma consulta de um minuto, e o caixa logo voltou.

– Como quer as notas, senhor Comstock?

– Uma de cinco libras e o restante em notas de uma libra, por favor.

A nota brilhante e novinha de cinco e as cinco notas limpas de uma libra escorregaram reluzentes por baixo da grade de metal dourado. E depois delas o caixa ainda lhe empurrou uma pilha de meias-coroas e moedas de um *penny*. Cheio de pose, Gordon jogou as moedas no bolso sem nem contar. Era um extra imprevisto. Ele só esperara receber dez libras pelos cinquenta dólares. Mas a cotação do dólar devia ter subido. Ele dobrou com o máximo cuidado a nota de cinco libras e guardou dentro do envelope americano. Eram as cinco de Júlia. Eram sagradas. Ele as mandaria pelo correio em seguida.

Não foi jantar em casa. Por que mastigar um bife duro naquela sala aspidístrica, quando tinha dez libras no bolso – melhor dizendo, cinco? Sempre esquecia que metade do dinheiro já estava comprometida com Júlia. Naquele instante, não se deu ao trabalho de remeter as cinco libras de Júlia. No fim do dia ainda daria tempo. Além disso, estava gostando muito da sensação de levar aquele dinheiro todo no bolso. Era estranho como aquela cédula no bolso fazia você se sentir outro. Não apenas opulento, mas seguro de si, revigorado, renascido. Sentia-se diferente da pessoa que fora na véspera. E *era* uma pessoa diferente. Não era mais o pobre coitado oprimido que preparava xícaras de chá clandestinas no fogareiro a querosene do número 11 da Willowbed Road. Era Gordon Comstock, o poeta, famoso dos dois lados do Atlântico. Publicações: *Ratos* (1932), *Prazeres Londrinos* (1935). Agora pensava em *Prazeres Londrinos* com absoluta confiança. Dali a três meses haveria de vir à luz. Um pequeno volume com cadernos de oito folhas, com capa de entretela branca. Não havia nada que ele não se sentisse capaz de fazer, agora que sua sorte tinha virado.

Entrou no Prince of Wales para comer alguma coisa. Uma boa fatia de carne com duas guarnições, um *xelin* e dois *pence*, um copo grande de cerveja clara, nove *pence*, vinte cigarros Gold Flakes, um *xelin*. E mesmo depois desse esanjamento, ainda possuía bem mais de dez libras – melhor dizendo, bem mais de cinco libras. Aquecido pela cerveja, ficou sentado meditando nas coisas que se podem fazer com cinco libras. Um terno novo, um fim de semana no campo, uma viagem de um dia a Paris, cinco bebedeiras, dez jantares em restaurantes do Soho. A essa altura, ocorreu-lhe que ele, Rosemary e Ravelston deviam jantar juntos naquela noite. Só para comemorar aquele seu golpe de sorte; afinal, não é todo dia que dez libras – cinco libras – caíam do céu no colo da pessoa. A ideia de estarem os três juntos, com boa comida, vinho e sem preocupação de dinheiro, pareceu-lhe uma coisa irresistível. Só sentiu uma ligeira ponta de cautela. Não devia gastar *todo* o dinheiro, claro. Ainda assim, podia gastar uma libra – duas libras. Em questão de minutos, ligava para Ravelston do telefone do *pub*.

– É você, Ravelston? Ah, Ravelston! Escute, você precisa jantar comigo hoje à noite!"

Na outra ponta da linha, Ravelston ainda esboçou uma tímida resistência.

– Não, nada disso! Você é que vai jantar comigo

Mas Gordon levou a melhor. Que besteira! Ravelston precisava jantar com ele aquela noite. Contra a vontade, Ravelston concordou.

– Está bem, combinado, obrigado; seria um prazer.

Seu tom de voz estava cheio de sofrimento e desculpas. Ele adivinhou o que teria acontecido. Gordon recebera dinheiro de algum lugar e estava decidido a esbanjá-lo o mais rápido possível; como sempre, Ravelston sentiu que não tinha o direito de interferir. Aonde poderiam ir?– perguntava Gordon. Ravelston começou a citar os pequenos restaurantes do Soho, onde um jantar excelente podia custar meia-coroa. Mas os restaurantes do Soho pareceram insuportáveis no momento mesmo em que Ravelston os mencionou. E Gordon nem quis ouvir. Bobagem! Precisavam ir a algum lugar decente. Vamos até o fim de uma vez, pensava no íntimo; era o caso de gastar logo duas libras – ou até três. Aonde Ravelston costumava ir? No Modigliani's, admitiu Ravelston. Mas o Modigliani's era muito... mas não! Nem mesmo ao telefone Ravelston conseguia articular aquela palavra detestável, "caro". Que direito ele tinha de lembrar a Gordon o quanto era pobre? Talvez Gordon não gostasse do Modigliani's, disse ele de modo eufemístico. Mas Gordon estava satisfeito. O Modigliani's? Perfeito – às oito e meia. Ótimo! Afinal, se gastasse três libras no jantar ainda lhe restariam duas para comprar um novo par de sapatos, um colete e calças novas.

Em cinco minutos, ele havia combinado tudo com Rosemary. A New Albion não gostava que seus empregados telefonassem, mas não se importavam em casos eventuais. Desde aquela desastrosa excursão de domingo, cinco dias antes, ele recebera notícias dela uma vez, mas não a vira. Ela respondeu ansiosa quando ouviu de quem era a voz. Se jantaria com ele à noite? Mas é claro! Que ótimo! E assim, em dez minutos, ficou tudo decidido. Ele sempre quisera que Rosemary e Ravelston se conhecessem, mas de algum modo jamais fora capaz de promover o encontro. Essas coisas são bem mais fáceis quando se tem dinheiro.

Foi de táxi na direção oeste por ruas que já escureciam. Uma distância de menos de cinco quilômetros – mas ele podia pagar. Nada de economia na base da porcaria. Ele já abandonara a ideia de só gastar duas libras naquela noite. Iria gastar três, três libras e meia– quatro libras, se lhe desse vontade. Melhor aproveitar logo, e não pensar muito– era essa a ideia. E, ah! aliás! as cinco libras de Júlia. Ainda não tinha mandado pelo correio. Não importa. Enviaria logo de manhã cedo. Ah, a boa e velha Júlia! Ela teria as suas cinco libras.

Como era delicioso o banco do táxi debaixo do seu traseiro! Deslocou-se para um lado e para outro. Tinha bebido, claro – duas saideiras, ou três. O motorista do táxi era um sujeito corpulento e filosófico, com um rosto maltratado pelo tempo e um olhar perspicaz. Ele e Gordon se entenderam perfeitamente. Tinham ficado amigos no próprio bar em que Gordon tomava suas duas saideiras. Quando já estavam chegando ao West End, o motorista parou por sua conta num *pub* discreto de esquina. Sabia o que Gordon estava pensando. Gordon bem que gostaria de tomar alguma coisinha. E ele também. Mas era Gordon quem pagaria as bebidas – e isso também estava claro.

– Você adivinhou meus pensamentos, disse Gordon, descendo do carro.

– Exatamente.

– Bem que eu podia tomar alguma coisinha.

– Foi o que eu achei.

– E você, será que pode também?

– Onde há boa vontade, sempre se dá um jeito , respondeu o motorista.

– Vamos entrar, disse Gordon.

Encostaram-se no balcão emoldurado de metal, feito dois velhos amigos, cotovelo com cotovelo, acendendo dois dos cigarros do motorista. Gordon sentia-se espirituoso e expansivo. Teve vontade de contar a história da sua vida ao motorista. O *barman*, de avental branco, veio até eles.

– Pois não? , perguntou.

– Gim, respondeu Gordon.

– Dois, emendou o motorista.

Mais camaradas do que nunca, brindaram batendo os copos.

– Muitos parabéns para mim, disse Gordon.

– É seu aniversário hoje?

– Apenas metaforicamente. O dia do meu renascimento!

– Não estudei muito, disse o motorista.

– Eu estava falando em parábolas, explicou Gordon.

– Eu mal dou conta do inglês, disse o motorista.

– A língua de Shakespeare, respondeu Gordon.

– O senhor é um homem da literatura, por acaso?

– Você me acha tão acabado assim?

– Só meio intelectual.

– Isso mesmo. Sou poeta.

– Poeta! O mundo é feito de gente de todo tipo, não é mesmo?, disse o motorista.

– E que belo mundo, o nosso, acrescentou Gordon.

As frases saíam um tanto líricas esta noite. Tomaram outro gim e, em seguida, voltaram para o táxi praticamente de braços dados, depois de mais um. Ao todo, Gordon já havia tomado cinco doses de gim até então. Uma sensação etérea percorria suas veias; o gim parecia escoar por ali, misturado a seu sangue. Acomodou-se no canto do banco de trás, admirando o percurso reluzente dos luminosos no céu de noite azulada.

O acintoso vermelho e azul dos letreiros de neon agradavam-lhe nesse momento. Como era suave o balanço do táxi! Parecia mais uma gôndola do que um automóvel. E o que fazia a diferença era o dinheiro. O dinheiro lubrificava as engrenagens. Pensou na noite que tinha pela frente; boa comida, bom vinho, boa conversa – acima de tudo, nenhuma preocupação com dinheiro. Nada de cálculos detalhados de despesas, nada de pensar que isso ou aquilo estava fora do seu alcance.

Rosemary e Ravelston tentariam impedi-lo de ser esbanjador. Mas ele os faria calar-se. Gastaria tudo que tinha nos bolsos, se quisesse. Dez libras inteiras para gastar sem dó! Ou pelo menos cinco. A lembrança de Júlia passou rápida por sua mente e tornou a desaparecer.

Parecia medianamente sóbrio quando chegou ao Modigliani's. O porteiro monstruoso, que lembrava uma figura de cera reluzente com um mínimo de juntas, deu um passo rígido à frente para abrir a porta do táxi. Seu olhar implacável desviou-se ao ver as roupas de Gordon. Não que fosse obrigatório vestir-se bem para ir ao Modigliani's. O restaurante era bastante boêmio, claro; mas havia modos e modos de ser boêmio, e o modo de Gordon era o errado. Gordon não se incomodou.

Despediu-se carinhosamente do motorista de táxi e lhe deu meia--coroa de gorjeta, diante do que o olhar do porteiro suavizou-se um pouco. Nesse momento, Ravelston apareceu na porta. O porteiro conhecia Ravelston, claro. Ele saiu para a calçada, uma figura alta e distinta, aristocraticamente malvestido, com os olhos agitados. Já estava preocupado com a quantia que aquele jantar iria custar a Gordon.

– Ah, você chegou, Gordon!

– Olá, Ravelston! Cadê Rosemary?

– Pode estar esperando lá dentro. Não sei como ela é, entende? Mas, Gordon, só uma coisa! Antes de entrarmos, eu só queria...

– Ah, olhe, ela está ali!

Ela caminhava em direção dos dois, ágil e animada. Abriu caminho em meio à multidão, dando a impressão de um pequeno torpedeiro deslizando entre grandes cargueiros desgraciosos. E estava elegante, como sempre. O chapéu achatado como uma pá estava arrumado em seu ângulo mais provocante. O coração de Gordon se agitou. Aquela era a sua garota! Estava orgulhoso porque Ravelston iria vê-la. Ela vinha muito alegre. Estava escrito em seu rosto que não pretendia lembrar a si mesma ou a Gordon o desastre do último encontro dos dois. Talvez falasse e risse com um excesso de vivacidade, quando Gordon a apresentou e entraram no restaurante. Mas Ravelston gostou dela na mesma hora.

Quem conhecia Rosemary simpatizava logo com ela, essa era a verdade. O interior do restaurante intimidou Gordon por um instante. Era tão horrivelmente, artisticamente elegante. Mesas escuras com pés dobráveis, candelabros de estanho, quadros de pintores franceses modernos nas paredes. Um deles, uma cena de rua, parecia um Utrillo. Gordon enrijeceu os ombros. Não tinha razão alguma para sentir medo, afinal. A nota de cinco libras estava bem guardada em seu bolso, dentro do envelope. Era de Júlia, claro; ele não iria gastá-la. Ainda assim, sua presença lhe dava sustento moral. Era uma espécie de talismã. Seguiram na direção da mesa do canto – a favorita de Ravelston – na extremidade oposta do salão. Ravelston tomou o braço de Gordon e o puxou um pouco para trás, fora do alcance dos ouvidos de Rosemary.

– Gordon, escute aqui.

– O quê?

– Escute aqui, esta noite você vai jantar *comigo*.

– Nada disso! Esta é por minha conta!

– Eu queria muito que você aceitasse. Odeio ver você gastar todo o seu dinheiro.

– Não vamos falar de dinheiro esta noite, disse Gordon.

– Então cada um paga metade, insistiu Ravelston.

– É por minha conta, repetiu Gordon com firmeza.

Ravelston cedeu. O garçom italiano gordo e de cabelos brancos estava curvado, sorrindo, ao lado da mesa do canto. Mas era para Ravelston, e não para Gordon, que ele sorria. Gordon sentou-se com a sensação de que precisava afirmar-se depressa. E recusou com um gesto o cardápio que o garçom lhe indicava.

– Primeiro precisamos decidir o que vamos beber, disse.

– Para mim, cerveja, disse Ravelston, com uma pressa um tanto melancólica.

– Cerveja é a única bebida que eu gosto.

– Eu também, ecoou Rosemary.

– Ora, nada disso! Precisamos tomar vinho. O que vocês preferem, tinto ou branco? Traga a lista de vinhos", pediu ao garçom.

– Então vamos tomar um bordeaux comum. Um Médoc, St. Julien ou coisa parecida", sugeriu Ravelston.

– Adoro St. Julien, disse Rosemary, que de maneira vaga se lembrava de que os St. Julien eram sempre os vinhos mais baratos da carta.

Lá no íntimo, Gordon amaldiçoou os dois. Sentiu que já haviam se aliado contra ele. Tentavam impedi-lo de gastar seu dinheiro. Aquela atmosfera nociva, odiosa de "Você não pode pagar por isto" iria noite adentro. O que o fez sentir uma voragem ainda maior de cometer uma extravagância. Pouco antes ele teria se contentado com um borgonha. Mas agora resolveu que iriam tomar alguma coisa realmente cara – alguma coisa borbulhante, que os deixasse mais animados. Champanhe? Não, eles nunca deixariam que ele pedisse champanhe. Ah!

– O senhor tem algum Asti? – perguntou ao garçom.

O garçom ficou radiante de imediato, ao pensar no quanto lhe caberia de comissão. Agora ele percebera que era Gordon, e não Ravelston, quem convidava. E respondeu, na mistura singular de francês e inglês que simulava para os clientes.

– Asti? Ah, oui. Um Asti muito bom! Asti Spumanti. *Très fin! Très vif!*"

Ravelston olhou preocupado para Gordon, do outro lado da mesa. Você não pode pagar!, suplicava o seu olhar.

– É um desses vinhos borbulhantes?, perguntou Rosemary.

– Muito borbulhante. Um vinho muito animado. *Très vif*! Pop! Suas mãos gorduchas fizeram um gesto, representando cascatas de espuma.

– Um Asti, disse Gordon, antes que Rosemary conseguisse detê-lo.

Ravelston ficou desolado. Calculou que o Asti custaria a Gordon dez ou quinze xelins a garrafa. Gordon fingiu que não percebia. Começou a falar sobre Stendhal – uma associação com a Duchesse de Sanseverina e seu "*force vin d'Asti*". E o Asti chegou dentro de um balde de gelo – o que era um erro, como Ravelston poderia ter dito a Gordon. E a rolha foi tirada. Pop! O vinho espumou nas taças largas e rasas. Misteriosamente, a atmosfera em torno da mesa mudou. Algo ocorrera com os três convivas. Antes mesmo de começar a ser bebido, o vinho já produzia um efeito mágico. Rosemary perdeu o nervosismo, Ravelston sua preocupação aflita com a despesa, Gordon sua decisão desafiadora de entregar-se à extravagância. Comeram enchovas com pão e manteiga, linguado frito, faisão assado com molho de pão e batatas fritas em rodelas; mas principalmente bebiam e conversavam. E como falavam com brilho – ou pelo menos era assim que lhes parecia! Conversaram sobre os males da vida moderna e as desgraças dos livros modernos. Sobre o que mais se podia conversar nos dias de hoje? Como sempre, Gordon discorreu sobre a estagnação, os horrores da época em que vivemos. A literatura francesa e as metralhadoras! Corn Table e o *Daily Mail*! Como tudo mudou agora que tinha dinheiro no bolso e não acreditava totalmente no que dizia. Eram verdades profundas quando ele andava pelas ruas com parcos trocados no bolso; naquele momento, porém, tudo lhe parecia hilariante. Era muito engraçado – você tende a rir das coisas quando tem o estômago forrado por uma boa comida e um bom vinho– demonstrar que vivemos num mundo morto e putrefato. Fez algumas piadas com a literatura moderna; todos estavam muito espirituosos. Com o escárnio aguçado dos autores inéditos, Gordon derrubou uma reputação atrás da outra. Shaw, Yeats, Eliot, Joyce, Huxley, Lewis, Hemingway – com uma ou duas frases descuidadas, cada um deles foi atirado na lata de lixo. Como era divertido! Se pelo menos aquilo pudesse durar mais! E é claro, naquele momento particular, Gordon achava que podia. Da primeira garrafa de Asti, Gordon tomou três taças, Ravelston duas, Rosemary uma. Gordon percebeu que uma moça de uma mesa vizinha olhava para ele. Uma moça alta e elegante, com uma pele rosada de madrepérola e maravilhosos olhos amendoados. Rica, evidentemente; devia pertencer à *intelligentsia* endinheirada. Ela o achou interessante e se perguntava quem ele seria. Dali a pouco Gordon produzia ditos espirituosos só para ela. E ele *estava* sendo engraçado, sem a menor dúvida. Isso também era dinheiro. O dinheiro lubrificando as engrenagens – tanto as engrenagens do espírito quanto as engrenagens dos táxis.

Enretanto, a segunda garrafa de Asti não fez o mesmo sucesso que a primeira. Inicialmente, houve um certo desconforto quando ela foi encomendada. Gordon fez um sinal para o garçom.

– Vocês têm outra garrafa deste vinho?

O garçom abriu um sorriso radiante e rechonchudo.

– Mas claro! *Mais certainement, monsieur!*

Rosemary franziu as sobrancelhas e chutou o pé de Gordon por baixo da mesa.

– Não, Gordon, *não*! Não faça isso.

– Isso o quê?

– Pedir mais uma garrafa. Não queremos mais.

– Que bobagem! Outra garrafa, garçom.

– Sim, senhor.

Ravelston esfregou o nariz. Com os olhos culpados demais para fitar os de Gordon, encarou sua taça de vinho.

– Escute aqui, Gordon, me deixe pagar garrafa. Eu gostaria muito.

– Bobagem! – repetiu Gordon.

– Então peça meia garrafa, sugeriu Rosemary.

– Uma garrafa inteira, garçom, disse Gordon.

Tudo mudou depois. Continuaram conversando, rindo, discutindo, mas as coisas não foram mais as mesmas. A moça elegante da mesa ao lado parou de olhar para Gordon. De algum modo, Gordon perdera a graça. É quase sempre um erro pedir a segunda garrafa. É o mesmo que tomar um segundo banho num dia de verão. Por mais quente que o dia esteja, por mais que você tenha aproveitado o primeiro banho, sempre se arrepende quando toma um segundo.

A magia tinha se esvaído do vinho. O líquido parecia espumar e borbulhar menos, parecia um tanto ácido e viscoso e você engolia com dificuldade, com alguma repulsa e, ao mesmo tempo, com a esperança de se embriagar mais depressa. Agora, Gordon estava definitivamente bêbado. Metade dele estava embriagada e a outra metade meio sóbria. Começava a ter aquela sensação peculiar e indistinta de quem atinge o segundo estágio da embriaguez, rosto inchado, dedos mais grossos. Mas sua metade sóbria continuava no comando, pelo menos aparentemente.

O diálogo foi ficando cada vez mais entediante. Gordon e Ravelston conversavam daquele jeito distante e desconfortável das pessoas que passaram por uma desavença mas não admitem. Falavam sobre Shakespeare, a conversa seguiu para uma longa discussão sobre o significado de *Hamlet* e se tornou chatíssima. Rosemary disfarçou um bocejo. Enquanto a metade sóbria de Gordon falava, sua metade embriagada limitava-se a ouvir.

A metade embriagada estava muito irritada. Malditos! Tinham arruinado a noite dele, com aquela discussão sobre a segunda garrafa. Agora, tudo que ele queria era ficar totalmente bêbado e ir até o fim com aquilo. Das seis taças da segunda garrafa ele tomou quatro porque Rosemary não quis mais vinho. Mas aquela bebida era fraca, e não produzia muito efeito. A metade embriagada clamava por mais bebida, e mais, e mais. Cerveja aos litros, aos baldes! Uma boa bebedeira, bem barulhenta! E por Deus! Era o que ele iria fazer mais tarde. Lembrou-se da nota de cinco libras, bem guardada no bolso interno. Pelo menos ainda tinha aquela reserva para esbanjar.

O relógio de carrilhão escondido em algum ponto do Modigliani's bateu dez horas.

– Vamos embora?, perguntou Gordon.

Ravelston lançou-lhe um olhar suplicante e culpado do outro lado da mesa. Deixe eu dividir a conta!, pediam aqueles olhos. Gordon o ignorou.

– Por mim, vamos ao Café Imperial, disse ele.

A conta não o deixou mais sóbrio. Um pouco mais de duas libras pelo jantar, e trinta xelins pelo vinho. Os outros não conseguiram ver a conta, mas eles o viram pagando. Atirou quatro notas de uma libra na bandeja do garçom e disse, em tom casual:

– Fique com o troco.

Restaram cerca de dez xelins no bolso, além da nota de cinco libras. Ravelston ajudava Rosemary a vestir o sobretudo; ao ver Gordon atirando as notas para o garçom, os lábios dela se abriram de espanto. Ela não tinha ideia de que aquele jantar poderia custar quatro libras.

Ficou horrorizada de ver Gordon jogar aquele dinheiro fora. Ravelston tinha um ar abatido e reprovador. Gordon tornou a maldizê-los. Por que eles insistiam em se preocupar? Ele tinha dinheiro para pagar, não tinha? E ainda lhe restavam aquelas cinco libras. Mas por Deus, não seria culpa dele se voltasse para casa sem um tostão no bolso!

Por fora ele ainda parecia bem sobrio, e muito mais contido do que meia hora antes.

– Melhor tomarmos um táxi até o Café Imperial, disse.

– Ora, vamos caminhando!, propôs Rosemary. Fica pertinho daqui.

– Não, vamos de táxi.

Entraram no táxi e seguiram caminho, Gordon sentado ao lado de Rosemary. Chegou a tentar abraçá-la, a despeito da presença de Ravelston. Mas nesse momento uma rajada do ar frio noturno entrou pela janela e atingiu sua testa. Gordon sentiu um choque. Era como um daqueles momentos em que, no meio da noite, você desperta brusca e totalmente de um sono profundo, invadido por alguma consciência plena e irresistível – de que vai morrer, por exemplo, ou de que sua vida é um fracasso.

Por um minuto ficou completamente sóbrio. Nesse momento, sabia exatamente que tipo de pessoa era e a grande besteira que estava fazendo – percebeu que já tinha esbanjado cinco libras com bobagens e que agora ia acabar com as outras cinco, que pertenciam a Júlia. Teve uma visão passageira mas bem nítida de Júlia, com seu rosto magro e seus cabelos grisalhos, no frio do seu triste apartamento conjugado. Pobre Júlia, tão boa! Júlia, que se sacrificara por ele a vida inteira, de quem ele vinha tomando emprestada libra atrás de libra e mais libra; e agora nem sequer tinha a decência de pôr a salvo a sua nota de cinco! Encolheu-se diante desse pensamento; recaiu na embriaguez como quem procura refúgio. Depressa, depressa, estamos ficando sóbrios! Bebida, mais bebida! Recapturar aquela primeira sensação de despreocupação e arrebatamento! Do lado de fora, a vitrine multicolorida de uma mercearia italiana, ainda aberta, flutuava na direção deles.

Ele bateu com força no vidro da divisória. O táxi parou. Gordon começou a descer, passando por cima dos joelhos de Rosemary.

– Aonde você está indo, Gordon?

– Recuperar a sensação inicial de arrebatamento, respondeu ele, na calçada.

– O quê?

– Temos que beber mais alguma coisa. Os *pubs* vão fechar daqui a meia hora.

– Não, Gordon, não! Você não vai comprar mais nada para beber. Você já bebeu mais do que o suficiente.

– Já volto!

Ele saiu da loja embalando nos braços uma garrafa de Chianti. O merceeiro tirara a rolha para ele e tornara a enfiá-la sem força no gargalo. Foi só então que os outros dois perceberam o quanto ele estava bêbado – e que já devia ter começado a beber antes mesmo de ir encontrá-los. O que os deixou muito envergonhados. Entraram no Café Imperial, mas a principal preocupação na mente deles era levar Gordon logo para casa e para a cama, o mais rápido possível. Rosemary sussurrou por trás das costas de Gordon:

– Por favor, não deixe que ele beba mais!

Ravelston concordou com a cabeça, com ar sombrio. Gordon marchava à frente dos dois na direção de uma mesa vazia, nem um pouco preocupado com os olhares que todos lançavam à garrafa de vinho que ele trazia nos braços. Sentaram-se e pediram café; com alguma dificuldade, Ravelston conseguiu impedir que Gordon pedisse também um conhaque. Todos se sentiam pouco à vontade. Estava horrível dentro do imenso café espalhafatoso, o calor era sufocante e o barulho ensurdecedor, com a algaravia simultânea de centenas de vozes, o tinido de pratos e copos e os guinchos intermitentes da orquestra. Os três logo quiseram ir embora. Ravelston ainda estava preocupado com a despesa, Rosemary estava desolada com a bebedeira de Gordon, e Gordon estava agitado e sedento. Sentira vontade de ir ao café, mas assim que chegaram começou a pensar em ir embora. A metade embriagada queria se divertir. E não seria fácil manter a metade embriagada sob controle por muito mais tempo. Cerveja, cerveja!, pedia a metade embriagada. Gordon detestou aquele lugar abafado. Teve visões do balcão de um *pub*, com imensos barris repletos de cerveja e jarras de um litro cobertas de espuma. Ficou de olho no relógio.

Eram quase dez e meia, e mesmo em Westminster os *pubs* fechariam às onze. Não podia perder a sua cerveja! A garrafa de vinho era para mais tarde, depois que os *pubs* fechassem. Rosemary estava sentada à frente dele, conversando com Ravelston, desconfortável mas com um ar de quem se divertia e não estava preocupada com nada. Ainda continuavam a conversa fútil sobre Shakespeare. Gordon odiava Shakespeare. Enquanto observava Rosemary, sentiu-se tomado por um desejo violento e perverso por ela. Ela estava inclinada para a frente, os cotovelos apoiados na mesa; ele podia ver claramente seus seios pequenos através do vestido. A lembrança de que a tinha visto nua causou uma espécie de choque, uma suspensão do fôlego que novamente quase curou sua bebedeira.

Ela era a garota dele! Ele poderia possuí-la quando quisesse! E, por Deus, iria possuí-la ainda naquela noite! Por que não? Era a maneira certa de acabar a noite. Seria fácil encontrar um lugar; havia muitos hotéis nas redondezas da Shaftesbury Avenue em que não fazem perguntas se você paga a conta. Ele ainda tinha a sua nota de cinco. Tentou tocar no pé dela debaixo da mesa, procurando fazer-lhe uma carícia delicada, mas só conseguiu pisar em seus dedos. Ela afastou o pé.

– Vamos embora daqui, disse ele bruscamente, e na mesma hora se pôs de pé.

– Vamos, isso mesmo! – concordou Rosemary, aliviada.

Estavam novamente na Regent Street. À esquerda, Piccadilly Circus ardia com uma horrível concentração de luzes. Os olhos de Rosemary se voltaram para o ponto de ônibus do outro lado da rua.

– Já são dez e meia, disse ela em tom de dúvida. Preciso voltar antes das onze.

– Ora, que droga! Vamos procurar um *pub* decente. Eu não queria deixar de tomar a minha cerveja.

– Ah, não, Gordon! Chega de *pubs* por hoje. Não quero mais beber. E nem você devia beber mais.

– Não quero saber. Venha aqui.

Puxou-a pelo braço e começou a conduzi-la na direção do início da Regent Street, segurando-a com alguma força, como se tivesse medo de que ela pudesse escapar. Por um instante, esqueceu-se de Ravelston. Este continuava atrás, perguntando-se se deveria deixar os dois por conta própria ou se devia ficar e tomar conta de Gordon. Rosemary resistia, achando desagradável a maneira como Gordon puxava seu braço.

– Aonde você está me levando, Gordon?

– Para a esquina, onde está mais escuro. Quero beijá-la.

– Acho que eu não quero ser beijada.

– Claro que quer.

– Não!

– Sim!

Ela o deixou levá-la. Ravelston ficou esperando na esquina, perto do Regent Palace, sem saber o que fazer. Gordon e Rosemary dobraram a esquina e logo se encontraram em ruas mais escuras e estreitas. Os rostos assustadores das prostitutas, que lembravam caveiras cobertas de pó rosado, emergiam, sugestivos, de várias portas. Rosemary se encolheu. Gordon achou graça.

– Devem estar pensando que você é uma delas, explicou ele.

Colocou a garrafa na calçada, com todo o cuidado, encostada na parede, em seguida agarrou Rosemary de repente e forçou-a a inclinar-se para trás. Ele a desejava com urgência e não queria perder tempo com preliminares. Começou a cobrir seu rosto de beijos, desajeitadamente mas com força. Ela deixou que ele a beijasse por algum tempo, mas depois se assustou; o rosto dele, tão próximo do dela, estava pálido, estranho e perturbado. E ele exalava um cheiro forte de vinho. Ela se debateu, virando o rosto, de maneira que ele só conseguia beijar seus cabelos e seu pescoço.

– Gordon, não faça isto!

– Por quê?

– O que você está fazendo?

– O que acha que estou fazendo?

Ele a empurrou com força contra a parede e, com os movimentos cuidadosos e preocupados de um bêbado, tentou abrir a frente de seu vestido. Mas o vestido era de um tipo cuja frente não se abre. E dessa vez ela ficou furiosa. Resistiu com violência, afastando a mão dele.

– Gordon, pare com isto agora mesmo!

– Por quê?

– Se você tornar a me agarrar eu bato na sua cara.

– Bate na minha cara? Não venha se fazer de inocente comigo.

– Quer me soltar?

– Lembre-se do domingo passado, disse ele em tom lascivo.

– Gordon, se você continuar eu vou bater em você, juro que vou.

– Duvido.

Ele enfiou a mão direita na frente do vestido dela. Um movimento brutal, como se ela fosse uma estranha. Foi o que ela depreendeu da expressão no rosto dele. Ela não era mais Rosemary para ele, só uma mulher, um corpo de mulher. Foi isso que a magoou. Lutou e conseguiu desvencilhar-se dele. Ele voltou a se aproximar e agarrou-a pelo braço. Ela lhe deu uma bofetada com toda a força e se colocou fora do alcance dele.

– Por que você fez isso?, perguntou ele, apalpando a bochecha, que, no entanto, não se machucara com o tapa.

– Não vou permitir esse tipo de coisa. Vou para casa. Amanhã você vai estar diferente.

– Nada disso! Você vem comigo! E nós vamos dormir juntos.

– Boa noite!, respondeu ela, e escapou pela transversal mal iluminada.

Por um momento ele pensou em ir atrás dela, mas sentiu as pernas pesadas demais. De qualquer maneira, achou que não valia a pena. Voltou até onde Ravelston ainda esperava, com ar melancólico e solitário, em parte porque estava preocupado com Gordon, em parte porque fazia o possível para não reparar em duas prostitutas cheias de esperança que rondavam pela rua logo atrás dele. Gordon parecia totalmente embriagado, pensou Ravelston. Seus cabelos caíam na testa, um lado do rosto estava pálido e o outro ostentava a mancha vermelha da bofetada de Rosemary. Ravelston achou que devia ser o rubor da bebedeira.

– O que você fez com Rosemary?, perguntou.

– Ela foi embora, respondeu Gordon, com um gesto vago que pretendia explicar tudo. Mas a noite ainda é uma criança.

– Escute, Gordon, está na hora de ir para cama.

– Para cama, sim, mas não sozinho.

Ficou parado no meio-fio, olhando aquelas detestáveis luzes da meia-noite. Por algum tempo, sentiu-se quase morto. Seu rosto ardia. Todo o seu corpo estava dominado por uma sensação desagradável, de inchaço e calor. A cabeça, especialmente, parecia a ponto de explodir. E aquelas luzes sinistras estavam associadas às suas sensações. Ficou olhando o pisca-pisca dos letreiros, vermelhos e azuis, com as setas de neon apontando para cima e para baixo – o fulgor macabro e alarmante de uma civilização condenada, como as luzes ainda acesas de um navio que naufraga. Tomou o braço de Ravelston e fez um gesto que abarcava a totalidade de Piccadilly Circus.

– As luzes do inferno devem ser exatamente assim.

– Não me admira.

Ravelston procurava um táxi livre. Precisava levar Gordon para casa sem demora. Gordon não sabia dizer se o que sentia era felicidade ou aflição. Aquele sentimento de calor e ardência era terrível. Sua metade sóbria ainda sabia, com uma clareza gélida, o que ele tinha feito e o que estava fazendo. Cometera loucuras que no dia seguinte o fariam querer se matar. Esbanjara cinco libras em extravagâncias sem sentido, roubara Júlia, ofendera Rosemary. E amanhã – ah, amanhã estaremos sóbrios! Vá para casa, vá para casa, gritava a metade sóbria. Vá tomar no... !, respondia a metade embriagada com desdém. A metade embriagada ainda clamava por um pouco de diversão. E a metade embriagada era mais forte.

Em algum ponto do outro lado da rua, um relógio muito iluminado mostrou a hora: vinte para as onze. Depressa, antes que os *pubs* fechem! *Haro! la gorge m'ard!* Mais uma vez seus pensamentos tendiam para um ritmo lírico. Sentiu uma forma redonda debaixo do braço, descobriu que era a garrafa de Chianti e arrancou a rolha. Ravelston acenava para um táxi sem conseguir atrair a atenção do motorista. Ele ouviu um grito chocado vindo das prostitutas. Virando-se para trás, viu com horror que Gordon bebia do gargalo da garrafa de vinho.

– Ei! Gordon!

Pulou para perto dele e o forçou a baixar o braço. Um fio de vinho lhe desceu pelo pescoço até o colarinho.

– Pelo amor de Deus, tome cuidado! Você não quer que a polícia venha prendê-lo, não é?

– Quero uma bebida, queixou-se Gordon.

– Não pode ficar bebendo aqui na rua.

– Vamos a um *pub*, disse Gordon.

Ravelston esfregou o nariz, sem saber o que fazer.

– Ah, meu Deus. Deve ser melhor do que ficar bebendo no meio da rua.

– Vamos, eu o levo a um *pub*. Você toma sua bebida lá.

Gordon colocou rolha na garrafa com todo o cuidado. Ravelston seguiu em direção ao lado oposto de Piccadilly Circus, com Gordon pendurado em seu braço, mas não para apoiar-se, pois suas pernas estavam firmes. Pararam no meio da praça, depois encontraram uma brecha em meio ao trânsito e desceram a Haymarket.

No *pub*, o ar parecia úmido, com cheiro forte de cerveja. Pairava um nevoeiro de cerveja, aqui e ali temperado pelo cheiro enjoativo de uísque. No balcão um ajuntamento de homens excitados entornava com uma avidez de Fausto suas últimas bebidas antes que das onze horas. Gordon deslizou com facilidade no meio dos frequentadores. Não se importava com cotoveladas ou empurrões. Em instantes, instalara-se no balcão, entre um robusto caixeiro-viajante que tomava uma Guinness e um sujeito alto e magro, uma espécie de major decadente com bigodes caídos cujas únicas palavras pareciam ser "E então?" e "Essa agora?".

Gordon jogou meia-coroa no balcão molhado de cerveja.

– Um litro de amarga, por favor.

– Não sei mais onde estão as canecas de um litro!, gritou a moça que atendia no balcão, medindo doses de uísque com um olho no relógio.

– As canecas de um litro estão na prateleira de cima, Effie!, gritou o dono do *pub* por cima do ombro, do outro lado do bar.

A moça apertou a manivela do reservatório de cerveja três vezes, com pressa. A gigantesca caneca de vidro foi posta à frente de Gordon. Ele a ergueu. Que peso! Um litro de água pura pesa mais ou menos um quilo. Virar logo! Balançou a jarra e levou-a à boca. Um longo trago de cerveja desceu por sua garganta. Fez uma pausa para recuperar o fôlego e sentiu-se um pouco enjoado. Pronto, hora de mais um gole. Balançou a jarra, tornou a beber. E dessa vez quase se afogou. Aguente firme, aguente firme! Através da verdadeira cascata de cerveja que desceu por sua garganta e lhe deu a impressão de inundar seus ouvidos, escutou o grito do proprietário:

– Últimos pedidos, cavalheiros, tenham a bondade!

Por um segundo, retirou a cara de dentro da caneca, arquejou e recobrou o fôlego. Sacudiu a caneca e bebeu. A-a-ah! Gordon pousou a caneca, que esvaziara em três goles – nada mau. E bateu com ela vazia no balcão.

– Ei! Quero a metade disso que ficou faltando – e depressa!

– Essa agora!, disse o major.

– Exagerando um pouco, não é?, comentou o caixeiro-viajante.

Ravelston, um pouco mais adiante no balcão e cercado por vários homens, viu o que Gordon fazia. Chamou-o:

– Ei, Gordon!, franziu a sobrancelha e sacudiu a cabeça, encabulado de dizer para parar de beber na frente dos outros.

Gordon firmou-se nas pernas. Ainda estava de pé, mas aquilo lhe custava um imenso esforço. A cabeça dava a impressão de ter inchado e ficado enorme, e seu corpo inteiro estava tomado pela mesma sensação horrível de inchaço e ardor de antes. Com gestos lânguidos, ergueu a jarra novamente cheia.

Não queria mais a cerveja. Ficava enjoado só com o cheiro. Era só um líquido detestável, de um amarelo-claro e de gosto enjoativo. Quase urina! Jogar um balde daquele líquido para dentro de suas entranhas abarrotadas – que coisa horrível! Mas o que é isso, nada de fraquejar! O que mais viemos fazer aqui? Vire logo! Ela já está aqui, bem perto do meu nariz. E só virar logo a caneca que ela desce. Balançou a caneca e levou-a à boca.

Mas na mesma hora sua garganta se fechou por conta própria, ou a cerveja tomou o caminho errado. Derramou-se por cima dele todo, um verdadeiro maremoto de cerveja. Ele se afogava em cerveja, como o irmão leigo Peter nas *Lendas de Ingoldsby*. Socorro! Tentou gritar, engasgou e deixou a jarra de cerveja cair. À sua volta, houve grande agitação. As pessoas pulavam de lado para evitar os respingos de cerveja. E a jarra se espatifou no chão. Gordon oscilava.

Homens, garrafas e espelhos começaram a girar. Ele estava caindo, perdendo a consciência. Mas vagamente visível à sua frente erguia-se uma forma negra vertical, o único ponto de estabilidade num mundo rodopiante – a manivela do barril de cerveja. Agarrou-se a ela, oscilou, segurou-se com mais força. Ravelston foi em sua direção.

A moça do balcão debruçou-se indignada. O mundo giratório diminuiu a velocidade e finalmente parou. O cérebro de Gordon desanuviou-se.

– Ei! Por que você está pendurado na manivela da cerveja?

– E derramando tudo nas minhas calças!, gritou o caixeiro-viajante.

– Por que estou pendurado na manivela da cerveja?

– *Isso*! Por que está pendurado na manivela da cerveja?

Gordon, sem largar a manivela, virou de lado. O rosto comprido do major o contemplava atento, os bigodes úmidos caindo dos lados da boca.

– Ela está perguntando por que eu estou pendurado na manivela da cerveja?

– Essa agora! E então?

Ravelston tinha aberto caminho entre vários homens e finalmente chegou até ele. Segurou Gordon pela cintura e, com força, levantou-o.

– Fique de pé, pelo amor de Deus! Você está bêbado!

– Bêbado? – perguntou Gordon.

Todos riam deles. O rosto pálido de Ravelston enrubesceu.

– Cada caneca dessas custa dois xelins e três *pence*, disse a moça do balcão em tom amargo.

– E as minhas malditas calças?, disse o caixeiro-viajante.

– Eu pago a caneca – disse Ravelston. E pagou.

– Agora vamos embora daqui. Você está bêbado.

Começou a conduzir Gordon para a porta, um dos braços passado pelo seu ombro, o outro segurando a garrafa de Chianti, que tomara dele antes. Gordon se soltou. Disse que era capaz de caminhar com absoluta firmeza:

– Bêbado? Você disse que eu estava bêbado?

Ravelston tornou a segurá-lo pelo braço.

– Sim, acho que sim. Sem a menor dúvida.

– O cisne cinza singra as águas; singra as águas, cisne cinza, disse Gordon.

– Gordon, você está totalmente bêbado. Quanto mais cedo chegar à sua cama, melhor.

– Mas tira a trave do teu olho antes de apontar o argueiro no olho do teu irmão, disse Gordon.

A essa altura, Ravelston o levara até a calçada.

– Melhor pegarmos um táxi, disse, olhando para os dois lados da rua.

Mas parecia não ter táxi algum. As pessoas deixavam ruidosamente o *pub*, que estava prestes a fechar. Gordon sentiu-se melhor ao ar livre. Seu cérebro nunca estivera tão lúcido. O rubro fulgor satânico de um letreiro de neon, a uma certa distância, despertou uma ideia nova e brilhante em sua mente. Ele agarrou o braço de Ravelston.

– Ravelston! Escute aqui, Ravelston!

– O quê?

– Vamos pegar umas mulheres.

A despeito do estado de embriaguez de Gordon, Ravelston ficou escandalizado.

– Mas, meu amigo! Você não pode fazer uma coisa dessas.

– Deixe de ser tão classe alta. Por que não?

– Mas como você pode? Acabou de se despedir de Rosemary, uma moça tão encantadora!

– De noite todos os gatos são pardos, respondeu Gordon, julgando que emitia uma verdade cínica e profunda.

Ravelston resolveu ignorar o comentário.

– Melhor irmos andando até Piccadilly Circus, disse. Lá vai haver muitos táxis.

Era a hora da saída dos teatros. Multidão de pessoas e torrentes de carros se deslocavam de um lado para outro sob a luz triste e cadavérica da praça. A mente de Gordon estava incrivelmente lúcida. Estava consciente das asneiras e dos males que tinha feito e que se sentia a ponto de fazer. Ainda assim, pouco se importava no final das contas. Via aquilo tudo como coisas muito, muito distantes, coisas vistas através do outro lado do telescópio, seus trinta anos, sua vida desperdiçada, o futuro inexistente, as cinco libras de Júlia, Rosemary. E disse, com uma espécie de interesse filosófico:

– Olhe para essas luzes de neon! Aquelas azuis, horríveis, em cima da loja de borracha. Quando eu vejo essas luzes, sei que sou uma alma condenada à danação eterna.

– Certamente , respondeu Ravelston, que não lhe dava atenção.

– Ah, um táxi! Droga! Ele não me viu. Espere aqui um minuto.

Deixou Gordon ao lado da estação do metrô e atravessou a rua correndo. Por algum tempo, a mente de Gordon mergulhou no vazio.

Em seguida percebeu dois rostos grosseiros mas jovens, como rostos de jovens predadores, se aproximando dele. As sobrancelhas estavam pintadas de preto e elas usavam versões mais vulgares do chapéu de Rosemary. Ele começou a trocar gracejos com elas. Tinha a sensação de que a conversa já vinha ocorrendo havia vários minutos. Aparentemente, ele sabia os nomes delas:

– Olá, Dora! Olá, Bárbara! E como vão vocês? E como vai indo a mortalha da velha Inglaterra?

– Aaah... veja só como ele é atrevido!

– E vocês, o que estão fazendo a esta hora da noite?

– Aaah... só passeando um pouco.

– Como leão que ruge, à procura de alguém para devorar?

– Aaah... veja só como ele é atrevido! Não é, Bárbara? Você é *muito* atrevido.

Ravelston tinha conseguido um táxi, e fez a volta com ele para trazê-lo até onde Gordon estava. Desceu do carro, viu Gordon entre as duas mulheres e ficou horrorizado.

– Gordon! Meu Deus, que diabos você está fazendo?

– Deixe eu apresentá-los. Dora e Bárbara, disse Gordon.

Por um instante, Ravelston quase deu a impressão de ter ficado furioso. Na verdade, era incapaz de sentir raiva de verdade. Ficava perturbado, incomodado, constrangido, sim, mas jamais furioso. Deu um passo à frente, com um esforço patético para não tomar conhecimento da existência das duas mulheres. Se reparasse nelas, o jogo estaria perdido. Pegou o braço de Gordon e tentou enfiá-lo no táxi.

– Vamos, Gordon, pelo amor de Deus! O táxi está aqui. Vamos direto para casa, e você vai dormir.

Dora pegou o outro braço de Gordon e o puxou para longe de Ravelston, como alças opostas de uma bolsa roubada.

– E o que você tem a ver com isso? – gritou ela, enfurecida.

– Não vai querer ofender essas duas senhoras, não é?– disse Gordon.

Ravelston hesitou, deu um passo atrás, esfregou o nariz. Era hora de demonstrar firmeza; mas Ravelston jamais demonstrara firmeza na vida. Olhou de Dora para Gordon, de Gordon para Bárbara. E aqueles olhares foram fatais. Depois de tê-las fitado no rosto, estava perdido. Oh, Deus! O que podia fazer? Elas eram seres humanos – ele não podia ofendê-las. O mesmo instinto que o fazia enfiar a mão no bolso no mesmo instante em que via um mendigo o deixou sem ação naquele momento. Pobres moças infelizes! Ele não tinha coragem de enxotá-las no meio da noite. De repente, percebeu que teria de levar até o fim aquela aventura abominável em que Gordon o envolvera. Pela primeira vez na vida, via-se na contingência de ir para a cama com uma prostituta.

– Mas dane-se! – disse ele com voz fraca.

– *Allons-y*, disse Gordon.

O táxi seguiu para o endereço que Dora lhe deu. Gordon desabou no assento do canto e pareceu afundar rapidamente em algum abismo imenso do qual só foi emergindo gradualmente, com uma consciência apenas parcial do que fizera. Flutuava suavemente em meio a trevas salpicadas de luzes. Ou seriam as luzes que se deslocavam, enquanto ele não saía do lugar? Tinha a sensação de que estava no fundo do mar, cercado por peixes luminosos e flutuantes. Retornou-lhe a fantasia de que era uma alma condenada no inferno. A paisagem do inferno devia ser exatamente assim. Ravinas de fogo frio tingido de cores malévolas, cercadas pelas trevas. Mas no inferno havia tormentos. Era aquilo um tormento? Esforçou-se para avaliar e classificar suas sensações. Aquele rápido lapso de inconsciência o deixara fraco, nauseado e abatido; sua testa parecia a ponto de rachar. Estendeu uma das mãos. Esbarrou num joelho, numa liga e numa pequena mão macia que procurou a sua. Percebeu que Ravelston, sentado do lado oposto, batia o pé no chão com urgência e nervosismo.

– Gordon! Gordon! Acorde!

– O quê?

– Gordon! Ah, que diabo! *Causons en français. Qu'est-ce que tu as fait? Crois-tu que je veux coucher avec une sale* – ah, que diabo!

– Uuuuh! Parlevú frrancê? – gritaram as garotas.

Gordon achou graça. Bem feito para Ravelston, pensou. Um socialista de salão indo dormir com uma prostituta de rua! O primeiro gesto realmente proletário de toda a sua vida. Como que percebendo o que Gordon pensava, Ravelston desabou no seu canto entregue a um sofrimento silencioso, sentado o mais distante possível de Bárbara. O táxi parou à porta de um hotel numa rua transversal; um lugar horroroso, ordinário, baixo. O letreiro acima da porta indicando "Hotel" parecia torto. As janelas estavam praticamente às escuras, mas de dentro vinha o som de uma cantoria alcoólica e triste. Gordon desceu cambaleante do táxi e estendeu a mão para segurar-se no braço de Dora. Dê uma mão aqui, Dora. Cuidado com o degrau.

– Pronto!

Uma entrada pequena, sombria e malcheirosa, forrada de um linóleo sujo, maltratado e de algum modo provisório. Vinda de um quarto qualquer à esquerda, a cantoria aumentou, fanhosa e melancólica como um órgão de igreja. Uma camareira vesga e de ar malévolo apareceu de lugar nenhum. Ela e Dora pareciam se conhecer. Como era feia! Estava além de qualquer concorrência. Do quarto à esquerda, uma voz solitária retomou a canção com uma ênfase pretensamente humorística:

*"O homem que beija uma moça bonita*
*E depois vai contar à mãe dele,*
*Devia ter os lábios cortados da cara*
*Devia ter..."*

E o resto da canção se perdeu, cheia da tristeza inefável e indisfarçável da libertinagem. Pela voz, o cantor devia ser bastante jovem. Algum pobre rapaz que, no fundo, só queria estar em casa com a mãe e as irmãs, disputando algum jogo doméstico. Era uma festa de jovens desmiolados, regada a uísque e garotas. E a música fez Gordon se lembrar. Virou-se para Ravelston enquanto este entrava, seguido por Bárbara.

– Onde está a minha garrafa de Chianti?, perguntou.

Ravelston entregou-lhe a garrafa. Estava com o rosto pálido, devastado, quase encurralado. Com movimentos culpados e nervosos, mantinha-se afastado de Bárbara. Não conseguia tocá-la e nem mesmo olhar para ela, mas ainda assim achava a fuga impossível. Seus olhos procuraram os de Gordon.

– Pelo amor de Deus, será que não podemos nos safar disto aqui de algum modo?

Gordon franziu as sobrancelhas para ele. Até o fim! Nada de covardia! Tornou a pegar o braço de Dora. Vamos, Dora! Agora, as escadas. Ah! Só um momento.

Com o braço em torno da cintura dele para apoiá-lo, Dora o puxou de lado. Uma jovem descia lentamente as escadas escuras e malcheirosas, abotoando uma das luvas; atrás dela, um homem calvo de meia-idade e traje a rigor, sobretudo preto e cachecol de seda branca, cartola na mão. Passou por eles com a boca pequena e má franzida, fingindo não vê-los. Um chefe de família, pela expressão culpada dos olhos. Gordon contemplou o reflexo da luz do bico de gás no alto de sua calva. Seu predecessor. Na mesma cama, provavelmente. A capa de Eliseu. Pronto, Dora, agora vamos subir! Ah, esses degraus! *Difficilis ascensus Averni*. Isso mesmo, chegamos! "Cuidado com o degrau", disse Dora. Estavam no patamar do andar de cima. Um linóleo quadriculado de preto e branco, lembrando um tabuleiro de xadrez. Portas pintadas de branco. Um cheiro de águas servidas e um cheiro mais fraco de roupa de cama velha.

Nós por aqui, vocês por ali. Na outra porta Ravelston fez uma pausa, com os dedos na maçaneta. Ele não podia – não, ele *realmente* não podia. Não podia entrar naquele quarto horroroso. Pela última vez, seus olhos, que lembravam os olhos de um cão prestes a ser açoitado, recorreram a Gordon.

– Preciso mesmo entrar? Preciso mesmo entrar?, diziam.

Gordon lançou um olhar severo. Até o fim, Regulus! Avante, rumo à morte! *Atqui sciebat quae sibi Bárbara*. Eis uma coisa muito, muito mais proletária do que qualquer outra. E então, inesperadamente, o rosto de Ravelston se desanuviou de repente. Foi tomado por uma expressão de alívio, quase de alegria. Uma ideia notável lhe ocorrera. Afinal, ele sempre poderia pagar à moça sem na verdade fazer coisa alguma! Graças a Deus! Endireitou os ombros, reuniu coragem, entrou no quarto. A porta se fechou.

Aqui estamos, então. Um quarto triste e feio. Linóleo no piso, fogareiro a gás, cama de casal imensa com lençóis ligeiramente sujos. Acima da cama, uma gravura colorida e emoldurada tirada de *La Vie Parisienne*. Um erro. Às vezes as cenas originais não se saem muito bem na comparação. E, por Júpiter!, em cima da mesinha de bambu junto à janela, não há dúvida, uma aspidistra! Já me achaste, ó inimigo meu? Mas venha aqui, Dora. Vamos ver como você é.

Ele tinha a sensação de estar deitado na cama. Não enxergava muito bem. O rosto jovem e rapinante da mulher, com suas sobrancelhas escurecidas, debruçou-se sobre ele quando se esparramou no leito.

– E o meu presente? – pediu ela, meio suplicante, meio ameaçadora.

– Ainda não era a hora. Ao trabalho! Venha aqui. A boca até que não é má. Venha aqui. Mais perto. Ah!

Não. Inútil. Impossível. O desejo mas não os meios. O espírito está pronto, mas a carne é fraca. Tente outra vez. Não. Deve ser a bebida. Ver Macbeth. Uma última tentativa. Não, não adianta. Hoje à noite não, infelizmente.

– Tudo bem, Dora, não se preocupe. Você vai ganhar as suas duas libras de qualquer modo. Não pagamos por resultado.

Ele fez um gesto desajeitado.

– Pegue ali aquela garrafa para mim. A garrafa que está em cima da cômoda.

Dora trouxe a garrafa. Ah, melhorou muito. O vinho, pelo menos, nunca falha. Com mãos que tinham inchado até assumir um tamanho monstruoso, ele virou a garrafa de Chianti. O vinho escorreu por sua garganta, ácido e sufocante, e parte dele lhe subiu pelo nariz. E ele perdeu o controle. Escorregou, debateu-se, caiu da cama. Sua cabeça bateu no chão. As pernas ainda estavam na cama. Por algum tempo ficou deitado nessa posição. Isso era maneira de viver? Lá embaixo as vozes ainda cantavam tristemente:

– Porque hoje estamos na farra, Porque hoje estamos na farra, Hoje estamos na farra...

– E amanhã sóbrios vamos acordar!"

# Capítulo 9

"Não tinha a menor ideia do que fizera; podia ter sido até um homicídio. De qualquer maneira, nem se incomodava. Virou o rosto para a parede e puxou o cobertor por cima da cabeça, para impedir a entrada da luz."

E no dia seguinte acordamos realmente sóbrios!

Gordon acordou de algum sonho comprido e estonteante com a sensação de que os livros da biblioteca circulante estavam de cabeça para baixo. Estavam todos de lado. Além do mais, por alguma razão, as lombadas tinham ficado brancas e brilhantes como porcelana.

Arregalou os olhos e mexeu um dos braços. Pequenas agulhadas de dor, aparentemente desencadeadas pelo movimento, começaram a percorrer seu corpo pelos lugares mais inesperados – descendo pelas panturrilhas, por exemplo, e subindo pelos dois lados da cabeça. Viu que estava deitado de lado, com um travesseiro duro debaixo do rosto e um cobertor grosseiro que lhe fazia cócegas no queixo e enchia sua boca de pelos. Além das dores menores que o esporeavam cada vez que se mexia, havia uma dor mais intensa e pesada que não era exatamente localizada, mas parecia pairar à sua volta.

De repente tirou cobertor e se pôs de pé. Estava numa cela de cadeia. Naquele momento, foi tomado por um espasmo terrível de tontura. Percebendo vagamente uma privada num canto da cela, arrastou-se até lá e vomitou com violência três ou quatro vezes.

Por alguns minutos, ainda sentiu dores agudas. Mal conseguia ficar de pé, a cabeça latejava como se fosse explodir e a luz lhe parecia um escaldante líquido branco vertido em seu cérebro através das órbitas oculares. Sentou-se na cama com a cabeça nas mãos. Em seguida, quando a dor latejante cedeu um pouco, tornou a olhar em volta. A cela devia medir uns quatro metros de comprimento por dois de largura, e era muito alta. As paredes eram todas cobertas de azulejos brancos, horrivelmente brancos e limpos. Ficou imaginando como fariam para limpá-los perto do teto. Talvez usassem uma mangueira, concluiu. Num dos extremos da cela havia uma janelinha gradeada, bem no alto da parede, e na outra extremidade, acima da porta, uma lâmpada elétrica presa à parede e protegida por uma forte grade de arame. O lugar em que estava sentado não era propriamente uma cama, mas uma prateleira com um cobertor e uma almofada de lona. A porta era de metal, pintada de verde. Na porta havia um pequeno buraco redondo com uma aba móvel que o fechava do lado de fora.

Depois desse exame, Gordon se deitou e tornou a enrolar-se no cobertor. Não tinha mais curiosidade nenhuma sobre o cenário que o cercava. Quanto ao que havia ocorrido na véspera, lembrava-se de tudo – pelo menos até o momento em que entrara com Dora no quarto com a aspidistra. Só Deus sabe o que teria acontecido depois. Houvera algum tumulto e ele acabara no xadrez. Não tinha a menor ideia do que fizera; podia ter sido até um homicídio. De qualquer maneira, nem se incomodava. Virou o rosto para a parede e puxou o cobertor por cima da cabeça, para impedir a entrada da luz.

Passado muito tempo, a tampa da vigia da porta foi afastada. Gordon conseguiu virar a cabeça. Teve a impressão de que os músculos do pescoço responderam com um rangido. Através do furo, ele conseguia ver um olho azul e um semicírculo de uma bochecha rosada e gorducha.

– Quer uma xícara de chá? – perguntou uma voz.

Gordon sentou-se na cama e na mesma hora voltou a se sentir muito tonto. Segurou a cabeça com as mãos e gemeu. A ideia de uma xícara de chá quente lhe parecia atraente, mas sabia que ficaria enjoado se viesse com açúcar.

– Por favor, disse ele.

O policial abriu uma portinhola na parte superior da porta e passou por ela uma caneca branca e grossa cheia de chá. Era um jovem sólido e rosado de uns vinte e cinco anos, com um rosto bondoso, cílios brancos e um peito fortíssimo, que lembrou a Gordon o peito de um cavalo de corrida. Falava com uma pronúncia correta, mas usando construções vulgares. Por cerca de um minuto, ficou avaliando Gordon com os olhos.

– Você estava péssimo ontem de noite, disse ele por fim.

– Estou mal agora.

– Mas estava bem pior ontem de noite. Por que teve que dar um soco no sargento?

– Eu dei um soco no sargento?

– Se deu? Caramba! E ele ficou louco. Virou-se para mim e disse "Olhe, se esse sujeito não estivesse bêbado demais para ficar de pé, eu lhe dava uma bela surra". Está tudo anotado na sua ficha. Bebedeira e desacato. Teria sido só embriaguez se você não tivesse dado o soco no sargento.

– E você sabe quanto eu vou pegar por isso?

– Cinco libras ou catorze dias. Vão levar você ao juiz Croom. E sorte sua não ser o juiz Walker, porque ele lhe daria um mês sem escolha. Ele é muito severo com os bêbados. É abstêmio.

Gordon tomara um pouco do chá. Estava enjoativo de tão doce, mas o calor o fez sentir-se mais forte. Tomou tudo. E nesse momento uma voz desagradável, um tanto rosnada gritou de algum lugar:

– Tire esse homem da cela e mande ele se lavar. O carro de presos vai sair daqui às nove e meia.

Devia ser o sargento que Gordon socara. O policial se apressou a abrir a porta da cela. Assim que pisou fora dela, Gordon sentiu-se pior do que nunca. Em parte porque fazia muito mais frio no corredor do que dentro da cela. Deu um ou dois passos e então sua cabeça começou a girar de repente.

– Vou vomitar! –, gritou.

Estava caindo, por isso se apoiou na parede esticando uma das mãos. O braço forte do policial segurou-o. Em torno daquele braço, como se por cima de um varal, Gordon deixou seu corpo se dobrar, entregue, sem forças. E um jato de vômito irrompeu de dentro dele. O chá, claro. Havia um rastro correndo ao longo do piso de pedra. No fim do corredor, o sargento de bigodes, de túnica mas sem cinto, observava tudo com ar enojado, de pé com as mãos na cintura.

– Sujeito imprestável, murmurou, e se virou de costas.

– Vamos lá, meu velho, disse o policial. Logo você vai se sentir melhor.

Ele meio que conduziu, meio que arrastou Gordon até um tanque de pedra no final do corredor e ajudou-o a tirar o casaco e a camisa. Sua gentileza era espantosa. Tratava Gordon quase como uma babá trata uma criança. Gordon recobrou força suficiente para lavar o rosto e bochechar com água gelada. O policial entregou-lhe uma toalha rasgada para ele se secar e depois o levou de volta à cela.

– Agora fique aí quietinho até o carro de presos chegar. E vá por mim: quando se apresentar ao tribunal, diga que é culpado e nunca mais vai beber assim. O juiz Croom não vai ser duro com você.

– Onde estão meu colarinho e a gravata?", perguntou Gordon.

– Guardamos ontem à noite. Você vai receber de volta antes de ir para o tribunal. Uma vez um imbecil se enforcou com a gravata aqui.

Gordon sentou-se na cama. Passou algum tempo calculando o número de azulejos de porcelana na parede, depois apoiou os cotovelos nos joelhos e a cabeça nas mãos. Ainda sentia dores no corpo todo; sentia fraqueza, frio, exaustão e, acima de tudo, tédio. O que mais desejava era que todo aquele desagradável ritual de comparecer ao tribunal pudesse de algum modo ser evitado. A ideia de atravessar Londres a bordo de um veículo sacolejante para depois passar horas à espera em celas e corredores gelados, e ainda ter de responder perguntas e ouvir sermões de algum juiz, o deixava indescritivelmente chateado. Tudo que ele queria era ser deixado em paz. Mas logo escutou o som de várias vozes no corredor e em seguida passos se aproximando. A portinhola voltou a se abrir.

– Visitas para você, disse o policial.

A simples ideia de visitantes aborrecia demais Gordon. Com relutância, ergueu os olhos e deu com Flaxman e Ravelston olhando para ele. Como os dois teriam chegado ali juntos era um mistério, mas Gordon não sentiu a menor curiosidade. Eles o aborreciam. Queria que fossem embora.

– Olá, meu camarada!, disse Flaxman.

– Você por aqui?, comentou Gordon com um tom ofensivo de cansaço.

Ravelston tinha um semblante incrivelmente infeliz. Estava acordado desde a madrugada, procurando por Gordon. Era a primeira vez que entrava numa cela de cadeia. Seu rosto se franziu de nojo ao contemplar aquele lugar gelado e revestido de azulejos brancos com uma privada exposta num canto. Mas Flaxman estava mais acostumado com aquele tipo de coisa.

Olhou para Gordon com ar experiente.

– Já vi coisa pior, disse ele em tom animado. Ele só precisa de um ovo cru temperado, e logo vai estar pronto para outra. Sabe como estão os seus olhos, meu camarada?, acrescentou, dirigindo-se a Gordon. Parece que foram tirados da sua cara e cozidos em água quente.

– Eu bebi muito ontem à noite, disse Gordon, com a cabeça apoiada nas mãos.

– Foi mais ou menos o que me contaram, meu camarada.

– Escute, Gordon, disse Ravelston, viemos pagar a sua fiança, mas parece que agora é tarde. Vão levar você ao tribunal daqui a alguns minutos. Uma péssima coisa. Pena você não ter dado um nome falso quando o prenderam ontem à noite.

– E eu disse o meu nome?

– Você disse tudo. Quem me dera eu não tivesse perdido você de vista nem por um minuto. Você saiu daquele hotel e foi para a rua.

– E ficou andando de um lado para o outro pela Shaftesbury Avenue, bebendo no gargalo de uma garrafa, disse Flaxman em tom de aprovação. Só não devia ter dado um soco no sargento! Foi uma grande besteira. E pode ficar sabendo que a nossa querida senhora Wisbeach está querendo ver a sua caveira. Quando o seu amigo aqui apareceu de manhã e contou que você tinha vindo passar a noite na cadeia, ela reagiu como se você fosse um assassino.

– E mais uma coisa, Gordon, disse Ravelston.

Havia o toque familiar de desconforto em seu rosto. Tinha a ver com dinheiro, como sempre. Gordon ergueu os olhos. Ravelston tinha o olhar fixo em um ponto distante.

– Olhe aqui.

– O quê?

– A sua multa. Pode deixar por minha conta. Eu vou pagar.

– Não, nada disso.

– Mas, meu querido amigo! Se eu não pagar, você vai para a cadeia!

Dane-se! Eu não me importo!

E não se importava mesmo. Naquele momento, não se importaria mesmo que o condenassem a um ano de prisão. Claro que não tinha como pagar a multa. Sabia perfeitamente, sem nem precisar verificar, que não lhe restava dinheiro algum. Devia ter dado tudo a Dora, ou o mais provável é que ela tivesse tomado a iniciativa de furtar. Tornou a deitar-se na cama e deu as costas para os visitantes. No estado de desânimo e mal-estar em que se encontrava, seu único desejo era ver-se livre deles. Os dois fizeram mais algumas tentativas de falar com ele, mas Gordon não respondeu e acabaram indo embora. A voz de Flaxman ainda ressoava alegre enquanto se afastava pelo corredor. Dava instruções detalhadas a Ravelston de como preparar um ovo cru, temperado com sal e pimenta.

O resto do dia foi horrível. Foi horrível a viagem no carro de transporte de presos conhecido como *Black Maria*, que, por dentro, não passava de uma miniatura de banheiro público, dividido em cubículos dos dois lados, dentro dos quais os presos eram trancados e onde mal tinham espaço para sentar-se. Mais horrível ainda foi a longa espera numa das celas adjacentes ao tribunal. Uma réplica exata da cela da delegacia, a ponto de ter o mesmo número de azulejos brancos. Mas diferia da outra por estar repulsivamente suja. Fazia frio, porém o ar era tão fétido que quase não se conseguia respirar. Prisioneiros chegavam e partiam o tempo todo. Eram atirados na cela, retirados dela ao final de uma ou duas horas a fim de comparecerem ao tribunal, e depois às vezes os traziam de volta para esperar que o magistrado decidisse qual seria a sentença, ou então que novas testemunhas chegassem. Havia sempre cinco ou seis homens na cela, e o único lugar onde podiam sentar-se era na cama de tábuas. E o pior era que quase todos usavam a privada – lá mesmo, em público, na cela diminuta. Não conseguiam se controlar. Não tinham escolha. E a descarga daquela coisa horrenda nem funcionava direito.

Até a tarde, Gordon sentiu-se enjoado e fraco. Não tivera a oportunidade de se barbear e seu rosto apresentava a aspereza detestável da barba por fazer. Num primeiro momento, limitou-se a ficar sentado num dos cantos da cama de tábuas, na extremidade mais próxima da porta, o mais longe possível daquela privada, e nem tomou conhecimento dos demais prisioneiros. Eles o aborreciam e o enojavam; mais tarde, quando a dor de cabeça melhorou, ele começou a observá-los com um ligeiro interesse. Havia um arrombador profissional, um homem magro de cabelos grisalhos com ar preocupado, terrivelmente inquieto pensando no que poderia acontecer com sua mulher e seus filhos caso fosse mandado para a cadeia. Fora preso por "vadiagem com intenção de invasão" – um crime vago pelo qual os prisioneiros geralmente acabavam condenados, se já tinham condenações anteriores. Andava o tempo todo de um lado a outro, agitando os dedos da mão direita com um gesto nervoso peculiar, e reclamando da injustiça da situação. Havia ainda um surdo-mudo que fedia como um furão e um judeu baixinho de meia-idade com um sobretudo de gola de pele, antigo comprador de uma grande rede de açougues *kosher*. Tinha dado um desfalque de vinte e sete libras, partira para Aberdeen, logo onde, e gastara todo o dinheiro com meretrizes. Também ele tinha queixas, porque dizia que seu caso devia ser julgado pelo tribunal rabínico, em vez de ter ido parar na polícia. Havia ainda o dono de um *pub* que se apossara do dinheiro da coleta natalina de seu clube.

Um sujeito de ar próspero alto e corpulento, com cerca de trinta e cinco anos, o rosto muito vermelho e um sobretudo azul chamativo– o tipo de homem que, se não fosse dono de bar, seria corretor de apostas. Seus parentes haviam reposto parte do dinheiro desviado, faltavam apenas doze libras, mas mesmo assim os membros do clube decidiram denunciá-lo. Algo nos olhos daquele homem perturbava Gordon. Enfrentava a situação com ar insolente, mas o tempo todo podia-se perceber uma expressão vazia e fixa em seus olhos; à menor pausa na conversa, ele caía numa espécie de devaneio.

Era um tanto deprimente vê-lo sentado ali, ainda envergando suas roupas elegantes, tendo deixado o esplendor da vida de proprietário de bar apenas um ou dois meses antes. Agora estava arruinado, provavelmente para sempre. Como todos os donos de *pub* em Londres, devia ter dívidas com as cervejarias, que cuidariam que seu lugar fosse vendido e seus móveis e equipamentos liquidados; quando ele saísse da cadeia, nunca mais teria um emprego ou um *pub*.

A manhã foi passando com uma lentidão assustadora. Os presos podiam fumar na cela – fósforos eram proibidos, mas o guarda de serviço junto à cela sempre dava fogo através da portinhola. O único que tinha cigarros era o dono do *pub*, que estava com os bolsos abarrotados e os distribuía à vontade. Prisioneiros não paravam de entrar e sair. Um sujeito sujo e esfarrapado que se dizia verdureiro, preso por obstrução da Justiça, passou meia hora na cela. Falava muito, mas os outros desconfiaram dele; quando o levaram embora, todos disseram que era um "dedo-duro". A polícia, contaram, muitas vezes infiltrava um "dedo-duro" nas celas, disfarçado de prisioneiro, para colher informações.

Num dado momento, houve grande agitação quando o policial sussurrou pela portinhola que um assassino, ou quase-assassino, fora levado para a cela ao lado. Era um jovem de dezoito anos que apunhalara na barriga a prostituta com quem vivia, e ela provavelmente não sobreviveria. Em outra ocasião, a portinhola se abriu e o rosto cansado e pálido de um funcionário examinou os presos. Viu o arrombador, comentou em tom desanimado:

– Você aqui de novo, Jones? – e desapareceu.

O almoço, por assim dizer, foi servido cerca de meio-dia. Cada um ganhou uma xícara de chá e duas fatias de pão com margarina. Mas os prisioneiros podiam obter comida de fora, se alguém pagasse por ela. O dono do *pub* recebeu um bom almoço que lhe chegou em pratos cobertos; mas estava sem apetite e deu quase toda a comida aos outros. Ravelston ainda estava no tribunal, esperando que o caso de Gordon fosse examinado, mas não conhecia os meios de mandar comida para Gordon. Em seguida, o dono do *pub* e o arrombador foram retirados da cela, condenados e trazidos de volta para esperar que o carro de transporte de presos os levasse para a cadeia. Cada um deles pegou uma pena de nove meses. O dono do *pub* perguntou ao arrombador como era a vida na cadeia. Seguiu-se uma conversa de uma obscenidade indescritível sobre a falta de mulheres nos presídios.

O caso de Gordon entrou em pauta às duas e meia, e foi tudo tão rápido que lhe pareceu um absurdo ter esperado tanto por aquilo. Mais tarde, ele não conseguiria se lembrar de nada do que ocorreu no tribunal, só do brasão de armas acima da cadeira do juiz. O magistrado lidava com os casos de embriaguez à razão de dois por minuto. Entoando uma sentença atrás da outra como uma cantilena, condenava os presos por embriaguez a seis xelins de multa e chamava o próximo, e os presos iam desfilando junto à balaustrada da corte, exatamente como uma fila de compra de ingressos diante de uma bilheteria. O caso de Gordon, porém, levou dois minutos em vez de trinta segundos, porque ele tinha promovido uma desordem e o sargento precisou testemunhar que Gordon lhe dera um soco no ouvido e o tinha chamado de filho da... Também houve alguma sensação no recinto porque

Gordon, quando o interrogaram na delegacia, definira-se como poeta. Devia estar muito bêbado para dizer uma coisa daquelas. O magistrado olhou para ele com ar de suspeita. "Estou vendo que o senhor afirma ser poeta. É mesmo poeta?" "Escrevo poesia", respondeu Gordon de muito mau humor.

– Hm! Bem, mas não parece ajudá-lo muito na hora em que o senhor precisa se comportar, não é? Multa de cinco libras ou catorze dias de prisão. *Próximo*!"

E foi tudo. Ainda assim, em algum ponto do fundo da sala do tribunal, um repórter entediado levantou as orelhas.

Do outro lado do tribunal, havia uma sala onde ficava instalado um sargento de polícia com um imenso livro de ocorrências, anotando as multas dos condenados por embriaguez e recebendo os pagamentos. Os presos que não tinham como pagar eram conduzidos de volta às celas. Era o que Gordon imaginava que iria acontecer com ele. Estava conformado a ir para a prisão. Quando emergiu da sala do tribunal, porém, descobriu que Ravelston estava à sua espera e já pagara a sua multa. Gordon não protestou. Deixou que Ravelston o pusesse num táxi e o levasse a seu apartamento em Regent's Park.

Assim que chegaram lá, Gordon tomou um banho quente; estava precisado, depois de toda aquela sujeira desagradável que acumulara nas últimas doze horas. Ravelston emprestou-lhe um barbeador, uma camisa limpa, pijamas, meias e roupas de baixo, e chegou a sair para ir comprar-lhe uma escova de dentes. Manifestava uma estranha solicitude em relação a Gordon. Não conseguia se livrar de um certo sentimento de culpa por tudo que acontecera na véspera; deveria ter feito pé firme e levado Gordon para casa assim que percebera os primeiros sinais do quanto ele estava bêbado. Gordon mal reparava no que Ravelston fazia por ele. Nem o fato de ter pago sua multa o perturbou. Passou o resto da tarde sentado numa das poltronas diante do fogo, lendo um romance policial. Sobre o futuro, recusava-se a pensar. Sentiu sono muito cedo. Às oito foi se deitar no quarto de hóspedes e dormiu profundamente por nove horas.

Foi só na manhã seguinte que começou a pensar seriamente sobre sua situação. Acordou na cama larga e confortável, a cama mais macia e quente em que já havia dormido, e começou a procurar os fósforos. Depois se lembrou de que em lugares como aqueled fósforos não eram necessários para acender a luz, e tateou à procura do interruptor elétrico que pendia de um fio junto à cabeceira da cama. Uma luz suave inundou o quarto. Havia uma garrafa de soda com sifão na mesa-de-cabeceira. E Gordon descobriu que, mesmo depois de trinta e seis horas, ainda sentia um gosto péssimo na boca. Tomou um copo de soda e olhou em volta.

Era uma sensação estranha estar ali deitado com o pijama de outra pessoa na cama de outra pessoa. Sentiu que não tinha nada que estar ali – que aquele não era o tipo de lugar ao qual pertencia. Experimentava uma sensação de culpa por se ver ali deitado em pleno luxo, quando estava arruinado e não lhe restava um tostão no mundo. Porque estava realmente arruinado, não havia a menor dúvida. Parecia adivinhar com certeza absoluta que perdera o emprego. Só Deus sabe o que lhe aconteceria em seguida. A lembrança daquela farra estúpida e sem nenhum encanto retornou-lhe com uma nitidez cruel. Lembrava-se de tudo, desde o primeiro gim que tomara até as ligas cor de pêssego de Dora. E só de pensar em Dora sentiu um espasmo de malestar. *Por que* as pessoas faziam essas coisas? Novamente o dinheiro, mais uma vez o dinheiro! Os ricos não se comportam assim. Os ricos têm maneiras elegantes, mesmo no vício. Se a pessoa não tem dinheiro, porém, não sabe nem mesmo gastar quando ganha algum. Só sai esbanjando freneticamente, como um marinheiro que se vê num bordel na primeira noite em terra.

Ele estivera no xadrez por doze horas. Lembrou-se do fedor gelado e fecal da cela ao lado da sala de julgamentos. Uma antevisão dos dias futuros. E todo mundo iria saber que ele estivera preso. Com sorte talvez desse para esconder de tia Angela e tio Walter, mas o mais provável é que Júlia e Rosemary já soubessem. No caso de Rosemary não importava tanto, mas Júlia ficaria envergonhada e se sentiria mal. Pensou em Júlia. De suas costas magras e compridas quando ela se inclinava diante do carrinho de chá; de seu rosto bom, derrotado, que lembrava um ganso. Ela jamais chegara a viver. Desde a infância, tinha sido sacrificada em benefício dele – de Gordon, do "rapaz" da casa. Podia chegar a cem libras o total do que já pedira "emprestado" a ela ao longo de todos esses anos; e nem cinco libras fora capaz de poupar para lhe devolver. Cinco libras ele tinha separado para ela, mas depois gastara com uma meretriz!

Apagou a luz e ficou deitado de costas, bem desperto. Naquele momento, enxergava-se com uma lucidez assustadora. Fez uma espécie de balanço de si mesmo e de tudo que possuía. Gordon Comstock, o último dos Comstock, trinta anos de idade, vinte e seis dentes ainda na boca; dinheiro ou emprego, nenhum; vestindo um pijama emprestado numa cama de outra pessoa, sem nada à sua espera além da indigência e da penúria, e nada para recordar além de tristes loucuras. Suas posses montavam a um corpo insignificante e duas malas de papelão cheias de roupas surradas.

Às sete, Ravelston foi acordado por uma batida em sua porta. Rolou na cama e disse, com a voz pesada de sono:

– Sim?.

Gordon entrou, uma figura despenteada quase perdida no pijama de seda emprestado. Ravelston levantou-se, bocejando.

Teoricamente, sempre acordava no horário proletário das sete horas. Na verdade, quase nunca entrava em ação antes de a Mrs. Beaver, a empregada, chegar às oito. Gordon afastou o cabelo dos olhos e sentou-se ao pé da cama de Ravelston. "Queria lhe dizer, Ravelston, que situação horrível. Andei pensando. As consequências vão ser terríveis.

– O quê?

– Vou perder o emprego. McKechnie não vai querer que eu continue depois de ter sido preso. Além disso, já faltei ao trabalho ontem. O mais provável é que a livraria nem tenha sido aberta.

Ravelston bocejou.

– Não vai haver problema, eu acho. Aquele sujeito gordo – como é mesmo o nome dele? Flaxman – ligou para McKechnie e disse que você estava gripado. Foi muito convincente. Disse que você estava com quarenta graus de febre. Claro que a sua senhoria sabe. Mas acho que ela não irá contar a McKechnie.

– Mas e se sair nos jornais?

– Ah, meu Deus! Isso pode mesmo acontecer. A empregada traz os jornais aqui para cima às oito. Mas será que ele noticiam casos de bebedeira? Duvido muito!"

A Mrs. Beaver logo chegou trazendo o *Telegraph* e o *Herald*. Ravelston pediu que ela fosse comprar o *Mail* e o *Express*. Vasculharam apressados os noticiários policiais e dos tribunais. Graças a Deus! A história não chegara aos jornais, no final das contas! Na verdade não havia motivo para ter chegado. Seria muito diferente se Gordon fosse piloto de corridas de automóvel ou jogador de futebol. Sentindo-se melhor, Gordon conseguiu comer alguma coisa, e depois do desjejum Ravelston saiu de casa. Os dois concordaram que ele iria até a livraria, conversaria com o Mr.McKechnie, daria mais detalhes sobre a doença de Gordon e sondaria como estava o clima. Parecia bastante natural a Ravelston passar vários de seus dias ajudando Gordon a sair de seus apuros. Gordon permaneceu no apartamento a manhã inteira, inquieto e nervoso, fumando um cigarro atrás do outro. Agora que ficara sozinho, não sentia mais nenhuma esperança. Um instinto profundo lhe dizia que o Mr.McKechnie devia ter ouvido falar da sua prisão. Não era o tipo de coisa que se podia manter escondido. Ele tinha perdido o emprego, e disso não teria como escapar.

Debruçou-se à janela e olhou para fora. Fazia um dia deplorável; o céu cinza dava a impressão de que nunca voltaria a ser azul; as árvores nuas gotejavam lentamente nas sarjetas. Numa rua vizinha, o pregão do carvoeiro ecoava melancólico. Faltavam apenas duas semanas para o Natal. Bela época do ano para perder o emprego! Mas a ideia, em vez de assustá-lo, só lhe provocou cansaço. Aquela singular sensação de letargia e de um inchaço pesado por trás dos olhos, que nos acomete depois de uma grande bebedeira, parecia ter-se instalado nele em caráter permanente. A perspectiva de procurar um novo emprego o aborrecia mais que a perspectiva de ficar pobre. Além disso, nunca mais tornaria a encontrar um emprego. Não há empregos sobrando nos dias de hoje. Ele estava caindo, caindo no submundo dos desempregados, caindo em só Deus sabe que profundezas de sujeira, fome e inutilidade. E, acima de tudo, estava ansioso para acabar logo com tudo aquilo da maneira mais fácil e discreta possível.

Ravelston voltou cerca de uma da tarde. Tirou as luvas e as jogou numa poltrona. Tinha o ar cansado e deprimido. E Gordon percebeu num relance que era o fim de tudo.

– Ele soube?, perguntou.

– De tudo, infelizmente.

– Mas como? A vaca da senhora Wisbeach deve ter ido mexericar com ele.

– Não. Acontece que a notícia saiu no jornal, no final das contas. No jornal de bairro. Foi lá que ele leu.

– Ah, que inferno! Eu me esqueci disso.

Ravelston tirou do bolso um exemplar dobrado do *Hampstead and Camden Town Messenger*. Era um jornal que recebiam na livraria porque o Mr.McKechnie anunciava nele. Gordon se esquecera desse detalhe. Abriu o jornal. Santo Deus! Que escândalo! Estava lá de ponta a ponta, no alto da página central.

*Vendedor de livraria autuado*

*A severa sentença do magistrado*

A notícia ocupava quase duas colunas. Gordon nunca tinha sido tão célebre, e jamais voltaria a ter fama igual. Deviam estar muito necessitados de alguma notícia. Mas esses jornais locais têm uma noção muito peculiar de patriotismo. Vivem tão ávidos por notícias locais que um acidente de bicicleta na Harrow Road acaba ocupando mais espaço que uma crise política europeia, e uma notícia como "Habitante de Hampstead Acusado de Homicídio" ou "Bebê Esquartejado num Porão de Camberwell" acaba sendo exibida com um franco orgulho bairrista.

Ravelston contou sua conversa com o Mr.McKechnie. O livreiro, ao que parece, ficou dilacerado entre a raiva que sentia de Gordon e o desejo de não ofender um cliente tão bom quanto Ravelston. Mas claro que, depois de um episódio assim, não havia a menor hipótese de aceitar Gordon de volta. Escândalos como aquele eram péssimos para o negócio, e além disso ele ainda estava com toda a razão irritado com as mentiras que Flaxman lhe contara pelo telefone. Mas o que mais o deixava furioso era o fato de o assistente *dele* ser um beberrão desordeiro. Ravelston contou que a bebedeira parece tê-lo enfurecido de maneira peculiar. Quase deu a impressão de que teria preferido saber que Gordon subtraía dinheiro da registradora. Claro, ele era um abstêmio convicto. Gordon às vezes se perguntava se ele não beberia em segredo, ao tradicional estilo escocês. Seu nariz estava sempre muito vermelho. Mas talvez fosse por causa do rapé. De qualquer maneira, caso encerrado. Gordon estava em maus lençóis, e muito bem embrulhado.

– Imagino que a senhora Wisbeach vai ter de ficar com as minhas roupas e as outras coisas, disse. Não vou passar lá para buscá-las. Além disso, estou devendo uma semana de aluguel.

– Ora, não se preocupe com isso. Vou cuidar do seu aluguel e tudo o mais.

– Meu amigo, não posso deixá-lo pagar meu aluguel!

– Ora, deixe disso! -- e o rosto de Ravelston ficou levemente rosado. Olhava ao longe com ar infeliz e depois disse o que precisava dizer de um fôlego só: "Escute aqui, Gordon, precisamos combinar essa coisa. Você vai ter de ficar aqui até essa história se acalmar. Eu lhe empresto algum dinheiro e cuido do resto. E não vá pensar que estará incomodando, porque não incomoda nem um pouco. De qualquer maneira, é só até você conseguir um novo emprego".

Gordon se afastou dele amuado, com as mãos nos bolsos. Tinha previsto aquilo, é claro. Sabia que devia recusar, *quis* recusar, mas faltou-lhe coragem.

– Não quero explorá-lo dessa maneira, disse, chateado.

– Nem me diga uma coisa dessas, pelo amor de Deus! Além disso, para onde você poderia ir se não ficasse aqui?

– Não sei – para a sarjeta, talvez. É lá que eu devia viver. Quanto mais cedo eu chegar, melhor.

– Bobagem! Você vai ficar aqui até encontrar um novo emprego.

– Mas não existe emprego nenhum no mundo. Posso levar até um ano para arranjar trabalho. E eu nem *quero* um emprego.

– Não fale assim. Você vai encontrar um emprego logo. Alguma coisa há de aparecer. E pelo amor de Deus, não fique falando que vai me *explorar*. É só um arranjo entre amigos. Se você quiser, pode me pagar tudo de volta quando tiver dinheiro.

– Pois é... quando!

Mas, por fim, ele se deixou convencer. Sabia desde o início que se deixaria convencer. Ficou no apartamento e permitiu que Ravelston fosse até Willowbed Road pagar o aluguel atrasado e recuperar suas duas malas de papelão; permitiu até que Ravelston lhe "emprestasse" duas libras a mais para as suas despesas do cotidiano. Ficou com o coração apertado. Estava vivendo às custas de Ravelston – explorando Ravelston. Como algum dia poderia voltar a existir uma verdadeira amizade entre eles? Além disso, no íntimo não queria que ninguém o ajudasse. Só queria que o deixassem em paz. Seu destino era a sarjeta; melhor chegar lá de uma vez e encurtar logo a viagem. No entanto, foi ficando por mais algum tempo, simplesmente porque lhe faltava a coragem de fazer coisa diferente.

Desde o começo não havia menor chance de se conseguir um emprego. Nem Ravelston, mesmo sendo rico, seria capaz de criar empregos do nada. Gordon sabia de antemão que não havia empregos disponíveis nas editoras ou nas livrarias. Passou os três dias seguintes gastando a sola dos sapatos de livraria em livraria. Em cada uma delas cerrava os dentes, entrava, pedia para ver o gerente e, três minutos depois, saía marchando de nariz empinado. A resposta era sempre a mesma – não havia vagas disponíveis. Uns poucos livreiros estavam contratando vendedores extras para o período de festas, mas Gordon não era o tipo que procuravam. Não era elegante nem servil; usava roupas surradas e tinha um modo de falar de gente bem-nascida. Além disso, umas poucas perguntas bastavam para revelar que ele fora demitido por embriaguez do emprego anterior. Depois de apenas três dias ele desistiu. Sabia que era inútil. Foi só para agradar a Ravelston que fingiu procurar trabalho.

Voltou ao apartamento à noite com os pés doendo e os nervos à flor da pele depois de várias recusas. Fizera todos os percursos a pé, para economizar as duas libras de Ravelston. Quando chegou, Ravelston tinha acabado de subir do escritório e estava sentado numa das poltronas diante do fogo, com longas provas tipográficas no colo. Levantou os olhos quando Gordon entrou.

– Teve sorte? – perguntou como sempre.

Gordon nem respondeu. Se tivesse dito alguma coisa, teria sido uma torrente de palavrões. Sem sequer olhar para Ravelston, foi direto para o seu quarto, tirou os sapatos e atirou-se na cama. Naquele momento, se odiava completamente. Por que tinha voltado? Que direito tinha de voltar e continuar explorando Ravelston, quando nem sequer pretendia continuar procurando emprego? Devia ter ficado nas ruas, dormindo na Trafalgar Square, mendigando – qualquer coisa. Mas ainda não tinha a coragem de encarar a vida nas ruas. A ideia de encontrar calor e abrigo o trouxera de volta. Ficou deitado com as mãos atrás da cabeça, numa mistura de apatia e aversão por si mesmo. Após mais ou menos meia hora, ouviu a campainha tocar e Ravelston levantar-se para abrir a porta. Devia ser aquela vadia, Hermione Slater. Ravelston apresentara Gordon a Hermione alguns dias antes, e ela o tratara como lixo. Mas dali a um instante ouviu-se uma batida na porta do quarto.

– O que é? – perguntou Gordon.

– Visita para você, respondeu Ravelston.

– Para *mim*?

– É. Venha até a sala.

Gordon soltou um palavrão e saiu da cama contrariado. Quando chegou à sala, descobriu que a visita era Rosemary. De certa forma ele já a esperava, claro, mas ficou aborrecido ao vê-la. Sabia por que ela tinha vindo; para solidarizar-se, compadecer-se, repreendê-lo – dava tudo na mesma. Com seu ânimo abatido e contrariado, não queria ser obrigado ao esforço de conversar com ela. Só queria que o deixassem em paz. Mas Ravelston ficou satisfeito ao ver Rosemary. Tinha simpatizado com ela naquele único encontro que tiveram, e achava que ela poderia trazer um novo ânimo a Gordon. Inventou um pretexto para descer ao escritório e deixou o casal a sós.

Ficaram sozinhos, mas Gordon não fez menção de abraçá-la. Continuou de pé em frente ao fogo, de ombros caídos, as mãos nos bolsos do casaco, os pés enfiados num par de chinelos de Ravelston grandes demais para ele. Ela se aproximou hesitante, ainda sem tirar o chapéu nem o sobretudo com gola de pelo de carneiro. Vê-lo a deixava confrangida. Em menos de uma semana, a aparência dele tinha deteriorado além do que se podia esperar. Já apresentava aquele ar inconfundível, gasto, abatido, dos homens desempregados. O rosto parecia ter afinado ainda mais e exibia círculos escuros em torno dos olhos.

Também era visível que ainda não fizera a barba naquele dia.

Ela apoiou a mão no braço dele, um tanto desajeitada, como ocorre às mulheres quando precisam tomar a iniciativa.

– Gordon...

– O quê?

Ele respondeu meio contrariado. No momento seguinte, ela estava nos braços dele. Mas foi Rosemary quem fez o primeiro movimento, e não ele. Apoiou a cabeça no peito dele, e logo precisava lutar com todas as forças para conter as lágrimas que a tomavam de assalto. Gordon achou aquilo tudo incrivelmente desagradável. A todo momento parecia dar um jeito de levá-la às lágrimas. Mas não queria que ninguém chorasse por ele; só queria que o deixassem em paz – sozinho com sua tristeza e seu desespero. Ali, abraçado com ela, uma das mãos acariciando mecanicamente seu ombro, o sentimento que o dominava era o tédio. Ela dificultara muito as coisas para ele vindo encontrá-lo ali. Ele só tinha pela frente a sujeira, o frio, a fome, as ruas, o asilo e a cadeia. Era para enfrentar *aquilo* que ele precisava se preparar. E poderia até vir a se fortalecer, se pelo menos ela o tivesse deixado sozinho, sem incomodá-lo com aquelas emoções irrelevantes.

Ele a empurrou um pouco para longe de si. Ela se recuperou depressa, como sempre.

– Gordon, meu querido! Ah, eu sinto tanto, tanto!

– Sente tanto o quê?

– Ver você perder o emprego, e tudo o mais. Você está com um jeito tão infeliz.

– Não estou infeliz. Não sinta pena de mim, pelo amor de Deus.

Ele se desvencilhou dos braços dela. Ela tirou o chapéu e o jogou numa cadeira. Tinha ido procurá-lo para dizer-lhe uma coisa. Uma coisa sobre a qual tinha se calado aqueles anos todos – uma coisa que lhe parecera questão de honra não mencionar. Mas agora ela precisava ser dita, e ela estava disposta a não perder tempo e ser direta. Não era do seu feitio fazer rodeios.

– Gordon, você faria uma coisa por mim?

– O quê?

– Você voltaria para a New Alblon?

Então era isso! Claro que ele devia ter imaginado. Ela pretendia começar a insistir com ele, como todos os outros. Resolvera somar-se ao bando de pessoas que se preocupava com ele e vivia martelando que ele devia "tomar jeito". Mas o que mais se poderia esperar? Era o que qualquer mulher diria. Espantoso é que nunca tivesse dito antes. Voltar para a New Albion! Pois deixar a New Albion tinha sido o único gesto significativo de sua vida. Sua religião, pode-se dizer, era evitar a qualquer custo a imundície do mundo do dinheiro. No entanto, naquele momento, ele não conseguia rememorar com muita clareza os motivos que o tinham levado a sair da New Albion. Só sabia que jamais voltaria, mesmo que o céu desabasse sobre sua cabeça, e que a discussão que previa já o aborrecia por antecipação.

Encolheu os ombros e desviou os olhos.

– A New Albion não me aceitaria de volta! – foi tudo que disse.

– Aceitariam, sim. Você se lembra do que o senhor Erskine lhe disse. E nem faz tanto tempo assim – só dois anos. E eles estão sempre à procura de bons redatores. É o que todo mundo vive dizendo no estúdio. Tenho certeza de que lhe dariam um emprego se você pedisse. E que lhe pagariam pelo menos quatro libras por semana.

– Quatro libras por semana! Esplêndido! Daria para eu comprar e sustentar um vaso de aspidistra, não é?

– Não, Gordon, não faça piada com isso agora.

– Não estou fazendo piada, estou falando sério.

– Quer dizer que não irá procurá-los – mesmo que eles lhe oferecessem um emprego?

– De maneira nenhuma. Nem que me pagassem cinquenta libras por semana.

– Mas por quê? Por quê?

– Eu já lhe disse por que, respondeu ele em tom cansado.

Ela o fitou com ar desamparado. Afinal, não adiantava. Havia sempre essa questão do dinheiro atravessada no caminho – aqueles escrúpulos sem sentido que ela nunca tinha compreendido mas que aceitava simplesmente porque eram uma coisa dele. Sentiu toda a impotência e todo o ressentimento de uma mulher que assiste ao triunfo de uma ideia abstrata sobre o senso comum. Era enlouquecedor vê-lo parar na sarjeta por causa daquilo! E ela disse, quase enraivecida:

– Eu não entendo você, Gordon, realmente não entendo. Você está sem trabalho, daqui a pouco pode até começar a passar fome, pelo que se vê; mas ainda assim, quando surge um bom emprego que você pode conseguir quase que só pedindo, você recusa.

– É verdade, tem razão, eu recuso.

– Mas você precisa de *algum* emprego, não é?

– Preciso de um emprego, mas não de um emprego *bom*. Eu já lhe expliquei sabe Deus quantas vezes. Tenho certeza de que vou acabar conseguindo algum tipo de emprego mais cedo ou mais tarde. A mesma espécie de emprego que eu tinha antes.

– Mas eu acho que você nem está tentando conseguir um emprego... ou está?

– Estou, sim. Passei o dia todo, hoje, indo de livraria em livraria.

– Mas nem se barbeou de manhã!, disse ela, mudando de tática com uma rapidez feminina.

Ele apalpou o queixo.

– Acho que não, de fato.

– E você ainda espera que alguém lhe dê emprego? Ora, Gordon!

– E daí, qual é o problema? É chato demais fazer a barba todo dia!

– Você está se entregando, disse ela em tom amargo. Nem dá a impressão de estar se esforçando. Está querendo afundar!

– Não sei – talvez. Prefiro afundar a subir.

Discutiram mais. Ela nunca tinha falado com ele daquele modo. Novamente vieram-lhe lágrimas nos olhos e mais uma vez ela se esforçou para contê-las. Tinha ido até lá jurando a si mesma que não iria chorar. O pior era que suas lágrimas, em vez de perturbá-lo, só o aborreciam mais. Era como se ele fosse incapaz de se sensibilizar> Mas no mais fundo de si mesmo ele se sensibilizava com a sua insensibilidade. Se pelo menos ela o deixasse em paz! Sozinho, em paz! Livre da consciência incômoda de seus fracassos; livre para afundar, como dizla ela, mergulhando cada vez mais fundo nos mundos silenciosos onde o dinheiro, o esforço e a obrigação moral não existiam.

Ele a deixou falando sozinha e voltou ao quarto de hóspedes. Era definitivamente uma briga – a primeira briga de verdade que eles tinham. Se seria a última, ele não sabia. Nem se importava àquela altura. Trancou a porta do quarto e estendeu-se na cama, acendendo um cigarro. Precisava ir embora dali, e depressa! Na manhã seguinte bateria em retirada. Chega de explorar Ravelston! Chega de chantagear os deuses da decência! Melhor mergulhar, afundar logo, na lama – nas ruas, no asilo e na cadeia. Só lá o deixariam em paz.

Quando voltou, Ravelston encontrou Rosemary sozinha, preparando-se para ir embora. Ela se despediu e então, inesperadamente, virou-se para ele e pousou a mão em seu braço. Sentia que já o conhecia bem para trocar confidências com ele.

– Senhor Ravelston, será que podia tentar convencer Gordon a aceitar um emprego?

– Vou fazer tentar. É sempre muito difícil. Mas tenho certeza de que arrumaremos algum emprego para ele em pouco tempo.

– É tão ruim vê-lo desse jeito! Ele fica totalmente destruído. E o tempo todo, sabe, existe um emprego que ele poderia obter com a maior facilidade, se quisesse – um emprego bom mesmo. E não é que ele não consiga, é que simplesmente ele não quer.

Explicou-lhe a situação da New Albion. Ravelston esfregou o nariz.

– Sei. Para dizer a verdade, eu já sabia dessa história. Conversamos a respeito quando ele saiu dessa empresa.

– Mas o senhor não achou certo ele deixar esse emprego, achou?, perguntou ela, pressentindo na mesma hora que Ravelston realmente achava que Gordon tinha agido direito.

– Bem – concordo que não foi muito sensato. Mas até certo ponto é verdade o que ele diz. O capitalismo é corrupto, e é bom nos mantermos fora dele – essa é a ideia. Não é praticável, mas de certa maneira soa como se fosse.

– Acho que funciona como teoria! Mas se ele está desempregado e se pode conseguir esse emprego apenas pedindo, não vá me dizer que o senhor ainda acha certo ele recusar...

– Não do ponto de vista do senso comum. Mas em princípio... acho que sim.

– Ora, em princípio! Pessoas como nós não podem se dar ao luxo de ter princípios. É o que Gordon parece não entender.

Gordon não foi embora do apartamento na manhã seguinte. Pode-se resolver tomar atitudes como essa, e até se deseja tomá-las; mas quando a hora chega, à luz fria da manhã, de alguma forma as coisas não acontecem. Ele ficaria só mais um dia, pensou; e depois outros... "mais um dia" se seguiram até se completarem cinco dias desde a visita de Rosemary – e ele ainda continuava lá, às custas de Ravelston, sem nenhum sinal de emprego à vista.

Gordon ainda parecia procurar trabalho, mas só para manter as aparências. Ele saía e passava horas nas bibliotecas públicas, depois voltava para casa e se estendia na cama do quarto de hóspedes, todo vestido, exceto pelos sapatos, fumando um cigarro atrás do outro. E devido àquela inércia e ao medo das ruas, que não o deixavam ir embora, esses cinco dias foram terríveis, medonhos, inomináveis. Não existe coisa mais desagradável no mundo do que morar na casa de alguém, comer do seu pão e nada fazer para retribuir.

E talvez seja ainda pior quando seu benfeitor em momento algum admite que é seu benfeitor. Nada suplantava a delicadeza de Ravelston. Ele preferiria morrer a admitir que Gordon vivia às suas custas. Ele tinha pago a multa de Gordon e os aluguéis atrasados, sustentara o amigo por uma semana e ainda lhe "emprestara" duas libras adicionais para as despesas; mas aquilo não era nada, apenas um simples arranjo entre amigos; fossem outras as circunstâncias, Gordon faria o mesmo por ele. De tempos em tempos Gordon fazia um tímido esforço para escapar, que sempre terminava da mesma maneira:

– Escute, Ravelston, não posso mais continuar aqui. Você já me sustentou por muito tempo. Amanhã de manhã vou embora.

– Meu querido amigo! Use o bom senso. Você não tem.

Mas não! Nem mesmo agora, quando Gordon estava declaradamente arruinado, Ravelston se mostrava capaz de dizer "Você não tem nenhum dinheiro."

É uma coisa que não se diz. E ele apelou para um meio-termo:

– Onde você irá morar?.

– Só Deus sabe – eu não me importo. Existem albergues, pensões, lugares assim. Ainda me resta um pouquinho de dinheiro.

– Deixe de asneiras. É muito melhor você continuar aqui até conseguir um emprego.

– Mas isso pode levar meses, pelo que estou vendo. Não posso ficar sendo sustentado por você assim.

– Bobagem, meu amigo! Eu gosto da sua companhia.

Evidentemente, no fundo, bem lá no fundo, ele não estava gostando de hospedar Gordon. Como poderia? A situação era péssima. A tensão entre os dois era permanente, o que sempre ocorre quando uma pessoa sustenta outra. Por mais delicadeza que se use para disfarçar, a caridade é sempre algo deplorável; um mal-estar, quase um ódio secreto, se instala entre quem dá e quem recebe. Gordon sabia que sua amizade com Ravelston nunca mais voltaria a ser a mesma. Qualquer que fosse o futuro, a lembrança daqueles maus tempos sempre estaria entre eles. A sensação de se encontrar numa posição de dependência, de ser incômodo, indesejado, um estorvo, estava presente dia e noite. Na hora das refeições ele mal comia, recusava-se a fumar os cigarros de Ravelston, mas comprava cigarros com os poucos xelins que ainda lhe restavam. Jamais acendia o fogareiro a gás de seu quarto. Se pudesse, ficaria invisível. Todo dia, claro, havia gente entrando e saindo do apartamento e do escritório. Todos davam com Gordon e logo percebiam a sua situação. Mais um dos exploradores de estimação de Ravelston, era o que todos pensavam. E Gordon chegou até a perceber uma centelha de inveja profissional em um ou dois dos frequentadores habituais da *Anticristo*. Três vezes naquela semana Hermione Slater veio ao apartamento. Depois do seu primeiro encontro com ela, Gordon passou a bater em retirada do apartamento assim que ela entrava; numa ocasião, quando ela chegou à noite, ele precisou ficar na rua até de madrugada. A Mrs. Beaver, a empregada de Ravelston, também compreendia Gordon. Conhecia bem aquele tipo de gente. Era mais um desses jovens "escritores" imprestáveis que viviam explorando o pobre Mr. Ravelston. Assim, de maneiras nada sutis, ela estava sempre causando pequenos desconfortos a Gordon. E o seu número favorito era, levando nas mãos a vassoura e a pá:

– Mr. Comstock, se me dá licença, agora eu preciso arrumar aqui, por favor.

Depois de algum tempo, surpreendentemente e sem precisar fazer nada, apareceu um emprego para Gordon. Um dia, Ravelston recebeu uma carta do Mr. McKechnie. E o Mr. McKechnie tinha amolecido. Não a ponto de readmitir Gordon, claro, mas a ponto de ajudá-lo a encontrar outro emprego. Disse que um certo Mr.Cheeseman, dono de uma livraria em Lambeth, estava à procura de um vendedor. Pelo que ele dizia, era mais que evidente que Gordon poderia conseguir o emprego caso se candidatasse; e também era evidente que havia algum problema em relação a aquele emprego. Gordon já ouvira falar vagamente do Mr. Cheeseman – no ramo das livrarias todo mundo se conhece. No íntimo aquela notícia o contrariou. Na realidade não queria o emprego. Não queria voltar a trabalhar nunca mais; só queria deixar-se afundar, cada vez mais, sem esforço, na lama. Mas não podia decepcionar Ravelston depois de tudo que fizera por ele. De maneira que, ainda naquela manhã, foi até Lambeth informar-se sobre o emprego.

A loja ficava na Waterloo Road. Era uma livraria simplesinha e desagradável, e o nome no letreiro, em desbotadas letras douradas, não era Cheeseman, mas Eldridge. Na vitrine, porém, exibiam-se alguns valiosos volumes encadernados em couro e alguns mapas do século XVI que, na avaliação de Gordon, deviam valer bastante dinheiro. Era evidente que o Mr. Cheeseman se especializara em livros que considerava raros. Gordon criou coragem e entrou na livraria.

Quando tocou a campainha, um homenzinho de ar malévolo, com um nariz adunco e espessas sobrancelhas negras, saiu do escritório dos fundos da loja. Ergueu os olhos para Gordon com uma espécie de astúcia abelhuda. Quando por fim falou, foi de um modo entrecortado, como se dividisse cada palavra ao meio com os dentes antes de deixá-la escapar.

– O que deseja?

Gordon explicou o que fora fazer ali. O Mr.Cheeseman lançou-lhe um olhar significativo, respondendo da mesma maneira entrecortada:

– Ora, então, Comstock, hein? Por aqui. O escritório é nos fundos. Eu estava esperando por você.

Gordon o acompanhou. O Mr.Cheeseman era um homenzinho sinistro, quase tão baixo que podia ser definido como anão, ligeiramente deformado e com os cabelos muito pretos. Normalmente os anões, quando apresentam má-formação, possuem um tronco de tamanho normal e pernas diminutas. Mas com o Mr.Cheeseman ocorria o contrário. Suas pernas tinham tamanho normal, mas a metade superior de seu corpo era tão curta que as nádegas pareciam brotar logo abaixo das omoplatas. Isso lhe conferia, ao andar, o jeito de uma tesoura ambulante. Tinha os ombros fortes e ossudos dos anões, mãos grandes e feias e movimentos de cabeça bruscos e inquisitivos. Suas roupas exibiam aquela textura peculiar endurecida e lustrosa dos trajes muito velhos e muito sujos. Estavam quase entrando no escritório quando a campainha da porta tornou a tilintar e um freguês entrou, trazendo nas mãos um dos livros da caixa dos vendidos a seis *pence* exposta do lado de fora, e uma moeda de meia-coroa. O Mr.Cheeseman não foi buscar o troco na caixa registradora – aparentemente nem havia uma –, mas fez surgir uma bolsa muito ensebada de couro macio que trazia escondida em algum lugar secreto debaixo do colete. Manipulava essa bolsa, que quase se perdia em suas mãos imensas, com gestos especialmente furtivos, como se tentasse escondê-la das vistas alheias.

– Gosto de trazer meu dinheiro comigo, explicou, com um olhar para o alto, enquanto entravam em seu escritório.

Dava impressão que o Mr.Cheeseman entrecortava as palavras porque achava que elas valiam dinheiro e não deviam ser desperdiçadas. No escritório conversaram um pouco, e o Mr.Cheeseman arrancou de Gordon a confissão de que tinha sido preso por embriaguez. Na verdade, já sabia da história. McKechnie, a quem encontrara num leilão alguns dias antes, lhe contara tudo. Cheeseman tivera a atenção despertada pelo relato, pois estava à procura de um vendedor, e claro que um vendedor que tivesse sido preso por embriaguez poderia ser contratado por um pagamento reduzido. Gordon percebeu que a bebedeira seria usada como arma contra si. Ainda assim, o Mr.Cheeseman não lhe foi totalmente hostil. Parecia o tipo de pessoa que, havendo chance, seria capaz de trapaceá-lo e até passar por cima dele, se lhe desse a chance, mas que de resto o trataria com um desdenhoso bom humor. Fez confidências a Gordon, falou das condições do comércio de livros e gabou-se de sua astúcia em meio a muitas risadinhas. Tinha um riso peculiar, em que sua boca se curvava para cima nos cantos e seu imenso nariz dava a impressão de quase desaparecer dentro dela.

Contou a Gordon que recentemente tivera a ideia de iniciar uma atividade paralela especialmente lucrativa. Pretendia inaugurar uma biblioteca circulante a dois *pence*; mas ela precisava ficar separada da livraria, porque uma coisa tão voltada para as classes inferiores poderia espantar os bibliófilos que volta e meia vinham garimpar livros raros. Alugara uma loja não muito distante, e na hora do almoço levou Gordon para conhecê-la. Ficava mais abaixo na mesma rua maltratada, entre um açougue pouco limpo e uma agência funerária com pretensão a elegante. Os anúncios na vitrine da funerária atraíram o olhar de Gordon. Aparentemente, você podia ser enterrado nos dias de hoje pela módica quantia de duas libras e dez xelins. E podia até pagar seu enterro em suaves prestações. Havia também um anúncio de cremações – "Respeitosas, Sanitárias e Econômicas".

A loja consistia num único espaço estreito– quase um corredor com uma vitrine em toda a largura, mobiliado com uma escrivaninha barata, uma cadeira e um fichário. As prateleiras recém-pintadas estavam prontas e vazias. Aquela biblioteca, percebeu Gordon de imediato, não seria do mesmo tipo da que ele controlava na livraria de McKechnie. A biblioteca de McKechnie, em comparação, era de um nível intelectual bem mais alto. O mais rasteiro que havia lá era Dell, e chegava a oferecer livros de Lawrence e Huxley. Mas a de Cheeseman era uma daquelas bibliotecas baratas e mesquinhas que vinham brotando por toda a Londres – eram chamadas de "bibliotecas-cogumelos" –, voltadas para o público mais inculto. Em bibliotecas como essas, não existe um único livro que já tenha sido mencionado numa resenha ou que qualquer pessoa civilizada já tenha ouvido falar. São livros publicados por editoras especializadas nesse tipo de obra, produzidas por péssimos escritores de aluguel à razão de quatro por ano, tão mecanicamente quanto salsichas e com muito menos talento. Na verdade, eram meros folhetins ordinários disfarçados de romance, e só custavam um *xelin* e oito *pence* por exemplar para o dono da biblioteca. O Mr.Cheeseman explicou que ainda não pegara os livros. Falava em "pegar livros" no mesmo tom que usaria para se referir a uma tonelada de carvão. Pretendia começar com quinhentos títulos variados, disse. As prateleiras já estavam classificadas em seções – "Sexo", "Mistério", "Faroeste", e assim por diante.

Ofereceu o emprego a Gordon. O trabalho era muito simples. Ele só precisava passar dez horas por dia na loja, entregando os livros, recebendo o dinheiro e impedindo a ação dos ladrões de livros mais flagrantes. O salário, acrescentou, com um olhar de esguelha e avaliação, era de trinta xelins por semana.

Gordon aceitou na mesma hora. O que talvez tenha decepcionado o Mr.Cheeseman. Tinha contado com uma discussão, e teria adorado esmagar Gordon lembrando-lhe que quem está necessitado não pode exigir muito. Mas Gordon se dera por satisfeito. O emprego lhe convinha. Não havia nenhum *problema* num emprego como aquele; não deixava espaço para nenhuma ambição, nenhum esforço, nenhuma esperança. Dez xelins a menos – dez xelins mais perto da lama.

Exatamente o que ele queria.

Pediu mais duas libras "emprestadas" a Ravelston e alugou um conjugado mobiliado, a oito xelins por semana, num beco imundo paralelo a Lambeth Cut. O Mr.Cheeseman encomendou um estoque de quinhentos títulos variados, e Gordon começou a trabalhar no dia 20 de dezembro. Por acaso, o dia do seu trigésimo aniversário.

# CAPÍTULO 10

"VOCÊ ERA APENAS MAIS UM NAQUELE CORTIÇO, E, COMO OS DEMAIS HABITANTES DO CORTIÇO, NÃO FAZIA A MENOR DIFERENÇA."

Embaixo da terra, embaixo da terra! Fincado no útero macio e subterrâneo, onde não existe procura nem perda de empregos, nem parentes nem amigos para perturbar, onde não há esperança, medo, ambição, honra nem dever – nenhuma perturbação ou cobrança. Era onde ele queria se esconder.

Ele não queria a morte, a morte física, real. A sensação que tinha era estranha, e o perseguia desde a manhã em que acordara preso. A disposição maléfica e revoltada que costuma suceder às bebedeiras parecia ter virado rotina. Aquela noite foi um marco em sua vida. Ela o arrastara para baixo com uma estranha brutalidade. Antes ele se revoltava contra o código do dinheiro, mas ainda se apegava a seus poucos vestígios de decência. Agora queria ver-se livre justamente da decência. Queria afundar mais, bem mais, em algum mundo onde a decência não contasse; soltar as amarras do seu amor próprio, afundar, naufragar como talvez dissesse Rosemary. E tudo aquilo se associava em seu espírito à ideia de estar no subsolo, embaixo da terra Pensava nas pessoas perdidas, nos habitantes do submundo, vagabundos, mendigos, criminosos, prostitutas. É um mundo bom, o que eles habitam, sepultados em seus malcheirosos albergues, asilos e bordéis. Imaginava ele que, por baixo do mundo do dinheiro, existia aquele imenso submundo do descuido e do descaso, onde o fracasso e o sucesso nada significam; uma espécie de reino de fantasmas onde todos são iguais. Era lá que ele desejava ir morar, naquele reino inferior dos fantasmas, *abaixo* da ambição. De algum modo, consolava-se com a lembrança dos cortiços enfumaçados que se espalhavam a perder de vista pelo sul de Londres, uma imensa selva sem encantos onde uma pessoa poderia se perder para sempre.

Apesar de tudo aquele emprego era o que ele queria; ou pelo menos era algo próximo do que ele queria. Ali em Lambeth, em pleno inverno, nas ruas enlameadas onde os rostos amarronzados dos embriagados de chá vagavam cercados pela névoa, a sensação era de estar submerso. Ali não havia contato com o dinheiro nem com a cultura. Nenhum cliente de nível intelectual com quem você precisasse afetar erudição; ninguém capaz de lhe perguntar, com o tom de cobrança usado pela gente próspera, do tipo: "O que um homem como você, com a sua inteligência e a sua formação, está fazendo num emprego desses?". Você era apenas mais um naquele cortiço, e, como os demais habitantes do cortiço, não fazia a menor diferença. Os jovens, as moças e as enlameadas mulheres de meia-idade que procuravam aquela biblioteca dificilmente chegavam a perceber que Gordon era um homem que estudara. Ele era só "o sujeito da biblioteca", e todos o viam praticamente como um igual.

O trabalho em si, evidentemente, era de uma futilidade inimaginável. Ele ficava lá sentado dez horas por dia, seis horas às quintas-feiras, entregando livros, anotando as saídas e recebendo os pagamentos de dois *pence*. Fora isso, não havia mais nada a fazer a não ser ler. Não havia nada digno de se observar fora da loja, na rua desolada. O grande acontecimento do dia era quando a carruagem fúnebre parava diante da funerária vizinha. Aquilo tinha um ligeiro interesse para Gordon porque a tintura negra de um dos cavalos estava desbotando e assumindo aos poucos um curioso matiz marrom arroxeado. Boa parte do tempo, quando não havia fregueses, ele passava lendo o lixo de capa amarela que a biblioteca emprestava. Em média, dava para ler um livro daquele tipo por hora. E eram o tipo de livro de que ele mais gostava no momento. Autêntica "literatura de fuga". Nenhuma outra criação humana exigiu menos da inteligência; mesmo um filme qualquer exige certo esforço. Assim, quando um freguês lhe pedia um livro dessa ou daquela categoria, fosse "Sexo", "Mistério", "Faroeste" ou "Amor", Gordon tinha sempre uma sugestão especializada a dar.

O Mr. Cheeseman não era um mau patrão, desde que você entendesse que podia trabalhar até o dia do juízo final sem jamais conseguir um aumento. Nem é preciso dizer que ele suspeitava que Gordon subtraía dinheiro da caixa. Ao final de uma ou duas semanas, imaginou um novo sistema de registro, pelo qual podia saber quantos livros tinham sido emprestados e conferir esse número com os ganhos diários. Entretanto, segundo ele, ainda assim era possível que Gordon fizesse empréstimos sem registrá-los; desse modo, a possibilidade de que Gordon o estivesse desfalcando em seis *pence* ou até em um xelin por dia continuava a perturbá-lo, como uma pedrinha no sapato. Mesmo assim, ele não era de todo detestável, com aquele seu jeito sinistro de anão. Ao final da tarde, depois de fechar a livraria, quando passava pela biblioteca a fim de recolher o faturamento do dia, ficava algum tempo conversando com Gordon e contando, com ruidosas risadinhas abafadas, algum golpe especialmente astuto que havia aplicado nos últimos tempos. E com base nessas conversas Gordon foi se inteirando da história do Mr. Cheeseman. Ele crescera trabalhando no comércio de roupas usadas, sua vocação natural, por assim dizer, e herdara a livraria de um tio três anos antes. Naquele momento era uma dessas livrarias horrorosas onde nem sequer existem prateleiras e os livros se espalham por pilhas horrorosas, empoeiradas, sem o menor sinal de classificação. Às vezes apareciam alguns colecionadores de livros, que frequentavam o local porque ocasionalmente alguma coisa valiosa podia ser encontrada em meio às pilhas de volumes imprestáveis, mas sua principal atividade era a venda de livros policiais de segunda mão a dois *pence*. Num primeiro momento, o Mr. Cheeseman tinha administrado aquele pardieiro com intensa repulsa. Tinha horror aos livros, e ainda não percebera que se podia ganhar dinheiro com eles. Ainda mantinha aberto seu brechó de roupas usadas, administrado por um representante, e tencionava voltar a ele assim que conseguisse uma boa oferta pela livraria. Mas por fim lhe ocorrera que os livros, manuseados da maneira correta, valem dinheiro.

Assim que fez essa descoberta, desenvolveu um espantoso faro para o negócio. Em dois anos, transformou sua livraria numa das melhores casas de livros raros do seu porte em toda a Londres. Para ele, os livros eram simples mercadorias, tanto quanto calças de segunda mão. Nunca havia lido um livro sequer na vida, nem conseguia imaginar por que alguém poderia querer ler. Sua atitude diante dos colecionadores que folheavam com tanto amor as edições mais raras era a de uma prostituta frígida contemplando a clientela. Ainda assim, só de apalpar um livro ele parecia adivinhar se tinha ou não valor. Sua cabeça era uma mina perfeita de registros de leilões e datas de primeiras edições, e ele tinha um faro extraordinário para pechinchas. Sua maneira favorita de adquirir livros era comprar as bibliotecas inteiras de pessoas que acabavam de morrer, especialmente religiosos. Sempre que falecia um religioso, o Mr. Cheeseman aparecia no local do óbito com a pontualidade de um abutre. Era muito comum, explicou a Gordon, os religiosos deixarem ótimas bibliotecas e viúvas ignorantes. Ele morava na sobreloja da livraria, era solteiro, claro, não tinha distrações nem amigos, aparentemente. Às vezes Gordon se perguntava o que o Mr. Cheeseman faria nas noites em que não saía à caça de pechinchas. Mentalizava o Mr. Cheeseman sentado num quarto trancado com duas fechaduras, com as persianas cerradas, contando pilhas de meias-coroas e rolos de notas de uma libra que guardava zelosamente em latas de cigarros.

O Mr. Cheeseman vigiava Gordon e estava sempre procurando alguma desculpa para fazer descontos em seu salário; ainda assim, não tinha nenhuma má vontade especial com ele. Às vezes, ao cair da noite, quando vinha até a biblioteca, tirava do bolso um pacote grande de Batatas Fritas Smith's e, estendendo o braço, perguntava em seu estilo entrecortado de falar:

– Quer batata?

O pacote era sempre agarrado com tanta força que era impossível extrair dele mais que duas ou três batatinhas. Ainda assim, a intenção do gesto era amigável.

Gordon morava, em Brewer's Yard, paralela à Lambeth Cut ao sul. Era um pardieiro imundo, e seu quarto conjugado custava oito xelins por semana e ficava bem debaixo do forro. Com seu teto inclinado – tinha a forma de uma cunha – e sua janela de claraboia, era a coisa mais próxima da proverbial mansarda do poeta em que jamais vivera. Tinha uma cama larga e baixa de estrado arriado, com uma colcha de retalhos e lençóis que só eram trocados a cada quinze dias; uma mesinha marcada pelos círculos de dinastias de bules de chá; uma cadeira de cozinha desconjuntada; uma bacia de estanho para ele se lavar; uma boca única de gás num anteparo de metal. As tábuas nuas do assoalho nunca tinham sido pintadas, mas estavam negras de sujeira. Nos rasgões do papel de parede cor-de-rosa pululavam miríades de insetos; como, porém, era inverno, eles mantinham-se em estado letárgico, a menos que o quarto fosse superaquecido. O acordo era cada morador fazer sua cama. A Mrs. Meakin, a senhoria, teoricamente arrumava os quartos todos os dias, mas de cada cinco dias quatro ela não conseguia enfrentar as escadas. A maioria dos moradores preparava suas magras refeições no próprio quarto. Não havia fogão a gás, claro; só uma boca de fogareiro e, dois andares abaixo, uma pia imensa e malcheirosa que todos os moradores usavam.

No sótao ao lado da de Gordon vivia uma mulher alta e bonita que parecia meio louca. Seu rosto muitas vezes aparecia preto como o de uma negra, de tanta sujeira. Gordon nunca descobriu de onde vinha a sujeira. Parecia pó de carvão. As crianças das redondezas costumavam correr atrás dela chamando-a dePretinha, enquanto ela desfilava pelas calçadas como uma rainha de tragédia, falando sozinha.

No andar de baixo, morava uma mulher com um bebê que chorava e chorava sem parar;. Havia também um casal de jovens que tinha brigas terríveis e reconciliações dramáticas que se ouviam por toda a casa. No andar térreo, um pintor de paredes, sua mulher e cinco filhos sobreviviam do seguro-desemprego e de biscates ocasionais. A Mrs. Meakin, a senhoria, vivia em algum covil no porão.

Gordon gostou do lugar. Era bastante diferente da pensão da Mrs. Wisbeach. Ali não havia a mesma decência mesquinha de classe média baixa, a sensação de ser constantemente espionado e censurado. Desde que você pagasse o aluguel, podia fazer quase o que quisesse;

chegar em casa embriagado e subir as escadas se arrastando, trazer mulheres para o quarto a qualquer hora, passar o dia inteiro na cama, se desejasse. A Mrs. Meakin não era de interferir na vida de ninguém. Era uma velha senhora desalinhada e flácida como gelatina, com uma aparência de broa caseira. Diziam que na juventude ela não tinha sido boa coisa, e é bem provável que fosse verdade. Concedia um tratamento amoroso a qualquer coisa que usasse calças. No entanto, tinha-se a sensação de que ainda cultivava em seu seio algum vestígio de respeito. No dia em que Gordon se instalou, ouviu-a bufando e forcejando para subir a escada, evidentemente carregando alguma coisa. Bateu de leve na porta com o joelho, ou o lugar onde deveria ficar seu joelho, e ele abriu a porta.

– Pronto, suspirou ela gentilmente ao entrar com os braços carregados. – Eu sabia que você ia gostar disto. Eu gosto que todo mundo que aluga meus quartos se sinta bem confortável. Deixe eu cobrir a mesa para você. Pronto! Assim o quarto fica parecendo mais uma casa, não é?

Não é que ela levou um vaso com uma aspidistra? Gordon levou um choque ao ver a planta. Até mesmo ali, no seu refúgio final! Até aqui já me achaste, ó inimigo meu? Mas era um exemplar em mau estado – na verdade, estava claramente agonizando.

Ele até poderia ser feliz naquele lugar, se as pessoas o deixassem em paz. Era um lugar onde era possível ser feliz, de um modo descontraído. Passar os dias realizando um trabalho mecânico e sem sentido, um trabalho que podia ser finalizado numa espécie de estado comatoso; voltar para casa, acender o fogo quando houvesse algum carvão, já que a mercearia vendia saquinhos de seis pence. Dava para e aquecer um pouco aquele sótão atulhado e sentar-se diante de uma refeição miserável de bacon, pão com margarina e chá, preparada no fogareiro do quarto. Poderia se esticar na cama bolorenta, e ler um livro de mistério ou resolver os quebra-cabeças da revista *Tit Bits* até de madrugada. Era a vida que ele queria. Todos os seus hábitos decaíram depressa.

Não se barbeava mais do que três vezes por semana e só lavava as partes do corpo que a roupa deixava de fora. Havia bons banhos públicos nas redondezas, mas ele mal ia a algum deles uma vez por mês. Jamais arrumava a cama direito, limitava-se a sacudir os lençóis, e nunca lavava sua louça escassa antes de usar todos os pratos e talheres pelo menos duas vezes. Uma camada de poeira cobria tudo. Na boca do fogareiro havia uma frigideira suja e alguns pratos cobertos de restos de ovo frito. Certa noite, os insetos saíram de umas das frestas da parede e desfilaram pelo teto em fila de dois. Ele ficou deitado na cama, com as mãos atrás da cabeça, observando os animais com interesse. Sem culpa, quase sem intenção, ele parecia se decompor. No fundo de todos os seus sentimentos havia apenas uma certeza, um *je m'en fous* perante o mundo. A vida o derrotara; mas sempre é possível suportar a vida virando o rosto. Melhor afundar do que subir. Para baixo, para baixo rumo a um reino imaginário, o mundo das sombras, onde a vergonha, o esforço e a decência não existem!

Afundar! Parecia fácil, já que são tão poucos os competidores! Mas o estranho é que muitas vezes é mais difícil afundar do que subir. Existe sempre alguma coisa nos puxando para cima. Afinal, nunca estamos totalmente sós; sempre temos amigos, amantes, parentes. Todo mundo que Gordon conhecia parecia estar lhe escrevendo cartas, manifestando compaixão ou dando bronca nele. Tia Angela escrevera, tio Walter escrevera, Rosemary escrevera várias e várias vezes, Ravelston escrevera, Júlia escrevera. Até Flaxman tinha mandado um bilhete desejando-lhe boa sorte. A mulher de Flaxman o perdoara, e ele voltara para Peckham num estado de beatitude aparentemente aspidístrica. Mas àquela altura Gordon detestava receber cartas. Eram uma ligação com aquele outro mundo do qual tentava fugir.

Até Ravelston se voltara contra ele. Foi depois que fora visitar Gordon em seu novo endereço. Até essa visita, não fazia ideia do tipo de vizinhança em que Gordon se instalara. Quando o táxi dobrou a esquina, na Waterloo Road, uma horda de meninos esfarrapados de cabelos compridos apareceu de lugar nenhum e começou a disputar o privilégio de abrir a porta do táxi, agitados como peixes em torno da isca. Três deles agarraram a maçaneta e puxaram a porta ao mesmo tempo. Seus rostinhos sujos e servis, transtornados pela expectativa, deixaram Ravelston nauseado. Ele atirou algumas moedas para o bando e bateu em retirada beco adentro sem tornar a olhar para eles. As calçadas estreitas estavam cobertas por uma quantidade espantosa de fezes de cachorro, considerando que não havia cães à vista.

No porão do seu cortiço, a Mrs. Meakin preparava um hadoque, e dava para sentir o cheiro do peixe até quase o último andar da casa. No sótão, Ravelston sentou-se na cadeira desconjuntada, com o teto inclinado quase a lhe bater na cabeça. O fogo estava apagado e a única luz do quarto era a de quatro velas que cintilavam num pires ao lado da aspidistra. Gordon estava deitado na cama desfeita, totalmente vestido mas sem sapatos. Mal se mexera quando Ravelston entrou no quarto. Continuou ali deitado, de costas, às vezes sorrindo um pouco, como se compartilhasse alguma piada secreta com o teto. O quarto já tinha o cheiro adocicado e enjoativo de aposentos ocupados há muito mas nunca limpos. Havia panelas, louças e talheres sujos no balcão.

– Quer uma xícara de chá? – perguntou Gordon sem se mover.

– Não, muitíssimo obrigado, não, respondeu Ravelston, um pouco depressa demais.

Ele tinha visto as xícaras manchadas no balcão e a repulsiva pia comunitária no térreo da casa. Gordon sabia exatamente por que Ravelston recusara o chá. Toda a atmosfera do lugar havia chocado Ravelston. Aquele cheiro horrível, a mistura de hadoque e lençóis sujos invadindo a escadaria! Ele olhou para Gordon, estendido na cama. Que diabos, Gordon era um cavalheiro! Em outras épocas ele teria repudiado aquele pensamento; mas numa atmosfera como essa qualquer mistificação devota era impossível. Todos os instintos de classe que julgava não possuir insurgiram-se, revoltados.

Era terrível constatar que uma pessoa com inteligência e refinamento pudesse viver num lugar assim. Quis dizer a Gordon que devia ir embora, reagir, dar um jeito de ganhar um salário decente e viver de acordo com sua posição. Mas claro que não disse nada. Coisas assim não se dizem. Gordon percebeu o que deveria estar passando pela cabeça de Ravelston. E até achou divertido. Não sentia a menor gratidão por Ravelston ter vindo visitá-lo; por outro lado, não sentia a vergonha de suas circunstâncias que sentiria em outros tempos. Havia uma ligeira malícia bem-humorada na maneira como falou.

– Você acha que eu sou um imbecil completo, é claro, observou para o teto.

– Não, não acho. Por que haveria de achar?

– Acha, sim. Acha que eu sou um completo imbecil por continuar morando neste lugar imundo em vez de conseguir um emprego decente. Você acha que eu devia me candidatar àquele emprego na New Albion.

– Não é verdade! Nunca fui dessa opinião. Entendo perfeitamente a sua escolha. E já lhe disse antes. Acho que, em princípio, você tem toda a razão

– E acha que os princípios são uma coisa boa desde que a pessoa não queira pô-los em prática.

– Não. Mas a questão é sempre o momento que a pessoa escolhe para pôr os princípios em prática.

– É muito simples. Declarei guerra ao dinheiro. E ela me trouxe até aqui.

Ravelston esfregou o nariz; depois se remexeu na cadeira, constrangido.

– O seu problema é pensar que a pessoa pode viver numa sociedade corrupta sem ela própria se corromper. Afinal, o que você consegue recusando-se a ganhar dinheiro? Você tenta se comportar como se fosse possível manter-se simplesmente fora do nosso sistema econômico. Mas é impossível. O que precisa ser mudado é o sistema; se ele não mudar, nada mudará. Não se pode endireitar as coisas cada um no seu buraco, individualmente, se você me entende.

Gordon balançou um pé para o teto infestado de insetos.

– É claro, concordo que isto aqui é um buraco.

– Não foi o que eu quis dizer, respondeu Ravelston, magoado.

– Mas vamos encarar os fatos. Você acha que eu deveria estar procurando um emprego bom, não é?

– Depende do emprego. Penso que você tem toda a razão de não se vender à agência de publicidade. Mas me parece uma pena você continuar no péssimo emprego que ocupa hoje. Afinal, você tem os seus talentos. E devia usá-los de alguma forma.

– Mas sempre escrevo os meus poemas, disse Gordon, sorrindo da sua piada íntima.

Ravelston ficou sem jeito. Aquilo o deixou sem resposta. Claro, claro que havia os poemas de Gordon! *Prazeres Londrinos*, por exemplo. Ravelston sabia, Gordon sabia, e cada um sabia que o outro sabia que *Prazeres Londrinos* nunca ficaria pronto. O mais provável era que nunca mais Gordon escrevesse um verso sequer; pelo menos enquanto continuasse a morar naquele lugar sórdido, com aquele emprego de fim de linha e naquela disposição de espírito de derrotado. Precisava acabar com aquilo tudo. Mas isso não podia ser dito, ainda não. Ainda faziam de conta que Gordon era um poeta em começo de carreira – o costumeiro poeta-em-sua-mansarda.

Ravelston não ficou muito tempo por ali. Aquele lugar fedorente o incomodava, e Gordon deixara bem claro que não desejava que ele ficasse. Ele se encaminhou hesitante na direção da porta, calçando as luvas, depois voltou, descalçando a luva esquerda e batendo com ela na coxa.

– Escute aqui, Gordon, espero que não se aborreça com o que vou dizer: este lugar é imundo. Esta casa, esta rua, tudo.

– Eu sei. É uma pocilga. Exatamente o que me convém.

– Mas você precisa mesmo viver num lugar assim?

– Meu querido amigo, você sabe quanto eu ganho de salário. Trinta xelins por semana.

– Sei, mas...! Deve haver algum lugar melhor. Quanto você paga de aluguel?

– Oito xelins!

– Oito? Por essa quantia você podia alugar um apartamento pequeno, sem mobília, mas perfeitamente decente. Pelo menos melhor do que este aqui. Escute, por que você não aluga um apartamento vazio e me deixa lhe emprestar dez libras para a mobília?

– Me 'emprestar' dez libras? Depois de todo o dinheiro que você já me 'emprestou'? Você quer dizer que vai me dar dez libras.

Ravelston olhou para a parede com ar derrotado. Que coisa mais horrível de se dizer!

– Está bem, se você prefere assim. Posso lhe dar dez libras.

– Só que eu não quero.

– Que diabo! Você pelo menos precisa de um lugar decente para morar.

– Mas eu não quero morar num lugar decente. Quero morar num lugar indecente. Este aqui, por exemplo.

– Mas por quê? Por quê?

– É o que convém à minha posição, respondeu Gordon, virando-se de frente para a parede.

Alguns dias depois Ravelston escreveu-lhe uma carta longa e um tanto insegura. Reiterava quase tudo que já dissera quando visitou Gordon. No final das contas, sua mensagem dizia que ele compreendia totalmente a posição de Gordon, que havia muito de verdade no que Gordon dizia, que Gordon estava absolutamente correto em princípio, mas...! O óbvio, o inevitável "mas". Gordon nem respondeu. Passaram-se vários meses até voltar a se encontrar com Ravelston. Ravelston fez várias tentativas de entrar em contato. Era curioso – e até vergonhoso do ponto de vista de um socialista – que a ideia de Gordon, um homem inteligente e bem-nascido, alojado naquele lugar horroroso e trabalhando naquele emprego quase vil o perturbasse mais do que a lembrança dos dez mil desempregados de Middlesbrough. Várias vezes, esperando animar Gordon, escreveu-lhe pedindo contribuições para a *Anticristo*. Gordon nunca respondeu. A amizade dos dois estava encerrada, na opinião dele.

O tempo horrível que passara na casa de Ravelston tinha posto tudo a perder. A caridade mata a amizade.

E ainda havia Júlia e Rosemary. A diferença entre elas e Ravelston é que não tinham a menor relutância em dizer o que pensavam. Não diziam que Gordon tinha razão em princípio. Elas sabiam que recusar um emprego bom estava errado. Insistiam incansavelmente com ele para que voltasse à New Albion. E o pior é que agora as duas o perseguiam juntas. Anteriormente, elas nunca tinham se encontrado, mas agora Rosemary dera um jeito de conhecer Júlia. E as duas tinham formado uma liga feminina contra ele. Costumavam se encontrar e conversar sobre a maneira endoidecida como Gordon vinha agindo.

Era a única coisa que tinham em comum, sua raiva feminina contra aquele comportamento doido. Simultânea ou sucessivamente, por carta ou através de recados, elas nunca paravam de persegui-lo. Era insuportável.

Graças a Deus, nenhuma das duas conhecera seu quarto na casa da Mrs. Meakin. Rosemary ainda suportaria, mas a visão daquele sótão imundo era capaz de provocar a morte de Júlia. Tinham vindo procurá-lo na biblioteca. Rosemary aparecera várias vezes, Júlia uma só, quando conseguiu uma desculpa para faltar ao trabalho na casa de chá.

As duas ficaram muito abatidas ao ver como a biblioteca era pequena e despojada. O emprego na livraria de McKechnie, embora muito mal pago, não era o tipo de trabalho que chegava a envergonhar. Punha Gordon em contato com gente ilustrada; como ele próprio era um "escritor", podia até ter "levado a alguma coisa". Mas ali, numa rua que era quase uma viela de cortiços, entregando aquele lixo de capa amarela para ganhar trinta xelins por semana – que esperança de progresso podia haver num emprego desses? Era um emprego de pária, um emprego que jamais levaria a nada. Noite após noite, enquanto palmilhavam aquelas ruas feias e enevoadas depois que a biblioteca fechava, Gordon e Rosemary discutiam e discutiam a respeito. E ela nunca parava de insistir. *Será* que ele realmente não queria voltar para a New Albion? E *por que* ele não queria voltar para a New Albion? Ele sempre respondia que a New Albion jamais o aceitaria de volta. Afinal, ele não se candidatara ao emprego e não tinha como saber se o conseguiria; mas preferia manter-se na incerteza.

Agora havia alguma coisa nele que a deixava desalentada e com medo. Ele parecia ter mudado e se deteriorado muito depressa. Ela adivinhava nele, embora Gordon nunca tocasse no assunto, aquele desejo de fugir de todo esforço e de toda decência, de afundar até o fim no lodo mais abissal. E não era só do dinheiro, mas da própria vida que ele estava se afastando. Não discutiam mais como nos velhos tempos antes de Gordon perder o emprego. Naqueles dias ela nem prestava muita atenção nas teorias extravagantes dele. Seus solilóquios sobre a moral do dinheiro tinham sido uma espécie de piada entre os dois. E nem lhe parecia importar muito que o tempo estivesse passando e que a chance de Gordon vir a ter uma vida decente fosse muito remota. Ela se achava muito jovem e ainda pensava que o futuro não tinha limites. E tinha se limitado a assistir a Gordon jogar fora dois anos de sua vida – aliás, dois anos da vida dela também; mas, para ela, protestar contra aquilo teria sido uma falta de empatia.

Mas agora ela estava ficando muito preocupada e assustada. O carro voador do tempo seguia em alta velocidade. Quando Gordon perdeu o emprego, Rosemary percebeu de repente, com a sensação de quem faz uma descoberta espantosa, que ela afinal não era mais tão jovem assim. O trigésimo aniversário de Gordon já passara; o dela própria não estava distante. E o que tinham pela frente? Gordon deixava-se afundar inerte num fracasso cinzento e letal. E dava a impressão de que queria aquilo. Que esperança existia de um dia se casarem? Gordon sabia que ela tinha razão. A situação era insustentável. E assim no espírito dos dois foi crescendo aos poucos a ideia, inicialmente silenciosa, de que deviam se separar – para sempre.

Houve uma noite em que combinaram de se encontrar debaixo dos arcos do viaduto da estrada de ferro. Era uma noite horrível de janeiro; não havia nevoeiro dessa vez, só um vento impiedoso que dobrava as esquinas e atirava poeira e pedaços de papel no rosto dos transeuntes. Ele esperava por ela, uma silhueta miúda e curvada, malvestido quase a ponto de poder ser descrito como um esfarrapado, os cabelos agitados pelo vento. Ela chegou na hora marcada, como sempre. Correu até ele, puxou seu rosto para baixo e deu-lhe um beijo em sua bochecha gelada.

– Gordon, querido, você está tão frio! Por que saiu de casa sem se agasalhar?

– Meu sobretudo está no penhor. Achei que eu tinha contado.

– Ah, é mesmo!

Ela ergueu os olhos para ele, e uma ruga se formou na testa, entre as sobrancelhas negras. Ele tinha uma aparência tão desleixada, um ar de tamanho desalento, ali naquela passagem mal iluminada, o rosto cheio de sombras. Ela enfiou seu braço no dele e o puxou para a luz.

– Vamos continuar andando. Está frio demais para ficarmos parados. Tenho uma coisa muito séria a lhe dizer.

– O quê?

– Acho que você vai ficar muito zangado comigo.

– O que é?

– Hoje à tarde fui falar com o senhor Erskine. Pedi permissão para conversar alguns minutos com ele.

Ele entendeu o que viria em seguida. Tentou desprender seu braço, mas ela segurou-o com força.

– E então?, perguntou ele em tom de desânimo.

– Eu contei de você para ele. Questionei se o aceitaria de volta no trabalho. De cara, ele respondeu que os negócios andam mal e que não tinham meios para contratar gente nova, essas coisas todas. Mas eu lembrei o que ele tinha dito, e ele respondeu que sim, que sempre tinha achado você muito promissor. No final ele disse que estava disposto a encontrar uma função para você, caso quisesse voltar. Está vendo? Eu tinha razão. Eles lhe darão o emprego.

Ele não respondeu. Ela apertou seu braço.

– O que você me diz? – perguntou.

– Você sabe o que eu vou dizer, respondeu ele com frieza.

No fundo, ele estava assustado e aborrecido. Era o que ele temia. Tinha certeza de que mais dia, menos dia ela acabaria tomando a iniciativa, o que definia claramente a questão e também a responsabilidade dele. Ele curvou-se mais, com as mãos ainda nos bolsos do paletó, deixando-a agarrar-se a seu braço mas sem olhar para ela.

– Está com raiva de mim?, perguntou ela.

– Não. Mas não vejo por que você precisava fazer o que fez– pelas minhas costas.

Aquilo a chateou. Precisara insistir muito para obter aquela promessa do Mr.Erskine. E tinha precisado de toda a coragem para enfrentar o diretor da firma em seu gabinete. Sentira um medo terrível de ser ela própria demitida por sua ousadia. Mas não iria contar nada daquilo a Gordon.

– Penso que você não devia dizer que foi *pelas suas costas*. Afinal, eu só estava tentando ajudá-lo.

– E de que jeito pensa que vai me ajudar um emprego que eu não quero nem amarrado?

– Está querendo me dizer que não vai voltar, nem assim?

– Nunca.

– Mas por quê?

– Necessitamos ter de novo essa conversa? – perguntou ele com voz cansada.

Ela apertou o braço dele com força e o puxou, forçando-o a ficar de frente para ela. Havia uma espécie de desespero na maneira como se agarrava a ele. Ela fizera sua última tentativa e tinha fracassado. Era como se sentisse Gordon afastando-se dela, cada vez mais indistinto, como um fantasma.

– Você vai me aborrecer muito se continuar desta maneira, disse ela.

– Eu queria que você não se preocupasse comigo. Seria muito mais simples se você não se preocupasse.

– Mas por que você precisa jogar fora a sua vida desse modo?

– Já lhe disse, não há outro jeito. Preciso ser coerente comigo mesmo.

– Você sabe no que isso vai dar?

Com um frio no coração, mas ainda assim com resignação, e até mesmo com um sentimento de alívio, ele disse:

– Que vamos ter de nos separar e nunca mais nos ver?.

Continuavam a caminhar, e agora emergiram na Westminster Bridge Road. O vento os recebera uivando, atirando neles uma nuvem de poeira que fez os dois baixarem a cabeça. Tornaram a parar. O rosto pequeno de Rosemary estava crivado de rugas, e o vento frio, somado à luz fria dos lampiões, não melhorava em nada seu aspecto.

– Você quer se livrar de mim, disse ele.

– Não. Não. Não é bem isso.

– Mas você acha que devemos nos separar.

– E como podemos continuar desta maneira? – perguntou ela parecendo desolada.

– É difícil, admito.

– É tudo tão miserável, tão sem saída!

– Aonde isso pode nos levar?

– Quer dizer que, afinal, você não me ama?, perguntou ele.

– Amo, amo! Você sabe que sim.

– De algum modo, pode ser. Só que não o bastante para continuar me amando mesmo com a certeza de que nunca vou ter dinheiro para sustentá-la. Você me quer como marido, mas não como amante. Ainda é uma questão de dinheiro, não está vendo?

– Não é o dinheiro, Gordon! Não é!

– É, sim, é só uma questão de dinheiro. O dinheiro sempre fez uma barreira entre nós, desde o início. O dinheiro, sempre o dinheiro!

A discussão continuou, mas não por muito tempo. Os dois tremiam de frio. Não existe comoção que perdure quando se está de pé na rua, desprotegido, enfrentando um vento cortante. Quando por fim se despediram, não foi com um adeus irrevogável. Ela simplesmente disse:

– Preciso voltar

Beijou-o e correu para o outro lado da rua até o ponto de parada do bonde. Com alívio, ele a acompanhou com os olhos. Não podia mais parar para se perguntar se a amava. Queria apenas ir embora, para longe da rua varrida pelo vento frio, para longe das cenas e das exigências emocionais, de volta à malcheirosa solidão de seu sótão. Se havia lágrimas em seus olhos, era só por causa do vento frio.

Com Júlia era ainda pior. Ela pediu que ele fosse até sua casa uma noite. Foi logo depois que ela soube, por Rosemary, da oferta de emprego feita pelo Mr.Erskine. Com Júlia, o pior era que ela não entendia nada, absolutamente nada, dos motivos dele. Só entendia que lhe tinham oferecido um emprego bom e que ele havia recusado. Ela implorou, quase de joelhos, que ele não desperdiçasse aquela oportunidade. E quando ele lhe disse que já estava decidido, ela começou a chorar, a chorar de verdade. Uma coisa horrível.

Aquela pobre garota que parecia um ganso, com o cabelo cheio de mechas rancas, chorando sem nenhuma graça nem dignidade em seu quartinho conjugado com mobília barata comprada a prestação! Era o fim de todas as esperanças dela. Júlia tinha assistido à família decair, cada vez mais fundo, sem dinheiro ou descendentes, em direção a uma cinzenta obscuridade. O único que ainda tinha alguma possibilidade de sucesso era Gordon; mas ele, por alguma louca crueldade, se recusava. Ele sabia o que ela estava pensando; e precisava invocar uma espécie de brutalidade para aguentar firme. Ele só se incomodava por causa de Rosemary e Júlia. Ravelston não importava, porque Ravelston entendia. tia Angela e tio Walter, claro, reclamavam dele em voz fraca em cartas longas e mal escritas. Mas ele não os levava em conta.

Em desespero, Júlia lhe perguntou o que ele pretendia fazer, agora que jogara fora sua última oportunidade de sucesso na vida. Ele respondeu, simplesmente, "Meus poemas". O mesmo que dissera a Rosemary e a Ravelston. Com Ravelston, essa resposta bastara. Rosemary não tinha mais fé alguma em seus poemas, mas jamais o diria com todas as letras. Quanto a Júlia, seus poemas jamais tinham significado nada para ela em tempo algum. "Não vejo muito sentido em escrever se você não pode ganhar dinheiro com isso", era o que ela sempre dizia. Ele próprio não acreditava mais em seus poemas. Mas ainda se esforçava por escrever, pelo menos de vez em quando. Logo depois de mudar de endereço, ele copiara em folhas de papel limpas todas as partes já prontas de *Prazeres Londrinos* – pouco menos de quatrocentos versos, descobriu ele. Mesmo a tarefa de copiar os versos tinha sido de um tédio mortal. Ainda assim ele trabalhava de vez em quando no poema, cortando um verso aqui, modificando outro ali, sem nenhuma possibilidade de avanço. Em pouco tempo as páginas adquiriram o mesmo aspecto de antes, um labirinto engordurado e rabiscado de palavras. Ele costumava andar com aquele rolo de originais ensebados no bolso. Sentir a presença daqueles papéis lhe dava algum ânimo; afinal, era algum tipo de realização, demonstrável pelo menos a si mesmo, ainda que para ninguém mais.

Lá estavam eles, o único produto de dois anos – de mil horas de trabalho, quem sabe. Já não sentia nada por aqueles papéis enquanto poema. O próprio conceito de poesia, a essa altura, perdera o sentido. Era só que, caso *Prazeres Londrinos* viesse a ficar pronto, seria uma coisa para contrariar o destino, uma coisa criada *fora* do mundo do dinheiro. Mas ele sabia, com muito mais clareza do que antes, que aquele poema nunca ficaria pronto. Como era possível que restasse algum impulso criativo na vida que levava àquela altura? Com o passar do tempo, o próprio desejo de terminar *Prazeres Londrinos* foi desaparecendo. Ele ainda andava com o original no bolso, mas não passava de um gesto, de um símbolo de sua guerra particular. Abandonara para sempre o sonho fútil de tornar-se um "escritor". Afinal, também não era uma espécie de ambição? Ele queria se ver longe de tudo aquilo, *abaixo* de tudo aquilo. Para baixo, para baixo! Rumo ao reino dos fantasmas, fora do alcance da esperança, fora do alcance do medo! Embaixo da terra, embaixo da terra! Era onde ele desejava estar.

Mesmo assim, de algum modo, se notava que não era tão fácil. Uma noite, perto das nove horas, ele estava deitado na cama com a coberta esfarrapada enrolada nos pés e as mãos debaixo da cabeça para mantê-las aquecidas. O fogo tinha apagado. Uma camada espessa de poeira cobria tudo. A aspidistra tinha morrido uma semana antes e secava ereta no vaso. Ele tirou um pé descalço de debaixo da coberta, levantou-o e olhou para ele. A meia estava toda esburacada – na verdade, havia mais furos do que meia. Ele ficou ali deitado, Gordon Comstock, no sótão de um cortiço e numa cama desabada, com as meias tão furadas que nem mais lhe cobriam os pés, um xelin e quatro pence no mundo, três décadas completas de vida e nada, nada que tenha realizado! Será que *agora* não havia mais salvação para ele? Será que, por mais que tentassem, não conseguiriam desentocá-lo de um covil como aquele? Ele tinha resolvido afundar até a lama – bom, e tinha chegado à lama, não?

Imaginava que não. O outro mundo, o mundo do dinheiro e do sucesso, estava sempre estranhamente próximo. Ninguém escapa dele apenas se refugiando na sujeira e na miséria. Ele ficara assustado, além de irritado, quando Rosemary lhe contara da oferta do Mr.Erskine. Trazia o perigo para muito perto dele. Uma carta, um recado telefônico, e daquela pobreza ele poderia saltar direto de volta para o mundo do dinheiro– de volta para um salário de quatro libras por semana, de volta ao esforço, à decência e à escravidão. Ir para o inferno não era tão fácil quanto parecia. Às vezes a salvação o perseguia como um Cão do Paraíso.

Por um tempo ele permaneceu num estado de vazio mental, contemplando o teto. A futilidade absoluta de permanecer ali deitado, sujo e com frio, servia-lhe um pouco de consolo. Mas em seguida teve a atenção despertada para uma leve batida na porta. Não se mexeu. Era a Mrs. Meakin, possivelmente, embora a batida soasse diferente. "Pode entrar", disse.

A porta se abriu. Era Rosemary.

Ela entrou no quarto e depois parou quando o doce cheiro empoeirado daquele sótão se apossou dela. Mesmo à luz fraca do lampião ela podia ver o estado de imundície em que estava o quarto – os restos de comida e os papéis amassados em cima da mesa, a grelha cheia de cinzas frias, as panelas e os talheres sujos junto à boca do fogareiro, a aspidistra morta. Aproximando-se lentamente da cama, tirou o chapéu e o jogou sobre a cadeira.

– Que lugar para se morar! – disse ela.

– Quer dizer que você voltou?, perguntou ele.

– Voltei.

Ele virou um pouco o rosto, que cobriu com o braço.

– Voltou para me passar mais um sermão?

– Não.

– Então por quê?

– Porque...

Ela se ajoelhou ao lado da cama. Tirou o braço dele de cima do rosto, inclinou a cabeça para beijá-lo, depois recuou, surpresa, e começou a remexer nos cabelos das têmporas dele com a ponta dos dedos.

– Oh, Gordon.

– O quê?

– Você está começando a ficar com cabelos brancos!

– É mesmo? Onde?

– Aqui– acima da têmpora. Tem uma bela mecha de cabelos brancos. Deve ter acontecido de repente.

– Meus cachos de ouro, em prata o tempo converteu, disse com ar indiferente.

– Então estamos ambos ficando grisalhos, disse ela.

Ela inclinou a cabeça para mostrar-lhe os três fios de cabelo branco no topo. Em seguida enfiou-se na cama ao lado dele, passou o braço por baixo do seu corpo, puxou-o para junto de si e cobriu seu rosto de beijos. Ele a deixou fazer. Não queria que aquilo acontecesse – era exatamente a coisa que menos queria. Mas ela se enfiara debaixo dele; o peito dele cobria o dela. Pela expressão no rosto de Rosemary, ele sabia o que a trouxera até ali. Afinal, ela era virgem. Não sabia o que estava fazendo. Era a generosidade, a generosidade pura e simples, que a impelia. A infelicidade em que ele se encontrava a atraíra de volta para ele. Apenas por estar sem um tostão, e por ter fracassado em tudo, ela decidira entregar-se a ele, mesmo que só por uma vez.

– Eu precisava voltar, disse ela.

– Por quê?

– Não aguentava pensar em você aqui sozinho. Achei tão horrível deixá-lo deste jeito.

– Mas você tinha toda razão em me deixar. E não devia ter voltado. Você sabe que nunca vamos poder nos casar.

– Não importa. Não é assim que agimos com a pessoa amada. Não quero saber se você vai se casar comigo ou não. Eu o amo.

– Não é uma boa ideia, disse ele.

– Não interessa. É o que eu já devia ter feito anos atrás.

– Melhor evitarmos.

– Não.

– Sim.

– Não!

Ele não conseguiu resistir a ela. Ele a queria havia tanto tempo que não foi capaz de parar e ponderar as consequências. E assim finalmente aconteceu, sem muito prazer, na cama desconjuntada da Mrs. Meakin. Em seguida Rosemary se levantou e arrumou suas roupas. Embora o quarto fosse sufocante, fazia um frio horrível. Os dois tremiam um pouco. Ela cobriu Gordon um pouco mais com a colcha. E ele ficou deitado sem se mexer, de costas para ela, o rosto escondido no braço. Ela se ajoelhou ao lado da cama, pegou a outra mão dele e a pousou por um instante no rosto. Ele quase não percebeu o que ela fazia. Em seguida Rosemary fechou a porta de mansinho atrás de si e desceu os degraus fedidos na ponta dos pés. Sentia algum desânimo e decepção, além de muito frio.

# Capítulo 11

"O chá lhe parecia um veneno melhor. Todos os seus desejos e descontentamentos haviam minguado. Ele vivia melhor com trinta xelins por semana do que antes com duas libras."

A primavera, a primavera! Entre março e abril, quando os novos brotos nascem! Quando os bosques se enfeitam, o solo se cobre e as folhas crescem! Quando os cães da primavera estão no encalço do inverno, na primavera, a bela prisca era, quando os pássaros piam, pipilam e cantam hey-ding-a-ding ding, cuco, jarro-jarro, pu-wee, ta-witta-woo! E mais, e mais, e assim por diante. Ver quase qualquer poeta entre a Idade do Bronze e 1850.

É incrível que na era do aquecimento central e dos pêssegos em lata, mil assim chamados poetas ainda escrevam no mesmo tom! Por que, afinal, qual a diferença que a primavera, o inverno ou qualquer outra época do ano faz hoje para o cidadão médio civilizado? Numa cidade como Londres, a alteração sazonal mais notável, afora a mera mudança de temperatura, ocorre nas coisas que se veem atiradas no chão. No fim do inverno, são principalmente folhas de repolho. Em julho você tropeça em caroços de cereja, em novembro pisa em restos queimados de fogos de artifício. À medida que o Natal se aproxima, avolumam-se as cascas de laranja. Mas a situação era outra na Idade Média. Fazia algum sentido escrever poemas sobre a primavera quando a primavera significava carne e legumes frescos depois de meses de isolamento numa choupana sem janelas, vivendo à base de uma dieta de peixe salgado e pão bolorento.

Só que Gordon nem percebeu que a primavera chegou. Março em Lambeth não evocava Perséfone. Os dias esavam mais longos e havia muitos em que sopravam rajadas de forte vento empoeirado e, às vezes, surgiam no céu trechos de um azul intenso. É provável que, procurando bem, fosse possível encontrar alguns brotos tenros nos ramos das árvores. A aspidistra, revelou-se, não tinha morrido, no final das contas; as folhas murchas caíram, mas dois brotos de um verde fosco estavam surgindo perto da base do caule.

Gordon trabalhava na biblioteca há três meses. Aquela rotina bagunçada e sem graça não o incomodava. A biblioteca crescera e agora contava com mil títulos variados, produzindo um lucro líquido de uma libra por semana para o Mr.Cheeseman, de maneira que o Mr.Cheeseman estava feliz da maneira dele. Ainda assim, alimentava um problema secreto contra Gordon. Gordon lhe fora descrito como um bêbado. Ele imaginava que Gordon se embebedasse e faltasse ao trabalho pelo menos uma vez, dando-lhe assim algum pretexto para descontar de seu salário; mas Gordon nunca se embebedava. Estranhamente, não tinha mais o impulso de beber. Passaria sem cerveja mesmo que tivesse dinheiro.

O chá lhe parecia um veneno melhor. Todos os seus desejos e aborrecimentos haviam diminuído. Ele vivia melhor com trinta xelins por semana do que antes com duas libras. Os trinta *xelin s* cobriam, sem muito sacrifício, o aluguel, os cigarros, as despesas de lavanderia de mais ou menos um *xelin* por semana, um pouco de carvão para queimar e suas refeições, que consistiam quase exclusivamente de *bacon*, pão com margarina e chá, e lhe custavam cerca de dois xelins por dia, incluindo o gás. Às vezes até lhe restavam seis *pence* para o ingresso de um cinema barato e pulguento na Westminster Bridge Road. Ele ainda andava por toda parte com os originais de *Prazeres Londrinos* no bolso, mas apenas por força do hábito; abandonara até os esforços de fingir que trabalhava. Passava todas as noites da mesma forma. Lá, em seu sótão distante e malcheiroso, junto ao fogo quando ainda lhe restava algum carvão ou na cama quando este acabava, bule de chá e cigarros à mão, lendo, sempre lendo. Mas agora lia apenas revistas semanais baratas. *Tit Bits*, *Answers*, *Peg's Paper*, *The Gem*, *The Magnet*, *Home Notes*, *The Girls' Own Paper* – eram todas iguais. E ele as trazia, uma dúzia de cada vez, da loja. O Mr.Cheeseman tinha imensos sacos empoeirados repletos delas, restos dos tempos de seu tio, usadas para embrulho. Algumas chegavam a ter vinte anos.

Fazia algumas semanas que não via Rosemary. Ela lhe escrevera umas vezes, e depois, por um motivo qualquer parara repentinamente de escrever. Ravelston lhe escrevera uma vez, pedindo um artigo para a *Anticristo* sobre bibliotecas particulares circulantes a dois *pence*. Júlia lhe mandara uma pequena carta muito desconsolada com notícias da família. tia Angela passara o inverno inteiro com resfriados terríveis e tio Walter se queixava de problemas na bexiga. Gordon não respondeu a nenhuma dessas cartas e, se pudesse, teria esquecido a existência daquelas pessoas. Elas, e o afeto que lhe tinham, não passavam de um estorvo. Ele só seria livre, livre para mergulhar no fundo da lama abissal, depois que cortasse seus laços com todos, inclusive com Rosemary.

Uma tarde, enquanto ele separava um livro para uma operária de cabelos muito claros, uma pessoa que ele só viu com o canto dos olhos entrou na biblioteca e hesitou assim que atravessou a porta.

– Que tipo de livro você queria? – ele perguntou à operária.

– Ah... uma história de amor.

Gordon escolheu uma história de amor. E, quando se virou, seu coração deu um pulo. A pessoa que acabara de entrar era Rosemary. Ela não fez gesto algum, mas continuava esperando, pálida e com ar preocupado, com algo de assustador em sua aparência.

Ele foi anotar o livro no cartão da moça, mas suas mãos tremiam tanto que ele mal conseguia escrever. Anda por cima carimbou a ficha no lugar errado. A moça saiu, folheando o livro enquanto caminhava. Rosemary reparava melhor no rosto de Gordon. Fazia muito tempo que não via Gordon à luz do dia, e ficou chocada com as mudanças que notou. As roupas dele estavam surradas, quase esfarrapadas, seu rosto emagrecera muito e tinha a palidez lugubre e acinzentada das pessoas que vivem de pão com margarina. Parecia muito mais velho do que era – no mínimo uns trinta e cinco. A própria Rosemary também estava mudada. Perdera o porte elegante e alegre, e suas roupas davam a impressão de terem sido vestidas às pressas. Era óbvio que havia algum problema.

Ele fechou a porta depois que a operária loura saiu.

– Que surpresa ver você aqui, começou ele.

– Eu precisava vir. Saí do estúdio na hora do almoço. Disse a eles que estava doente.

– Não está com boa aparência. Sente-se aqui.

Só havia uma cadeira na biblioteca. Ele a puxou de trás da mesa e se adiantou para ela, com gestos vagos, para dar-lhe alguma mostra de carinho. Rosemary não se sentou, mas apoiou a mão pequena, da qual removera a luva, no alto das costas da cadeira. Pela pressão de seus dedos, ele percebeu o quanto ela estava agitada.

– Tenho uma notícia muito ruim para lhe dar. Aconteceu.

– Aconteceu o quê?

– Vou ter um filho.

– Um filho? Ah, meu Deus!

Ele congelou. Num primeiro momento, teve a impressão de que alguém o atingira com toda a força logo abaixo das costelas. E formulou a pergunta fútil e habitual:

– Tem certeza?

– Absoluta. Já faz várias semanas. Se você soubesse o que eu tenho passado! Sempre esperando, esperando; Tomei uns remédios ... ah, foi uma coisa pavorosa!

– Um bebê! Que idiotas nós fomos! Como se não soubéssemos que era possível!

– Eu sei. Acho que foi minha culpa. Eu...

– Diabos! Vem vindo alguém.

A campainha da porta tilintou. Uma mulher gorda com um lábio inferior horrível entrou com um passo oscilante e pediu "alguma coisa que tenha um assassinato". Rosemary se sentara e torcia a luva em torno dos dedos. A gorda era exigente. Todo livro que Gordon lhe oferecia, ela recusava, dizendo que já tinha lido ou que parecia meio sem graça. A notícia terrível que Rosemary trouxera deixara Gordon nervoso. Seu coração estava disparado, suas entranhas contraídas, e ele precisou tirar muitos livros da prateleira até convencer a gorda de que era aquilo mesmo que ela queria. Depos de quase dez minutos, ele conseguiu livrar-se dela com um livro que muito a contragosto ela admitiu talvez ainda não ter lido.

Assim que a porta se fechou, ele se voltou de novo para Rosemary e disse:

– O que nós vamos fazer agora?.

– Não sei o que fazer. Se eu tiver esse bebê vou perder o emprego, claro. Mas não é só isso que me preocupa. É a minha família descobrir. Se a minha mãe... ah, meu Deus! Nem quero imaginar.

– Ah, a sua família! Nem tinha pensado nela. As famílias! Que estorvos malditos elas são na vida das pessoas!"

– A minha família é boa. Ela sempre me tratou muito bem. Mas quando acontece uma coisa assim é diferente.

Ele deu um ou dois passos para cada lado. Apesar da notícia assustadaora, ele ainda não a absorvera por completo. A ideia de um bebê, um bebê filho seu, crescendo no ventre de Rosemary, despertara nele uma única emoção: desalento. Não conseguia imaginar o bebê como uma criatura viva; era pura e simplesmente uma catástrofe. E ele já via aonde aquilo tudo iria levar.

– Acho que devemos nos casar, disse em tom neutro.

– Devemos mesmo? Foi o que eu vim lhe perguntar.

– Imagino que você quer que eu me case com você, não é?

– Só se *você* quiser. Não quero prendê-lo. Eu sei que o casamento vai contra as suas ideias. Você precisa decidir por si.

– Mas não temos alternativa, se você vai mesmo ter esse bebê.

– Não necessariamente. É o que você precisa decidir. Porque, apesar de tudo, existe outra solução.

– Qual solução?

– Você sabe... Uma das moças do escritório me deu um endereço. Uma amiga dela já fez, por cinco libras só.

Aquilo o fez reagir. Pela primeira vez ele percebeu claramente, com o único tipo de percepção que importa, do que eles estavam falando afinal. A palavra  bebê ganhou um novo significado. Não se referiam mais a um mero desastre abstrato, mas a um broto de carne, a um pedaço dele plantado no ventre de Rosemary, vivo e em crescimento.

Seus olhos se encontraram. Tiveram um estranho momento de empatia como nunca antes. Por um instante, ele sentiu que, de alguma forma misteriosa, eram agora a mesma carne. Embora estivessem a uma certa distância, teve a sensação de que estavam unidos– como se algum cordão invisível, vivo, ligasse as entranhas dela com as suas. Percebeu então que coisa medonha era a hipótese que estavam considerando – uma blasfêmia, se é que essa palavra tinha algum sentido. No entanto, se lhe houvesse sido proposta de outra maneira, talvez não lhe tivesse provocado tanta repulsa. Foi o detalhe mesquinho das cinco libras que o fez ver a luz.

– De jeito nenhum!, disse. Aconteça o que acontecer, não vamos fazer *isso*. É uma coisa repugnante.

– Eu sei que é. Mas não posso ter um filho sem ser casada.

– Não! Se a alternativa for essa, eu me caso com você. Prefiro perder uma das mãos a fazer uma coisa dessas.

Tlim!, tilintou a porta. Dois idiotas vestindo ternos azuis baratos, com uma moça atacada por um acesso de riso, entraram na biblioteca. Um dos rapazes pediu, com um atrevimento meio tímido, "um livro com algo mais – uma coisa mais suja". Sem dizer nada, Gordon indicou as prateleiras em que ficavam os livros da categoria "Sexo". Havia centenas deles na biblioteca, com títulos como *Segredos de Paris* e *O homem de confiança*; em suas capas amarelas meio rasgadas viam-se moças seminuas deitadas em divãs tendo ao lado, de pé, homens vestidos de *smoking*. Lá dentro, porém, as histórias eram dolorosamente inofensivas. Os dois rapazes e a moça percorreram a coleção dando risadinhas diante das capas, a moça soltando gritinhos e se fingindo de chocada. Desagradaram tanto a Gordon que ele deu as costas para eles até terem escolhido seus livros.

Quando foram embora, ele voltou para junto da cadeira de Rosemary. Por trás dela, pegou em seus ombros miúdos mas firmes, depois enfiou uma das mãos em seu casaco e sentiu o calor de seu seio. Agradava-lhe a sensação de força e agilidade do corpo dela; agradava-lhe imaginar que lá embaixo uma semente protegida, seu bebê, crescia. Ela ergueu uma das mãos e acariciou a mão que cobria seu seio, mas não disse nada. Esperava que ele decidisse.

– Se eu me casar com você, terei de me tornar respeitável, disse ele em tom pensativo.

– E você conseguiria? – perguntou ela, com um quê de seus modos antigos.

– Quero dizer, vou precisar de um emprego decente – voltar para a New Albion. Imagino que eles me aceitariam.

Ele sentiu que ela ficara totalmente imóvel e que vinha esperando por aquilo. No entanto, estava determinada a ser correta.

Jamais iria insistir ou tentar convencê-lo.

– Eu nunca disse que queria que você fosse trabalhar lá. Quero que você se case comigo – isso sim, por causa do bebê.

Mas isso não significa que você precise me sustentar.

– Mas casar-me com você não faz sentido se eu não puder sustentá-la. Imagine se eu me casasse com você no estado em que me encontro hoje – sem dinheiro nem emprego decente. O que você faria?

– Não sei. Continuaria a trabalhar enquanto aguentasse. E depois, quando o bebê ficasse evidente, acho que eu teria de ir para a casa dos meus pais.

– O que seria muito divertido para você, não é? Mas você estava tão ansiosa para me ver de volta à New Albion. O que foi, mudou de ideia?

– Eu pensei muito nas coisas. Sei que você detestaria se ver preso a um emprego medíocre. E eu não o condeno. Você tem a sua vida para viver.

Ele refletiu mais um pouco.

– Afinal de contas, a questão é: ou eu me caso com você e volto para a New Albion, ou você procura um desses médicos nojentos e deixa ele lhe fazer um estrago por cinco libras.

Diante dessas palavras, ela se desvencilhou das mãos de Gordon e se levantou de frente para ele. Ficara perturbada com aquelas palavras brutais. A questão nunca lhe parecera tão clara ou tão feia.

– Ora, por que você diz isso?

– Porque são *essas* as alternativas.

– Não pensei desse jeito. Eu vim aqui com a intenção de fazer as coisas direito. E agora ficou parecendo que eu tentei forçá-lo a essas escolhas, que tentei me aproveitar de seus sentimentos ameaçando me livrar do bebê. Uma espécie de chantagem nojenta.

– Não foi o que eu quis dizer. Eu só estava analisando os fatos.

O rosto dela estava todo franzido, as sobrancelhas negras muito próximas uma da outra. Mas ela jurara a si mesma não fazer uma cena. Ele podia calcular muito bem o que aquilo representava para ela. Jamais conhecera a família dela, mas podia imaginar. Ele devia ter uma ideia do que representaria para ela voltar para uma cidadezinha rural com um filho ilegítimo nos braços; ou, o que era quase igualmente intolerável, na companhia de um marido incapaz de sustentá-la. Mas ela estava decidida a se comportar corretamente. Nada de chantagem! Inspirou com força e tomou uma decisão.

– Então está bem, não vou colocá-lo diante de tal responsabilidade. É cruel demais. Pode se casar ou não comigo, como quiser. Mas de qualquer forma eu vou ter o bebê.

– Está decidida mesmo?

– Estou, acho que sim.

Ele a tomou nos braços. O casaco se abrira, o corpo dela estava quente contra o seu. Ele pensou que seria o maior dos idiotas se a perdesse. Mas a alternativa era impossível, e ele não deixava de vê-la com clareza só porque a tinha nos braços.

– Claro, você preferiria que eu voltasse para a New Albion, disse ele.

– Não, não preferiria. Se você não quisesse, não.

– Preferiria, sim. Afinal, é a solução natural. Você quer que eu volte a ter um salário decente. Num emprego *bom*, com quatro libras por semana e uma aspidistra na janela. Vai me dizer que não? Admita, vamos.

– Está bem, admito que sim. É só o que eu queria que acontecesse; não vou obriar você a nada. Eu detestaria que fizesse isso contra a sua vontade. Quero que você se sinta livre.

– Realmente livre?

– Sim.

– Você sabe o que isso significa? E se eu resolver deixar você e o bebê na pior?

– Bem... se for o que você quiser. Você é livre, tem toda a liberdade.

Depois de algum tempo ela se foi. Mais tarde, ainda naquela noite ou no dia seguinte, ele diria a ela o que tinha decidido. Claro que não era absolutamente certo que a New Albion lhe desse um emprego, mesmo que ele lhes pedisse; mas podia presumir que sim, tendo em vista o que dissera o Mr.Erskine. Gordon tentou raciocinar, mas não conseguia. Parecia-lhe haver mais fregueses que o normal naquela tarde. Achava enlouquecedor ter de levantar-se de sua cadeira nem bem acabava de se acomodar, para lidar com algum novo idiota que chegava pedindo livros de mistério, histórias de sexo ou de amor. De repente, por volta das seis da tarde, ele apagou as luzes, trancou a biblioteca e foi embora. Precisava ficar só. Normalmente, a biblioteca fechava dali a duas horas. Só Deus sabe o que o Mr. Cheeseman diria quando soubesse. Podia até mandar Gordon embora. Mas Gordon não se incomodava.

Virou-se para oeste, subindo a Lambeth Cut. Era um anoitecer opaco mas nada frio. Havia lodo nas calçadas, luzes brancas e camelôs anunciando suas mercadorias. Ele precisava pensar bem antes de decidir, e sempre pensava melhor andando. Mas era tão difícil, tão difícil! Voltar para a New Albion ou deixar Rosemary numa pior; não havia outra escolha. Não adiantava pensar, por exemplo, que ele poderia encontrar algum emprego bom que fosse menos ofensivo aos seus ideais. Não existem tantos empregos bons assim à espera de pessoas acabadas e já passadas dos trinta anos. A New Albion era a única oportunidade que ele tinha e jamais teria.

Na esquina da Westminster Bridge Road, ele fez uma pausa. Havia alguns cartazes na parede do outro lado da rua, pálidos à luz do lampião. Um deles, gigantesco, de pelo menos três metros de altura, anunciava o Bovex. O pessoal que trabalhava com o Bovex tinha desistido de Corn Table e adotado uma nova tática. Exibiam uma série de quadrinhas – as Baladas Bovex, como eram chamadas. Havia a imagem de uma horrenda família eupéptica, com rostos rosados como presuntos, sentada à mesa do café-da-manhã; abaixo dela, em letras espalhafatosas:

*Por que perder a cor e afinar como um faquir?*
*Entregue a um mal-estar que é quase uma tortura?*
*E só tomar Bovex sempre antes de dormir...*
*E então descobrir seu real poder de cura!*

Gordon ficou olhando para aquilo. Saboreou aquela bobabem. Meu Deus, que lixo! "Real poder de cura!" Como era fraco e incompetente! Nem sequer tinha a vigorosa ruindade dos clichês que acabavam pegando. Apenas bobagens piegas e sem vida. E seriam quase patéticas em sua pobreza se não estivessem espalhadas por toda a Londres e demais cidades da Inglaterra em que os cartazes foram afixados, corroendo o espírito dos passantes.

Admirou os dois lados da rua sem encantos. Sim, a guerra estava chegando. Não se podia mais duvidar, depois de ver aqueles anúncios de Bovex. As britadeiras elétricas nas ruas pressagiavam o matraquear das metralhadoras. Faltava pouco para que os aviões começassem a chegar. Zuum – bang! Umas poucas toneladas de TNT bastavam para mandar nossa civilização de volta ao inferno, lugar ao qual ela pertence.

Atravessou a rua e continuou a caminhar, rumo ao sul. Um pensamento inédito e curioso lhe ocorrera. Não queria mais que a guerra acontecesse. Era a primeira vez em meses – em anos, talvez– que ele se lembrava da guerra sem desejá-la.

Se ele voltasse para a New Albion, dali a um mês poderia ele próprio criar os novos slogans para Bovex. Voltar para aquilo! Qualquer emprego bom já era mau; mas envolver-se com aquilo! Meu Deus! Claro que ele não devia voltar. Bastava ter a coragem de aguentar firme. Mas e Rosemary? Pensou no tipo de vida que ela seria obrigada a levar de volta à sua cidade, à casa dos pais, com um bebê e sem dinheiro; e nos comentários que correriam por aquela família horrível sobre o desgraçado com quem Rosemary se casara e que nem sequer era capaz de sustentá-la. Todos a incomodariam ao mesmo tempo. Além disso, era preciso pensar no bebê. O deus do dinheiro é tão ardiloso. Se ele usasse como isca em suas armadilhas só iates, cavalos de corrida, mulheres fáceis e champanhe, como seria fácil evitá-lo. Mas quando ele atinge a pessoa em seu senso de decência, ela se vê incapaz de resistir.

A Balada Bovex continuava na cabeça de Gordon. Ele queria aguentar firme. Declarara guerra ao dinheiro – e precisava levá-la até o fim. Afinal, até ali ele tinha aguentado firme, de certo modo. Pensou sobre sua vida. Não adiantava se enganar. Tinha sido uma vida horrível – solitária, pobre, fútil. Ele vivera trinta anos e não conquistara nada além de sofrimento. Mas era o que ele tinha escolhido. Era o que ele *queria*, mesmo agora. Queria afundar cada vez mais, cada vez mais para baixo no lodo onde acaba cessando o poder do dinheiro. Mas aquela história de bebê mudara tudo. Era uma provação banal, afinal de contas. Vícios em particular, virtudes em público – o mais antigo dilema do mundo.

Ergueu os olhos e viu que estava passando em frente a uma biblioteca pública. Pensou no bebê. O que significava, afinal, ter um bebê? O que estaria acontecendo de verdade com Rosemary naquele momento? Ele só tinha ideias vagas e gerais sobre o que a gravidez significava. Sem dúvida ali dentro haveria livros que poderiam ensinar-lhe mais a respeito. Entrou. A biblioteca circulante ficava do lado esquerdo. Era ali que precisava pedir para consultar as obras de referência.

A atendente no balcão era uma jovem estudante universitária, descorada, de óculos e visivelmente desagradável. Tinha a ideia fixa de que ninguém – pelo menos ninguém do sexo masculino – jamais consultava obras de referência a não ser em busca de pornografia. Assim que você se aproximava, ela o trespassava com uma cintilação de seus óculos, deixando claro que o seu segredinho sujo não tinha nada de secreto para *ela*. Afinal, todas as obras de referência são pornográficas, exceto talvez o *Almanaque* de Whitaker. Até o Dicionário Oxford se prestava a usos maliciosos, se você fosse olhar palavras como... e...

Gordon reconheceu o tipo à primeira vista, mas estava preocupado demais para se importar.

– A senhora tem algum livro de ginecologia?, perguntou.

– O quê? – reagiu a jovem com um inconfundível clarão de triunfo em seus óculos. Como sempre! Mais um homem à procura de obscenidade!

– Algum livro sobre partos? Nascimento de bebês, coisas assim.

– Nós não colocamos livros desse tipo à disposição do público – respondeu a jovem com um tom gélido.

– Desculpe, mas existe uma questão em particular que eu queria consultar.

– O senhor estuda medicina?

– Não.

– Nesse caso, eu não entendo o que pode querer com livros sobre partos.

– Mulher maldita! – pensou Gordon.

Em outros tempos, ela lhe daria medo; naquele instante, porém, só o aborrecia.

– Se a senhora quer saber, minha mulher vai ter um bebê. E nem eu nem ela sabemos muito a respeito. Quero ver se consigo alguma informação útil.

A jovem não acreditou. Concluiu que ele tinha uma aparência surrada e gasta demais para ser um homem recém-casado. Ainda assim, o trabalho dela era emprestar livros, e raramente ela chegava a recusá-los, a não ser para crianças. Você sempre obtinha o seu livro no final, depois de ela fazê-lo sentir-se um porco imundo. Com uma expressão indiferente, conduziu Gordon até uma mesinha no centro da biblioteca e lhe entregou dois livros grossos de capa marrom. Em seguida deixou-o sozinho, mas ficou de olho nele de todos os pontos da biblioteca aonde suas tarefas a conduziam. Ele sentia aquele olhar fixo de longe em sua nuca, tentando avaliar por sua postura se estava realmente em busca de informações ou apenas lendo trechos excitantes.

Ele abriu um dos livros e folheou-o desajeitado. Havia quilômetros de texto em letras pequenas de termos em latim. Totalmente inútil. Queria alguma coisa simples – imagens, por exemplo. Quanto tempo aquilo já tinha? Seis semanas – nove, talvez. Ah! Devia ser isso.

Encontrou uma gravura que representava um feto de nove semanas. Teve um choque ao vê-lo, porque não esperava nem um pouco aquela aparência. Era uma coisa deformada, que lembrava um gnomo, uma espécie de caricatura malfeita de um ser humano, com uma cabeça colossal do tamanho do resto do corpo. No meio da imensidão lisa daquela cabeça, despontava o broto diminuto de uma orelha. A gravura aparecia de perfil; seu braço sem ossos se curvava, e uma das mãos, rudimentar como uma nadadeira de foca, cobria-lhe o rosto – felizmente, talvez. Abaixo disso viam-se as perninhas finas, tortas como as de um mico, com os dedinhos voltados para dentro. Era uma coisa monstruosa, mas ainda assim estranhamente humana. Ficou surpreso de constatar como eles assumiam uma aparência humana tão cedo. Imaginara algo mais rudimentar; uma simples bolha de matéria dotada de um núcleo, como um ovo de sapo fecundado. Mas devia ser bem pequeno, claro, de qualquer maneira. Consultou as dimensões indicadas na legenda. Comprimento, trinta milímetros. Mais ou menos do tamanho de uma amora grande.

Mas talvez ainda não tivesse tanto tempo assim. Voltou uma ou duas páginas e encontrou a gravura de um feto de seis semanas. Dessa vez, uma coisa horrível mesmo – algo que ele mal aguentava olhar. Estranho que tanto o nosso início quanto o nosso fim sejam tão feios – os ainda não nascidos tão feios quanto os mortos. Aquela coisa já parecia morta. A cabeça enorme, como que pesada demais para ser sustentada em posição ereta, brotava em ângulo reto do lugar onde deveria haver um pescoço. Não havia nada que se pudesse definir como rosto, só uma ruga representando o olho – ou seria a boca? Não tinha uma aparência humana dessa vez; lembrava antes um cãozinho morto. Os bracinhos curtos se pareciam muito com os de um cachorrinho, já que as mãos eram como patinhas gordas. Comprimento, quinze milímetros e meio – menor que uma avelã.

Ficou muito tempo examinando as duas imagens. Sua feiura as tornava mais verídicas e portanto mais comoventes. Seu bebê adquirira realidade para ele no momento em que Rosemary falara de aborto; mas uma realidade sem forma visual – uma coisa que acontecia no escuro e só era importante depois que acontecia. Mas ali estava o processo que ocorria na realidade. Ali estava aquela pobre coisinha feia, menor que uma amora grande, que ele criara com sua imprevidência. Seu futuro, talvez até a continuidade de sua existência, dependia dele. Além disso, a criatura era uma parte dele – era *ele*. Ninguém pode fugir a uma responsabilidade como aquela.

Mas e a alternativa? Levantou-se, devolveu os livros à jovem desagradável e saiu; então, num impulso, virou-se e entrou em outra ala da biblioteca, onde ficavam as revistas e jornais. A frequência costumeira de gente em mau estado cochilava diante dos jornais. Havia uma mesa à parte para as revistas femininas. Pegou uma delas ao acaso e a levou para outra mesa.

Era uma revista americana do tipo mais doméstico, praticamente toda tomada por anúncios entremeados de poucas matérias, que praticamente pediam desculpas por estarem ali. E *que* anúncios! Ele percorreu depressa as páginas lustrosas. Lingeries, joias, cosméticos, casacos de pele, meias de seda, esticadas e puxadas para baixo como desenhos numa animação infantil. Página após página, anúncio após anúncio. Batons, anáguas, comida enlatada, medicamentos, dietas de emagrecimento, cremes faciais. Uma espécie de mostruário completo do mundo do dinheiro. Um panorama de ignorância, cobiça, vulgaridade, esnobismo, meretrício e doença.

E era naquele mundo que queriam que ele voltasse a entrar! Era naquela atividade que ele tinha a oportunidade de sair-se bem. Percorreu as páginas com mais vagar. Outra. E outra. Ela é linda – até mostrar os dentes. A comida que sai do cano de uma arma. Você deixa os pés cansados afetarem a sua personalidade? Recupere aquela pele de pêssego num Colchão Repouso de Beleza. Só um creme facial penetrante pode chegar à a sujeira que se esconde debaixo da superfície. O problema dela é o sangramento das gengivas. Como alcalizar o estômago quase instantaneamente. Ervas para crianças roucas. Será que você é uma das quatro em cada cinco? O mundialmente famoso Livro da Cultura Instantânea. Era só um baterista, mas citava Dante!

Deus do céu, quanto lixo!

Mas claro, a revista era americana. E os americanos sempre conseguem ir um passo ainda mais longe em matéria de estupidez, seja com o *ice-cream soda*, com o gangsterismo ou com a teosofia. Voltou à mesa das mulheres e escolheu outra revista. Desta vez, inglesa. Talvez os anúncios na revista inglesa fossem um pouquinho melhores – um pouco menos brutalmente ofensivos?

Abriu a revista. Virou uma página. Outra. Ninguém supera os ingleses!

Mais uma. Mais uma. Guinness é a melhor para você! Ela *disse* "Muito obrigada pela carona", mas *pensou*: "Coitado, por que ninguém conta a ele?". Como uma mulher de trinta e dois anos roubou o namorado de uma moça de vinte. Fome Noturna etc. Ultrasseda – o mais suave dos papéis higiênicos. O mau hálito está arruinando a sua carreira. Piorreia? Eu, não! Este peso em seus ombros pode ser caspa! As crianças clamam pelo seu cereal. Agora tenho pele de colegial no corpo todo.

Energia para o dia inteiro num tablete de Vitamalt!

Ver-se envolvido com *isso*! Estar nisso e fazer isso – ser parte disso e viver disso! Meu Deus, meu Deus, meu Deus!

Ele foi embora, finalmente. O pior é que já resolvera o que fazer. Sua decisão estava tomada – e já tinha sido tomada havia muito. Desde que o problema aparecera, já viera acompanhado da solução; toda a sua hesitação fora uma espécie de encenação. Sentia-se como que impelido por alguma força exterior. Havia uma cabine telefônica ali perto. O pensionato de Rosemary tinha um telefone, e ela já devia ter chegado em casa. Entrou na cabine apalpando os bolsos. Sim, tinha exatamente duas moedas de um *penny*. Enfiou-as na fenda e discou o número.

Uma voz feminina refinada e adenoidal respondeu:

– Quem fala, por favor?.

Ele apertou o Botão A. E os dados foram lançados.

– A senhorita Waterlow está?

– Quem *fala*, por favor?

– Diga que é o senhor Comstock. Ela sabe quem é. Ela está?

– Vou ver. Espere na linha, por favor. Pausa.

– Alô! É você, Gordon?

– Alô! Alô! É você, Rosemary? Eu só queria lhe dizer. Eu pensei bem... e cheguei a uma decisão.

– Oh!

Mais uma pausa. Com dificuldade para controlar a voz, ela acrescentou:

– Bom, e o que você decidiu?.

– Está bem. Eu aceito o emprego – quer dizer, se eles me derem mesmo.

Oh, Gordon, fico tão contente! Você não está com raiva de mim? Não está achando que eu forcei você a aceitar?

– Não, está tudo bem. É a única coisa certa que eu posso fazer. Já pensei em tudo. Vou ao escritório falar com eles amanhã.

– Fico muito contente!

– Imagino que eles vão mesmo me dar o emprego. Mas acho que sim, não é, depois do que o velho Erskine disse a você.

– Tenho certeza de que sim. Mas, Gordon, só uma coisa. Você vai aparecer bem vestido, não vai? Pode fazer toda a diferença.

– Eu sei. Vou ter de tirar o meu melhor terno do penhor. Ravelston me emprestará o dinheiro.

– Esqueça Ravelston. Eu empresto. Tenho quatro libras guardadas. Vou sair correndo e transferir para você por telegrama, antes que o correio feche. E espero que você também compre sapatos novos e uma gravata.

E Gordon:

– O quê?

– Venha de chapéu ao escritório, por favor. Causa uma impressão melhor, um chapéu.

– Um chapéu! Meu Deus! Faz anos que não uso chapéu! Você acha mesmo necessário?

– Bem, dá uma impressão mais profissional, não acha?

– Está bem. Arranjo até um chapéu-coco, se você achar melhor.

– Acho que pode usar um chapéu mole. Mas corte o cabelo, por favor, está bem?

– Pode deixar, que vou aparecer por lá com o ar de um jovem profissional elegante. Muito bem tratado e tudo o mais.

– Muito obrigada, Gordon querido. Agora vou sair correndo para transferir o dinheiro para você. Boa noite e boa sorte.

– Boa noite.

Ele saiu da cabine. Pronto. Agora era definitivo, não havia mais retorno.

Saiu andando depressa. O que tinha feito? Jogado a toalha! Quebrado todos os juramentos! Sua guerra longa e solitária terminava na ignomínia da derrota. Circuncidai vossos prepúcios, disse o Senhor. Estava de volta ao rebanho, contrito e arrependido. Parecia caminhar mais depressa que de costume. Havia uma sensação peculiar, uma sensação física, concreta, em seu coração, em seus membros, por todo o corpo. O que seria? Vergonha, sofrimento, desespero? Raiva por se ver outra vez entregue às garras do dinheiro? Tédio de pensar no futuro mortal? Concentrou-se naquela sensação, desdobrou-a, examinou-a de frente. Era alívio.

Sim, eis a verdade. Agora que estava feito, o que ele sentia era alívio. Alívio porque, finalmente, pusera um paradeiro na sujeira, no frio, na fome e na solidão, e podia voltar a uma vida decente e plenamente humana. Aquelas suas resoluções, agora que desistira delas, pareciam-lhe apenas um peso morto de que se livrara. Além disso, sabia que estava apenas cumprindo o seu destino. Em algum canto de sua mente, sempre soubera que aquilo acabaria acontecendo. Lembrou do dia em que pedira demissão da New Albion, do rosto bondoso, vermelho e amplo do Mr. Erskine aconselhando-o gentilmente a não desistir de um emprego bom em troca de nada. Como fora doloroso jurar, naquele momento, que nunca mais haveria de ter um emprego bom! No entanto, estava predestinado a voltar, e ele sabia disso desde então. E não tinha decidido só por Rosemary e pelo bebê. Aquela era a causa aparente, a causa que apressara as coisas, mas mesmo sem ela, o fim não teria sido diferente; se não houvesse um bebê com que se preocupar, alguma outra coisa o teria forçado a tomar uma atitude semelhante. Porque era aquilo que, no mais íntimo do seu coração, ele realmente desejava.

Aquela vida sem dinheiro a que se condenara o havia arrancado rispida,emte da corrente da vida. Relembrou os horrores dos dois últimos anos. Ele blasfemara contra o dinheiro, rebelara-se contra o dinheiro, tentara viver como um ermitão, fora do mundo do dinheiro; e aquilo lhe trouxera nao apenas sofrimento como ainda um vazio assustador, uma terrível sensação de futilidade. Renegar o dinheiro é renegar a vida. Não seja exageradamente justo nem sábio por que te destruirias a ti mesmo. Agora ele estava de volta ao mundo do dinheiro, ou logo haveria de estar. Amanhã iria até a New Albion, com seu melhor terno e sobretudo. Precisava lembrar-se de tirar as duas peças do penho. Colocaria um chapéu de feltro do tipo infalível para abordar mulheres desconhecidas na rua, bem barbeado e com o cabelo cortado rente. Era como nascer de novo. Mal seria possível reconhecer o poeta desleixado de hoje no impecável jovem profissional de amanhã. Eles o aceitariam de volta, sem dúvida; ele tinha o talento de que precisavam. Ele se dedicaria ao trabalho, venderia a alma e manteria seu emprego a qualquer preço.

E o futuro? Talvez mostrasse que aqueles dois últimos anos não haviam deixado muitas marcas. Não teriam passado de um hiato, de uma breve pausa em sua carreira. Agora que já dera o primeiro passo, haveria de desenvolver bem rápido a mentalidade cínica e cega dos negócios. Iria se esquecer de suas sutis repugnâncias, deixaria de lutar contra a tirania do dinheiro – pararia até de penar nele – e nunca mais sentiria nojo dos anúncios de Bovex e de cereais matinais. Venderia a alma a tal ponto que se esqueceria de um dia tê-la possuído. Iria se casar, estabelecer-se, prosperar moderadamente, empurrar um carrinho de bebê, tornar-se proprietário de uma casa com jardim, de um rádio e de uma aspidistra. Seria um cidadão respeitador da lei como qualquer outro cidadão respeitador da lei – mais um soldado do exército que pendia das alças do transporte público. Talvez fosse melhor assim.

Desacelerou os passos. Tinha trinta anos e os primeiros cabelos brancos, mas uma sensação estranha de que só agora havia amadurecido. Ocorreu-lhe que estava apenas reproduzindo o destino de todo ser humano. Todo mundo se revolta contra o código do dinheiro, e mais cedo ou mais tarde todo mundo acaba cedendo. Ele persistira em sua revolta um pouco mais do que a maioria, só isso. E fracassara de maneira espetacular! Perguntou-se se todo anacoreta em sua cela deprimente não anseia em segredo ver-se de volta ao mundo dos homens. Talvez uns poucos não ansiassem. Alguém tinha dito que o mundo moderno só era habitável por santos e canalhas. Ele, Gordon, não era um santo. O jeito era ser um canalha despretensioso como todos os outros. Era o que ele desejara em segredo; e agora que tinha reconhecido e admitido seu desejo, rendera-se em paz.

Andava mais ou menos na direção de casa. Levantou os olhos para os prédios pelos quais passava. Nem conhecia aquela rua. Casas antigas, feias e escuras, quase todas subdivididas em apartamentos minúsculos e quartos isolados. Terrenos cercados, tijolos enegrecidos pela fuligem, degraus caiados, cortinas sujas de renda. Cartazes anunciando apartamentos em metade das janelas, aspidistras em quase todas. Uma típica rua de classe média baixa. Mas não o tipo de rua que ele gostaria de ver arrasada por um bombardeio.

Perguntou-se como seriam as pessoas daquelas casas. Seriam, quem sabe, pequenos funcionários, vendedores de loja, caixeiros-viajantes, corretores de seguros, condutores de bonde. Será que sabiam que não passavam de marionetes prontas a dançar assim que o dinheiro puxasse os cordões? Pode apostar que não. E, se soubessem, que diferença faria? Estavam ocupados demais em nascer, casar, gerar filhos, trabalhar, morrer. Não devia ser má ideia, se você conseguisse, sentir-se como um deles, como mais um na multidão dos homens. Nossa civilização está fundada na cobiça e no medo, mas na vida dos homens comuns o medo e a cobiça transmutam-se misteriosamente em algo mais nobre. Os membros da classe média baixa que ali viviam, por trás de suas cortinas de renda, com seus filhos, seus móveis descombinados e suas aspidistras – viviam de acordo com o código do dinheiro, claro, mas ainda assim conseguiam manter-se decentes. O código do dinheiro, da maneira como o interpretavam, não era só cínico e implacável. Eles tinham seus padrões, seus pontos de honra invioláveis. Conservavam suas aspidistras em pé. Além disso, estavam vivos. Presos ao embrulho da vida. Geravam filhos, o que os santos e os salvadores de almas nunca têm a oportunidade de fazer.

A aspidistra é a árvore da vida, concluiu ele de repente.

Tomou consciência de um peso incômodo no bolso interno. Eram os originais de *Prazeres Londrinos*. Tirou-os dali e examinou sob a luz de um lampião. Um rolo de papel amassado e rasgado, com aquela aparência peculiar, desagradável, ensebada e suja nas bordas, de papéis que passam um longo período enfiados num bolso. Cerca de quatrocentos versos. O fruto único do seu exílio, um feto de dois anos que jamais haveria de nascer. Bom, ele terminara totalmente com aquilo.

Poesia! Francamente! Em 1935!

O que fazer com o manuscrito? O melhor seria jogar tudo numa privada. Mas ele estava longe de casa e não tinha o dinheiro necessário para um banheiro público. Deteve-se ao lado da grade de ferro de um bueiro. Na janela da casa mais próxima, uma aspidistra, da variedade listrada, espiava por entre as cortinas de renda amarela.

Desenrolou uma das páginas de *Prazeres Londrinos*. No meio dos garranchos labirínticos, um verso atraiu seu olhar. Um remorso momentâneo o incomodou. Afinal, algumas partes não eram de todo más! Se pelo menos ele tivesse terminado! Parecia uma pena abandonar aquilo depois do trabalho que lhe dedicara. Guardar aquelas páginas, talvez? Mantê-las perto de si e terminar em segredo o poema em suas horas de folga? Ainda assim poderia dar em alguma coisa.

Não, não! Manter a palavra dada. Ou se render, ou não se render.

Dobrou o manuscrito e enfiou as folhas de papel entre as barras da grade do bueiro. Caíram com um ruído seco nas águas que passavam pela vala.

– *Vicisti*, aspidistra!

# Capítulo 12

"Ele era capaz de usar as palavras com a economia que só se adquire com anos de prática. De maneira que sua luta longa e intensa para se transformar em um "escritor" talvez não tivesse sido de todo em vão."

Ravelston quis despedir-se do lado de fora do cartório, mas os dois não aceitaram. Insistiram que fosse almoçar com eles. Não no Modigliani's, porém. Foram a um desses restaurantezinhos alegres do Soho onde se pode fazer uma ótima refeição de quatro pratos por meia-coroa. Comeram linguiça de alho com pão e manteiga, linguado frito, *entrecôte aux pommes frites* e um pudim de leite bastante aguado. Tomaram uma garrafa de Médoc Supérieur que custou três xelins e seis *pence*.

Ravelston foi o padrinho do casamento. A outra testemunha foi uma criatura humilde e desdentada, uma testemunha profissional que pegaram à porta do cartório e a quem deram meia-coroa de gorjeta. Júlia não conseguira licença para se ausentar da casa de chá, e Gordon e Rosemary só tinham conseguido o dia livre no trabalho graças a pretextos cuidadosamente preparados com grande antecedência. Ninguém sabia que eles estavam se casando, exceto Ravelston e Júlia. Rosemary continuaria trabalhando por mais um ou dois meses. Tinha preferido manter o casamento em segredo até depois da cerimônia especialmente porque nenhum de seus inúmeros irmãos e irmãs tinha condições de lhe dar presentes. Gordon, por sua vontade, teria se casado de maneira mais tradicional. Chegara até a cogitar de se casarem na igreja. Rosemary não concordo.

Quatro libras e dez xelins por semana era o que Gordon estava ganhando no escritório para onde voltara há dois meses. O orçamento ficaria apertado quando Rosemary parasse de trabalhar, mas havia a perspectiva de um aumento no ano seguinte. Viram que deveriam aceitar algum dinheiro dos pais de Rosemary quando o bebê nascesse.

O Mr. Clew deixara a New Albion no ano anterior e seu lugar fora ocupado pelo Mr. Warner, um canadense que trabalhara por cinco anos numa firma de publicidade em Nova York. O Mr.Warner era um sujeito elétrico, mas muito agradável. Naquele momento, ele e Gordon estavam envolvidos num trabalho enorme. A Produtos de Toucador Rainha de Sabá Ltda. pretendia tomar o país de assalto com uma campanha gigantesca para promover seu desodorante, o April Dew.

Eles concluíram que tanto o Cheiro Corporal quanto o Mau Hálito já tinham sido bastante explorados, ou quase, e fazia muito tempo que andavam à procura de uma nova maneira de assustar as pessoas. E então, um espertinho qualquer tinha sugerido: que tal o mau cheiro dos pés? Era uma área que nunca fora explorada e que abria imensas possibilidades. A Rainha de Sabá tinha levado a ideia à New Albion. Eles queriam um *slogan* forte, alguma coisa com a força de "Fome Noturna"

– algo que se cravasse na consciência do público como uma flecha envenenada. O Mr. Warner passara três dias pensando e então surgira com uma ideia incrível: "PP". PP era a sigla de "perspiração podológica". Realmente uma sacada e tanto. Tão simples quanto irresistível. Depois que você conhecia o significado da sigla, nunca mais conseguia ver aquelas duas letras sem se lembrar do anúncio. Gordon tinha procurado a expressão no dicionário e não encontrara. Mas o Mr. Warner disse que isso não era problema. Ora bolas! Que diferença fazia? Vai deixar todo mundo assustado do mesmo jeito! A Rainha de Sabá adorou a ideia.

Decidiram investir na campanha todo o dinheiro de que pudessem dispor. Em todo canto das Ilhas Britânicas, cartazes imensos e acusadores se erguiam, martelando PP na mente da população. Todos os cartazes eram iguais. Não desperdiçavam palavras, só interrogavam, com sinistra simplicidade:

*PP*

*Você tem?*

Só isso – sem nenhuma imagem ou explicações. A essa altura não era mais necessário dizer o que PP significava, porque todo mundo na Inglaterra já sabia. Com a ajuda de Gordon, o Mr. Warner estava criando os anúncios menores para jornais e revistas. O Mr. Warner dava as ideias mais ousadas, determinava o leiaute básico dos anúncios e decidia que ilustrações iriam usar; mas quem escrevia a maioria dos textos era Gordon. Historinhas comoventes, cada uma delas um romance realista em cem palavras, sobre virgens desesperadas de trinta anos e solteirões solitários abandonados pelas namoradas sem explicação, mulheres casadas que trabalhavam demais, que só podiam se dar ao luxo de trocar de meias uma vez por semana e que viam seus maridos cedendo aos encantos da outra. Fazia seu trabalho muito bem; muito melhor do que qualquer coisa que já fizera na vida.

O Mr. Warner estava animado com a produtividade de Gordon. Não havia dúvidas quanto a seu talento literário. Ele era capaz de usar as palavras com habilidade que só se adquire com anos de prática. De maneira que sua luta longa e intensa para se transformar em um escritor talvez não tivesse sido de todo em vão.

Despediram-se de Ravelston na porta do restaurante. Ravelston insistira em pagar o táxi do cartório ao restaurante, portanto sentiram que podiam se dar ao luxo de outro. E foram embora de táxi; Aquecidos pelo vinho, eles se sentaram bem juntinhos, sob a luz empoeirada do sol de maio que se infiltrava pelas janelas do táxi. A cabeça de Rosemary no ombro de Gordon, as mãos dos dois unidas no colo dela. Ele brincava com a aliança fininha no dedo anular de Rosemary. Folheada a ouro, cinco xelins e seis *pence*. Mas muito bonita.

– Preciso me lembrar de tirar a aliança antes de ir trabalhar amanhã, disse Rosemary, pensativa.

– E pensar que estamos casados de verdade! Até que a morte nos separe. Agora, sim, fizemos a coisa certa.

– Parece assustador, não é?

– Espero que logo estejamos instalados numa casa própria, com um berço, um carrinho de bebê e uma aspidistra.

Ele ergueu o rosto dela para beijá-la. Ela estava usando um pouco de maquiagem, a primeira vez que ele a via usar; mas não fora muito bem aplicada. Seus rostos não reagiam bem ao sol da primavera. Havia linhas finas no rosto de Rosemary e rugas profundas no semblante de Gordon. Rosemary aparentava uns vinte e oito anos, talvez. Gordon parecia ter pelo menos uns trinta e cinco. Mas na véspera Rosemary arrancara os três fios de cabelo branco do alto da cabeça.

– Você me ama?, perguntou ele.

– Adoro você, seu bobo.

– E eu acredito. O que é muito estranho. Tenho trinta anos e estou bem acabado.

– Mas eu não ligo.

Começaram a se beijar, mas se afastaram rapidamente quando notaram duas senhoras esqueléticas de classe média alta, num carro ao lado do deles, observando-os com um interesse malévolo.

O apartamento próximo a Edgware Road não era ruim. Era um bairro sem atrativos e uma rua com vários cortiços, mas estava perto do centro. Era silencioso também, pois ficava num beco e era em um andar alto. Da janela dos fundos dava para ver o telhado da Estação de Paddington. Vinte e um xelins e seis *pence* por semana, sem mobília. Um quarto de dormir, uma sala de visitas, uma cozinha e um banheiro com aquecedor a gás. Já tinham comprado a mobília, a maior parte em prestações a perder de vista. Ravelston lhes dera de presente um conjunto completo de panelas e utensílios – um gesto muito generoso.

Júlia lhes dera uma horrível mesinha dobrável de nogueira envernizada com a borda ornamentada de conchas. Gordon suplicara e implorara que ela não lhes desse nada. Pobre Júlia! Como sempre o Natal a deixara totalmente arruinada, e o aniversário de tia Ângela fora em março. Mas ela teria achado uma espécie de crime contra a natureza deixar passar aquele casamento sem lhes dar nenhum presente. Só

Deus sabe quantos sacrifícios ela precisou fazer para reunir os trinta xelins que a mesinha lhe custara. Ainda faltava alguma roupa de cama e mesa e talheres. Comprariam aos poucos, quando lhes sobrasse o dinheiro.

Subiram correndo o último lance de escadas, na ansiedade de chegar logo ao apartamento. Estava pronto para ser ocupado. Tinham dedicado todas as noites das últimas semanas para levar tudo para lá. Parecia-lhes uma aventura e tanto terem um lugar só para eles. Nenhum dos dois jamais possuíra nenhum móvel; viviam em quartos mobiliados desde a infância. Assim que entraram, inspecionaram detalhadamente o apartamento, verificando, examinando e admirando tudo como se já não conhecessem de cor cada objeto que lá estava. Sentiam êxtases absurdos com cada móvel. A cama de casal com os lençóis limpos bem esticados e dobrados por cima do edredom cor-de-rosa! As roupas de cama e as toalhas, guardadas na cômoda! A mesa de pés dobráveis, as quatro cadeiras de assento de madeira, as duas poltronas, o sofá, a estante, o tapete indiano vermelho, a caixa de cobre para guardar carvão que tinham encontrado por um preço tão baixo! E era tudo deles, cada uma daquelas coisas lhes pertencia – pelo menos enquanto não atrasassem as prestações! Entraram na pequena cozinha. Tudo estava pronto, até os mínimos detalhes. O fogão a gás, a caixa para carnes, a mesa de tampa esmaltada, as prateleiras para os pratos, as panelas, as caçarolas, o escorredor de louça, os panos de prato, os esfregões– até mesmo uma lata de pasta para arear panelas, um pacote de sabão em flocos e uma libra de saponáceo num pote de geleia. Tudo pronto para ser usado, pronto para a vida. Daria para preparar uma refeição ali, naquela mesma hora. Ficaram de pé de mãos dadas junto à mesa de tampo esmaltado, admirando a vista da Estação de Paddington.

– Ah, Gordon, que coisa boa! Ter um lugar só nosso, sem ninguém para se meter na nossa vida!"

– O que eu mais gosto é da ideia de podermos tomar o café da manhã juntos. Você de frente para mim, do outro lado da mesa, servindo o café. Como é estranho! Nós nos conhecemos há tantos anos mas nunca tomamos café da manhã juntos.

– Vamos preparar alguma coisa agora. Estou louca para usar essas panelas.

Ela preparou um café e o levou para a sala na bandeja vermelha de laca que tinham comprado no Porão de Pechinchas da Selfridge's. Gordon foi andando até a mesinha dobrável junto à janela. Lá embaixo, a rua asquerosa estava afogada na luz nevoenta do sol, como se um mar amarelo e translúcido a tivesse encoberto profundamente. Ele pousou sua xícara de café na mesinha.

– É aqui que vamos pôr a aspidistra.

– O quê?

– A aspidistra.

Ela riu. Ele percebeu que ela achou que ele estivesse brincando, e acrescentou:

– Precisamos sair e encomendar a planta antes que os floristas fechem.

– Gordon! Você está falando sério? Vai mesmo comprar uma aspidistra?

– Claro que sim. E nunca vamos deixar que ela fique empoeirada. Dizem que a melhor maneira de limpá-las é com uma escova de dentes velha.

Ela se aproximou dele e beliscou seu braço.

– Você está mesmo falando sério?

– E por que não?

– Uma aspidistra! Quer uma coisa horrível e deprimente dessas aqui dentro! Além disso, onde iríamos colocar a planta? Não haveria de ser aqui na sala, e no quarto ficaria ainda pior. Imagine uma aspidistra no quarto de dormir!

– Não queremos uma no quarto. Este é o lugar de uma aspidistra. Na janela da frente, onde pode ser vista do outro lado da rua.

– Gordon, você está brincando. Só pode estar brincando.

– Não, não estou. Estou lhe dizendo que precisamos de uma aspidistra.

– Mas por quê?

– É a coisa certa de se ter. É a primeira coisa que as pessoas compram depois que se casam. Praticamente faz parte da cerimônia de casamento.

– Mas que absurdo! Eu simplesmente não vou tolerar uma coisa dessas aqui dentro. Se você faz questão, podemos ter um gerânio. Mas não uma aspidistra.

– Gerânio não serve. Nós precisamos é de uma aspidistra.

– Não vamos ter, nem pense nisso.

– Vamos, sim. Você não acabou de prometer que me obedeceria?

– Não. Nós não nos casamos na igreja.

– Mas fica implícito em qualquer casamento. "Amar, honrar, obedecer" e tudo o mais.

– De jeito nenhum, não vamos ter nenhuma aspidistra.

– Vamos, sim.

– Não, Gordon!

– Sim.

– Não!

– Sim!

– *Não*!

Ela pensou que fosse apenas teimosia dele. Foram se exaltando e tiveram uma briga violenta. A primeira briga de casados. Meia hora depois, saíram para ir encomendar a aspidistra na loja.

Mas quando estavam descendo o primeiro lance de escadas, Rosemary parou e segurou firme no corrimão. Seus lábios se entreabriram; por um instante, ela fez uma expressão muito estranha. E levou uma das mãos ao ventre.

– Oh, Gordon!

– O quê?

– Senti ele se mexer!

– Sentiu o que se mexer?

– O bebê. Senti quando se mexeu dentro de mim.

– É mesmo?

Uma sensação esquisita uma espécie de espasmo quente, o invadiu. Por um instante se sentiu sexualmente unido a ela, mas de uma forma sutil, que jamais imaginara. Tinha parado um ou dois passos abaixo dela. Caiu de joelhos, encostou a orelha em sua barriga e ficou escutando.

– Não estou ouvindo nada, disse ele por fim.

– Claro que não, seu bobo! Ainda vai levar meses.

– Mas mais tarde eu vou conseguir ouvir, não vou?

– Claro. Com sete meses vai dar para você perceber, mas eu já posso sentir com quatro. É assim.

– E ele se mexeu mesmo? Tem certeza? Você sentiu mesmo?

– Ah, sim, ele se mexeu.

Gordon ficou ajoelhado ali, com a cabeça apoiada por um bom tempo na barriga macia dela. Ela segurou sua cabeça com as duas mãos e a apertou com mais força. Ele não ouvia nada, só o sangue martelando dentro de seus próprios ouvidos. Mas ela não podia ter se enganado. Em algum lugar, lá dentro, naquela escuridão segura, quente e protegida, o feto estava vivo e se mexia.

As coisas voltavam a acontecer mais uma vez na família Comstock.